ALFRED HITCHCOCK

présente :

Histoires à corps et à crimes

LE LIVRE DE POCHE

UN TROU DANS LA GLACE

par DOUG ALLYN

La paralysie totale. Dix mille banlieusards rentrant chez eux pour le sacro-saint week-end, bloqués pare-chocs contre pare-chocs sur la voie Lewis-Cass, à cause d'un semi-remorque couché sur le flanc. L'atmosphère empuantie par les gaz d'échappement ; le charivari des sirènes de police et des avertisseurs, dont l'écho se répercute d'un bout à l'autre du canyon urbain. L'automne à Detroit.

Sur la console du tableau de bord, le téléphone sans fil émit un gargouillis électronique, à peine audible dans le vacarme ambiant. Je fus tenté de ne pas répondre ; mais l'un des inconvénients des radio-téléphones, c'est qu'on ne peut pas prétendre ensuite qu'on était sous la douche au moment de l'appel.

— Brigade des Stupéfiants, soupirai-je dans le combiné. Dukarski à l'appareil.

— Duke, j'ai une certaine Helen Newell sur la ligne deux. Si j'ai bien compris ce qu'elle raconte, il s'agirait de ta femme, mais...

— Mon ex-femme, rectifiai-je, tandis qu'une main glaciale me comprimait le cœur. Passe-la-moi.

— Ronnie ?

— Helen, que se passe-t-il ? Est-ce que Melissa... ?

— Non, non, elle va très bien, Ronnie. Mais, euh... j'ai bien peur de devoir t'annoncer une mauvaise nouvelle, Ronnie. Gus LaBreque est mort aujourd'hui.

— Bon sang ! murmurai-je, en éprouvant un soulagement coupable à l'idée qu'il n'était rien arrivé à ma fille, mêlé au regret d'avoir perdu Gus. De quoi est-il mort ? Une maladie de cœur ?

— Non, il... Ronnie, il s'est noyé. Dans le fleuve, à Hartland Park.

— Noyé ? Mais qu'est-ce que tu racontes ? Comment aurait-il pu se noyer ? On est au mois de novembre, bon dieu !

— Apparemment, il s'agit d'un suicide. Le fleuve est gelé ; Gus s'est éloigné du bord, en marchant sur la glace, et il est passé au travers. On a retrouvé son chapeau et son manteau sur la rive.

— Non, protestai-je. Gus n'aurait jamais fait une chose pareille. Il...

— Ronnie, il avait un cancer. Je ne sais pas de quel type — je travaille au service pédiatrique, maintenant —, mais j'ai cru comprendre qu'il était inopérable. Il était gravement malade.

— Es-tu sûre..., enfin, je veux dire, est-ce qu'on a retrouvé son corps ?

— Oui. En amont, bien sûr, sous la glace, mais... oui, ça ne fait aucun doute.

— Effectivement, dis-je, tu dois avoir raison.

— Est-ce que tu penses venir, pour l'enterrement ?

— Je ne sais pas, je... Oui, je crois que je viendrai.

— Malheureusement, tu ne verras pas Melissa. Elle est chez ma mère, cette semaine.

— Chez ta mère ? Pourquoi ?

— La chasse au cerf bat son plein, en ce moment, Ronnie. Tu sais que c'est la folie complète, ici, pendant la saison. Ray et moi, on travaille deux fois plus qu'en temps normal, et...

— D'accord, d'accord, fis-je. J'avais oublié. La chasse au cerf, ça ne veut pas dire grand-chose à Detroit. Chez nous, la chasse est ouverte toute l'année. Excuse-moi, je n'avais pas l'intention de me montrer désagréable.

— Ce n'est rien. Je suis désolée que les nouvelles ne soient pas meilleures. Si tu as besoin, euh... d'un point de chute, je pourrais demander à Ray...

— Non, je te remercie de ton offre, mais je me débrouillerai. Dis à Melissa... enfin, tu sais aussi bien que moi. Merci de m'avoir appelé, Helen.

— Ronnie, ça me fait vraiment de la peine, pour Gus. Je sais ce qu'il représentait pour toi.

— Oui, moi aussi, ça me fait de la peine. Au revoir, Helen.

Elle raccrocha. Pendant une minute, je restai à écouter la tonalité, puis je composai le numéro de mon bureau. Je demandai au standardiste de me réserver une place sur le premier vol en partance pour Algonquin. J'avais à peine progressé, à une allure d'escargot, d'un demi-pâté de maisons dans l'embouteillage, qu'il me rappelait déjà pour me confirmer ma réservation. Finalement, les radio-téléphones ont peut-être du bon.

***

En amorçant l'approche initiale de la piste d'atterrissage, grande comme un mouchoir de poche, le pilote du Cherokee à six places de la Northways Commuter prit un virage serré, nous offrant une vue panoramique d'Algonquin, cinq cents mètres plus bas. A première vue, la ville semblait endormie, tel un village ensorcelé rêvant des rivages du lac Michigan. Je sentis ma gorge se serrer, comme si j'étais victime d'une sorte de décalage : celui d'un voyage dans le temps, d'un retour au passé. Cette impression disparut lors du passage final au-dessus de la ville, effacée par le spectacle des rues noires de voitures, des constructions nouvelles qui s'élevaient à la périphérie, et d'un centre commercial pratiquement terminé, dont le parc de stationnement était aussi encombré que ceux de Detroit. L'écrivain Thomas Wolfe avait raison : On ne peut jamais retourner chez soi*.

A l'aéroport, je louai une berline Ford compacte, jetai dans le coffre la valise que je gardais toujours prête chez moi, et je pris la route du centre ville. Lorsque j'engageai la voiture sur Decatur Avenue, environ six pâtés de maisons avant le quartier des affaires, je sentis s'accentuer nettement la tension qui montait en moi depuis l'appel d'Helen, la veille. Il y avait longtemps que je n'étais pas revenu à Algonquin, mais la rue n'avait absolument pas changé.

L'odeur âpre d'un feu de feuilles mortes flottait dans l'atmosphère, et, passant sous l'arche des branches de chêne surplombant l'avenue, je remontai vers les années soixante. Un large boulevard, bordé de superbes arbres centenaires, et de maisons d'un seul étage, en bois ou en brique, entourées d'une pelouse assez vaste pour y jouer au ballon. Des gosses se poursuivaient pêle-mêle sur les trottoirs que saupoudrait une neige précoce, devant des habitations solides et bien conçues, toutes différentes les unes des autres. Des constructions comme on n'en fait plus de nos jours. Et, au milieu du troisième pâté de maisons, s'élevait celle des LaBreque, une demeure en grès de style colonial, dont les chambres du premier étage étaient munies de lucarnes. Elle n'avait rien de bien original, mais elle m'était particulièrement chère. J'y avais vécu, j'y avais eu ma propre chambre, dès le jour de mes

* Titre d'un des romans de cet auteur. *(N.d.T.)*

quatorze ans, âge requis pour postuler un emploi de magasinier aux Constructions Navales LaBreque.

Pour mon entrevue avec Gus, j'avais mis mon plus beau costume, qui venait tout droit de l'Armée du Salut, et qui était deux tailles trop petit. J'arborais également un superbe œil poché, de toutes les couleurs de l'arc-en-ciel — un cadeau de mon oncle Stanley. Sans avoir l'air d'y toucher, Gus m'avait arraché l'histoire de ma vie ; et, le même jour, il m'avait offert un emploi et un nouveau toit. Puis il était allé parler à mon oncle, et les deux hommes étaient ressortis de l'entretien dans un état encore plus piteux que le mien. Ce qui n'était pas un mince exploit, car Oncle Stan était bâti comme un ours — avec un caractère à l'avenant — et Gus, pas plus épais qu'un coq, avait largement dépassé la cinquantaine. Mais, on ne sait trop comment, Gus avait survécu à la confrontation. Et il était parvenu à me convaincre que je lui rendrais service en occupant la chambre d'amis, dans une maison qui abritait déjà sa femme et leurs trois fils. Il avait tout fait pour me mettre à l'aise, comme si j'étais reçu dans ma propre famille. Mais, au bout du compte, c'est moi qui devais le décevoir. Et causer la mort d'un de ses fils.

Engageant la Ford dans l'allée pavée, je fis le tour de la maison, jusqu'à l'aire circulaire située à l'arrière du bâtiment. Je garai ma voiture devant le garage à trois places, quelque peu délabré, qui avait probablement abrité, autrefois, des voitures à chevaux, ou des automobiles Stanley à vapeur. Près d'une douzaine de véhicules se trouvaient déjà là ; l'échantillonnage était disparate, depuis une Mercedes 450 SL jusqu'à une Chevette déglinguée.

A la porte de derrière, je frappai doucement, une première fois, puis une seconde. Ce fut Chris LaBreque, le plus jeune des fils de Gus encore vivants, qui ouvrit la porte. Il me dévisagea pendant une éternité, la dure lumière du soleil de l'après-midi faisant cligner ses yeux bleus, au regard humide. Lentement, il secoua la tête.

— Ronnie Duke, fit-il, doucement. Ça alors, si je m'attendais...

— Salut, Chris. Je... euh, j'ai appris la nouvelle, au sujet de Gus. Je suis venu présenter mes condoléances.

Il me fixait d'un regard vague, comme s'il ne m'avait pas entendu, et je compris qu'il était déjà passablement ivre. Les années n'avaient pas été tendres pour Chris. Ses cheveux blonds, fins comme ceux d'un bébé, étaient clairsemés ; son visage étroit, maintenant bouffi, était marqué sous les yeux d'ecchymoses permanentes. Sa tenue donnait dans le genre décontracté : veste de sport en tweed de couleur neutre, chemise de batiste, jeans délavés, pas de cravate, un verre et une cigarette dans une main. Chris avait deux ans de moins que moi, et je gardais de lui le souvenir d'un gosse heureux, maigre, vif, et plein d'énergie. Aujourd'hui, il avait du ventre, et il donnait l'impression de n'être même pas capable de faire le tour du quartier au pas de course.

— Bon, finis-je par dire. Je peux entrer ?

— Et pourquoi pas ? fit-il, ouvrant grand la porte en me gratifiant d'une révérence ironique. Je ne connais déjà pas la moitié des gens qui sont ici. Alors, un étranger de plus ou de moins... Entre donc.

Sur ses talons, je traversai la cuisine coloniale en brique et en chêne pour pénétrer dans le salon, une pièce vaste et confortable décorée dans les tons ocre, et remplie de gens en costumes sombres ou robes de deuil, qui bavardaient à voix basse de choses et d'autres. Je reconnus vaguement quelques voisins, des amis de la famille rencontrés bien des années plus tôt. Mais je voyais la plupart d'entre eux pour la première fois. Le docteur Alan LaBreque, le fils aîné, se trouvait à l'autre bout de la pièce. Il hochait la tête avec conviction, en tendant l'oreille à un vieux monsieur qui lui confiait paisiblement ses angoisses. Grand, mince, Alan ne manquait pas d'allure. Il avait dix ans de plus, évidemment, ses cheveux blond roux se faisaient rares ; mais, dans l'ensemble, il n'avait guère changé.

— Voyez, bonnes gens, lança Chris à la cantonade, le fils prodigue est de retour.

Par-dessus son épaule, Alan lança un premier regard dans ma direction, puis un second, ses yeux s'agrandissant sous l'effet de la surprise lorsqu'il me reconnut. Marmonnant une excuse au vieux monsieur, il s'approcha lentement de moi, le visage impénétrable. Dans la pièce, les conversations semblèrent baisser d'un ton.

— Bonjour, Alan, dis-je calmement, en lui tendant la main.

Il ne parut pas la remarquer.

— Ronnie, fit-il doucement, espèce de vieille fripouille...

Écartant ma main tendue, il me serra dans ses bras, de toutes ses forces, pendant ce qui me sembla être un long, long moment.

— Bon sang, murmura-t-il, si j'avais su qu'un enterrement suffirait à te faire revenir, il y a longtemps que j'aurais étranglé mon frère. (Laissant les mains sur mes épaules, il recula d'un pas pour m'examiner.) Tu as une mine épouvantable, déclara-t-il d'un ton neutre. Si tu veux mon avis — et c'est le médecin qui parle — nous avons tous les deux besoin d'un bon verre.

— Alan, je suis navré de ce qui est arrivé à Gus.

— Je sais, je sais, acquiesça-t-il, le regard légèrement embué, tout comme le mien l'était. Nous, euh... nous parlerons plus tard. Viens, il y a de quoi boire dans la bibliothèque.

— Pars devant, dis-je, il faudrait que je...

— Ronalt. (Avec autorité, la voix de Klara LaBreque perça sans effort le bourdonnement des conversations.) *Komm zu mir.*

Et je réagis comme je l'avais toujours fait, comme nous le faisions tous autrefois : j'obéis immédiatement.

Assise dans un fauteuil en cuir capitonné, elle était vêtue d'une robe de deuil sans âge, en soie noire. Un groupe de vieux amis l'entourait. Sur ses genoux, reposait l'énorme tête, couverte de cicatrices, de son fidèle Klaus — un chien-loup abâtardi au pelage noir. Klara avait très peu vieilli, traversant les années avec élégance. Ses cheveux argentés auréolaient un visage aux traits délicats qui, probablement, n'avait guère changé depuis ce jour de 1946 où Gus l'avait ramenée chez lui, après l'avoir épousée en Allemagne à la fin de la guerre. Klara, répétait toujours Gus, était la seule bonne chose qui soit sortie de ce conflit, ou de n'importe quel autre, d'ailleurs. A travers les années, elle avait été pour lui une compagne, une amie, une partenaire, une confidente. C'était la seule personne capable de calmer Gus d'un seul mot, et le reste de la famille d'un seul regard. Et c'était aussi celle que je craignais le plus de revoir. Elle avait donné trois fils à Gus. Aujourd'hui, ils n'étaient plus que deux.

A mon approche, elle se leva, écartant le chien avec un geste d'impatience. Klaus gronda et secoua la tête, m'observant d'un air soupçonneux. Puis il se raidit, et se tourna lentement pour me faire face, tandis que les poils de ses épaules se hérissaient. Et soudain, avec un aboiement bref, il se rua sur moi, dans une véritable explosion d'énergie. Comme un boulet de canon, il me percuta l'estomac, me forçant à mettre les genoux à terre, puis il bondit tout autour de moi, tel un jeune chiot, en me léchant les joues. Une cascade de rires traversa la pièce, mais, au fond de moi, quelque chose sembla céder tout à coup, et je me mis à pleurer. J'enfouis mon visage dans la crinière grisonnante du chien, versant en silence, sans retenue, des larmes brûlantes que je n'avais pas désirées. J'étais à genoux, au milieu d'une pièce pleine d'inconnus, je pleurais comme un enfant, et je ne pouvais plus m'arrêter. Je ne pouvais plus m'arrêter.

— Couché, Klaus, ordonna Klara d'une voix ferme. Ronalt, viens avec moi.

Sans trop savoir comment, je parvins à me relever tant bien que mal, et je suivis Klara dans la cuisine, le chien sur mes talons. Elle referma résolument la porte derrière elle, s'appuyant un moment contre le panneau de bois. Puis, se retournant, elle me tendit un mouchoir. Il sentait le jasmin, un parfum qui me rappela mon enfance. Klara fit claquer ses doigts, et Klaus s'affala à ses pieds, haletant, les yeux levés vers moi, sa lourde queue frappant le sol de temps à autre.

— Je vous demande pardon, dis-je au bout d'un moment, en tentant de maîtriser ma respiration. Je vous demande pardon pour tout.

— Je sais, fit-elle en hochant la tête. Tu te sens mieux, maintenant ?

— Ce serait plutôt à moi, je suppose, de vous poser la question ?

— Peut-être, soupira-t-elle. Ça n'a pas d'importance. Où étais-tu passé ?

— Où j'étais passé ? répétai-je, surpris. Eh bien, j'ai appris la nouvelle hier, seulement, et je...

— Non, non, dit Klara, irritée. Je veux parler de ces derniers mois. J'essaie de te joindre depuis juillet, depuis que... Gustave a appris qu'il avait un cancer.

— Je n'en savais rien, répondis-je. Je suis rattaché au bureau de Detroit, mais je voyage beaucoup. Bogota, Mexico... Je n'ai jamais reçu votre message. Je suis désolé.

— Dis-moi, ce travail que tu fais... Tu es policier, c'est ça ?

— Oui, en quelque sorte. Je travaille pour la Brigade des Stupéfiants.

— Et tu fais bien ton métier ?

— Je pense que oui. Ça ressemble à un jeu, parfois, comme les échecs.

— Ça m'étonnerait beaucoup que tu aies l'étoffe d'un champion d'échecs, Ronalt, dit Klara d'un ton caustique. Mais il est possible que tu sois très doué pour renverser l'échiquier.

Je scrutai son visage, dans l'espoir d'y découvrir un sens caché à ses paroles, mais je n'en trouvai pas. Depuis toujours, j'étais obligé de prendre ses remarques au pied de la lettre. Il n'y avait pas d'autre solution.

— Oui, reconnus-je. Je crois que c'est exactement ce que je fais.

— Ta... femme s'est remariée. Avec Raymond Newell, un policier, lui aussi. Tu le savais ?

— Oui, fis-je. Je l'ai appris.

— C'est un homme consciencieux, je pense, poursuivit Klara, mais il ne veut pas m'écouter. C'est pourquoi tu dois m'aider, Ronalt.

— Je ne comprends pas. Vous aider ? Mais à quoi faire ?

— On t'a raconté ce qui s'est passé ? Que Gustave s'est jeté à l'eau ? Qu'il s'est suicidé ?

— *Mutti*, fis-je prudemment, je sais qu'une telle idée est sans doute difficile à accepter, mais...

— Ne me parle pas sur ce ton, Ronalt, dit sèchement Klara. Je ne suis pas sénile. Ce n'est pas *l'idée même* du suicide que j'ai du mal à accepter. Nous en avions discuté, bien sûr.

— Vous en aviez discuté ? répétai-je stupidement.

— Évidemment. Le cancer touchait la prostate et

les intestins, et il produisait des métas... (elle trébucha sur le mot, qu'elle connaissait mal), ... enfin, il s'étendait de jour en jour. Gus souffrait, mais cela restait supportable. Par la suite, si la douleur devenait intolérable, il n'avait aucune intention d'attendre la mort sans rien faire. Il avait quatre-vingt-un ans, Ronalt. Il n'avait pas peur de mourir.

— Sans doute n'a-t-il pas attendu. La douleur était peut-être plus pénible que vous ne pensiez.

— Non, dit Klara d'un ton têtu. (Elle prit une longue inspiration hoquetante, les yeux rivés aux miens.) Je vais te montrer quelque chose, ajouta-t-elle brusquement.

D'une démarche raide, elle s'approcha du buffet, choisit un bocal parmi ceux, nombreux, qui garnissaient l'étagère à épices, et me le tendit. Il ne portait pas d'étiquette. Dévissant le couvercle, je répandis le contenu sur la table. Des gélules rouges et jaunes, au nombre d'une cinquantaine, environ.

— Vous savez ce que c'est, monsieur le Policier ? demanda Klara.

— On dirait du Dalmane, répondis-je. En gélules de trente milligrammes.

— C'est du sommeil éternel, reprit Klara. Tu dis bonsoir à ta chère famille, et « les anges te bercent de leurs chants jusqu'à ce que tu reposes en paix ». Crois-tu que la douleur aurait pu devenir intenable, au point que Gustave préfère se jeter dans ce fleuve glacé ? Alors qu'il lui suffisait de faire huit cents mètres de plus pour revenir ici ? Pour me rejoindre ? Et trouver le sommeil ?

Je ne sus que répondre.

— Et, de plus, ajouta Klara, il ne t'avait pas encore dit adieu. Ni à aucun de nous. Jamais il n'aurait fait une chose pareille sans dire au revoir. Et il ne l'a pas fait.

— Peut-être pas, concédai-je, mais si la police locale...

— Mais toi, Ronalt, tu prendrais cette affaire à cœur. Et cela pourrait changer les choses.

— Très bien, fis-je avec réticence. Je peux quand même étudier la question, je suppose. Cela dit, je ne vous promets rien.

— *Gut*, dit-elle. Essaie toujours, c'est tout ce que je te demande. Maintenant, lave-toi la figure. Tout à l'heure, nous boirons un cognac, et nous pleurerons un bon coup. Mais plus tard. Nous pleurerons plus tard.

Otant ma veste, j'ouvris le robinet de l'évier et m'aspergeai le visage. L'eau glacée apaisa mes yeux brûlants. Klara me passa une serviette.

— Il y a une hypothèse, dis-je en m'épongeant, qui mériterait peut-être réflexion. S'il ne s'agit pas d'un suicide, ce n'est probablement pas un accident non plus. Êtes-vous sûre que... ?

— Évidemment, dit Klara avec dureté. Est-ce que ton métier te fait voir tout en gris ? Gus était un homme bon. Il savait aimer, il savait vivre. Et si qui que ce soit, *qui que ce soit*, m'a privée d'une seule minute de sa présence, je veux le savoir. Et toi aussi, tu devrais voir les choses de cette façon !

— Je voulais simplement m'assurer que vous compreniez toutes les implications.

— La barbe, avec tes implications ! Fais simplement ce que je te demande. Pour moi. Pour Gus. Du mieux que tu pourras. Maintenant, si tu veux bien m'excuser... J'ai des invités qui ont besoin de quelqu'un à réconforter. (Klara ouvrit la porte, puis, plissant le front, elle marqua un temps d'arrêt.) Dans cette histoire, Ronalt, il y a autre chose que j'aimerais que tu saches. Jamais Gus ne t'a rendu responsable de ce qui est arrivé à Harry. Jamais. Il t'adorait. Il voulait te donner l'usine.

— Comment ça, me donner l'usine ?

— Tu as bien compris. Il avait reçu des propositions d'achat, mais il voulait que l'entreprise reste dans la famille. Alan possède son cabinet, et Chris n'est pas doué pour les affaires. Mais toi, tu as grandi dans cette usine. Si tu avais accepté de la diriger, Gus avait décidé de te la donner.

— Mon Dieu..., fis-je doucement.

— Oui, confirma-t-elle avec un signe de tête.

L'ombre d'un sourire de satisfaction passa sur ses lèvres.

— Est-ce que, euh... est-ce que quelqu'un d'autre était au courant de ses projets ?

— Beaucoup de gens, il me semble. Les garçons étaient prévenus. Gus en avait discuté avec eux. Il n'était pas homme à faire des cachotteries. Je me suis souvent demandé comment il pouvait réussir aussi bien en affaires. On lisait en lui à livre ouvert. Un livre inachevé..., ajouta-t-elle amèrement.

— Je ferai ce que je pourrai, promis-je.

— Oui, dit Klara. J'en suis persuadée.

La porte se referma derrière elle avec un cliquetis discret. J'attendis un moment, écoutant le bourdonnement sourd des conversations en provenance du salon. Je tentai d'assimiler tout ce que Klara m'avait dit. C'était trop. Vraiment trop. La seule conclusion à laquelle je parvins, c'est que Thomas Wolfe n'avait peut-être rien compris. Il existe sans doute un moment où l'on peut rentrer chez soi. Il suffit de ne pas trop tarder.

***

Alan était seul dans la bibliothèque. A travers la baie vitrée dominant la rue, il contemplait le paysage, en buvant à petites gorgées un scotch allongé d'eau. A mon entrée, il jeta un coup d'œil pardessus son épaule.

— Les alcools sont toujours à la même place, dit-il sans se retourner. Fais comme chez toi.

La pièce était semblable au souvenir que j'en

avais gardé : une mansarde étroite, haute de plafond, aux murs couverts de livres et de tirages de plans, éclairée par un énorme lustre en cuivre que Gus avait fabriqué à l'usine. Son bureau était toujours le même : un pupitre de chêne clair sans aucune valeur, récupéré dans une école abandonnée, et dont les graffiti — gravés au couteau, puis passés au crayon noir — avaient été laborieusement préservés grâce à une douzaine de couches de vernis incolore. Aimables obscénités d'un autre siècle... Seule nouveauté, l'ordinateur installé dans un coin. Et une impression de désolation : le maître des lieux n'y reviendrait jamais. Et pour la première fois, j'eus une vague idée, un aperçu, seulement, de ce que devait éprouver Klara. Me préparant un bourbon coupé d'eau, j'en avalai une longue gorgée. C'était comme un feu qui rafraîchit.

— Elle t'a dit ce qu'elle pense de cette histoire, n'est-ce pas ? commença Alan. De A jusqu'à Z.

Ce n'était pas une question.

— Oui, fis-je. Effectivement.

— Je ne sais quelle expérience tu possèdes de ce genre d'affaires, poursuivit-il. Dans ton travail, je veux dire. Souvent, il est extrêmement difficile, pour la famille d'un suicidé, d'accepter sa mort. Et le rejet qu'elle implique.

— Si je te comprends bien, dis-je en me hissant sur le rebord du bureau, Klara est hystérique ?

— Je crois qu'elle est terriblement bouleversée, déclara Alan en se retournant vers moi. C'est le seul commentaire que je puisse faire. La loi m'interdit de pratiquer la chirurgie sur ma propre mère, et à plus forte raison, la psychiatrie. Et, pour la même raison, je pense que tu devrais t'abstenir d'exercer ton métier ici. Tu manques d'objectivité.

— Klara m'a dit que la police refusait de l'aider.

— Évidemment ! Et c'est compréhensible ! s'enflamma-t-il. Écoute, Ronnie, je n'ai pas l'intention de discuter de ça avec toi. Tout d'abord, si on l'a *vraiment* poussé dans l'eau — ce que je ne crois pas une seconde — on lui a rendu service. Son cancer était de la pire espèce possible. La pire...

Rageusement, Alan avala une gorgée de scotch, la brûlure de l'alcool lui arrachant une grimace.

— ... De plus, poursuivit-il, et je te le donne pour ce que ça vaut, je ne suis pas neutre dans cette histoire. Je me suis opposé — Klara a dû te le dire — à ce que Gus te donne l'usine. Je voulais qu'il la vende.

— Non, fis-je, elle ne m'en a pas parlé.

— Eh bien, en ce cas, je te l'apprends. Je n'ai rien contre toi personnellement, Ronnie, tu le sais. Bon sang, nous étions comme des frères, autrefois, toi et moi. Mais l'usine représente une énorme somme d'argent. De l'argent que je pourrais employer à améliorer l'équipement hospitalier de la région, en construisant ma propre clinique. Depuis des années, Papa travaillait uniquement pour le ministère de la Marine. Le moment est venu, me semble-t-il, de tourner la page sur ce genre de pratiques, et de se consacrer à des activités plus constructives.

— Il fut un temps, fis-je observer, où tu ne trouvais pas que des inconvénients à ces contrats de la Défense nationale.

— Bon dieu, s'exclama-t-il, soudain pâle, il fut aussi un temps où j'avais deux frères. Deux vrais frères, je veux dire.

— Vous tenez à vous battre en privé ? demanda Chris qui venait d'apparaître à la porte. Sinon, j'enfilerai ses bottes, pour l'enterrement, au premier des deux qui mordra la poussière. Comme au bon vieux temps...

Passant en trombe près de lui, Klaus bondit jusqu'au bureau, s'assit et posa sa tête sur mon genou, levant vers moi des yeux remplis de curiosité.

— ... Tu as enfin trouvé un ami, poursuivit Chris en s'approchant du cabinet aux liqueurs. Tu risques d'en avoir besoin, d'ailleurs. A quoi rime tout ce raffut ?

— Maman lui a bourré le crâne avec son histoire de conspiration, expliqua Alan d'un ton amer, et Ronnie a l'air convaincu. Je te conseille de faire attention à ce que tu dis. Tu es probablement suspect.

— Sans blague ? fit Chris. (Tout en sirotant son alcool, il se rapprocha nonchalamment de moi.) Dis-moi, Ronnie, tu ne devrais pas déjà être au parc, en train de chercher des indices ? A moins que tu commences par un interrogatoire musclé ?

— As-tu assassiné ton père, Chris ? demandai-je.

— Si j'ai... ? (Ses yeux s'ouvrirent tout grands sous l'effet de la surprise.) Mais, nom de dieu, Dukarski, tu sais que tu es un petit marrant ? Tu m'as toujours fait rire, d'ailleurs. Je passe tout de suite aux aveux, ou tu préfères me tabasser un peu d'abord ?

— Bon sang ! explosa Alan, comment pouvez-vous plaisanter sur un sujet pareil ? Il n'y a donc rien... oh ! et puis, j'en ai assez ! Vous ne valez pas mieux l'un que l'autre !

Reposant brutalement son verre vide sur le bureau, Alan quitta la pièce d'un pas raide, et claqua la porte derrière lui.

— Ce brave docteur est un peu à cran, aujourd'hui, commenta Chris, s'agenouillant pour gratter Klaus derrière les oreilles. Ça ne le change pas tellement, de toute façon.

— Et toi, tu ne l'es pas ? demandai-je.

— Non, fit-il. (Il hésita, comme surpris par sa propre réponse.) Pour te dire la vérité, je n'éprouve pas grand-chose, pour le moment. Je suis encore sous le choc, je suppose, comme assommé. Je vais probablement m'écrouler plus tard, à l'enterrement ou je ne sais trop quand. Tu penses vraiment que Papa a été assassiné ? Sérieusement ?

— Je n'en sais rien, répondis-je en toute franchise. Mais j'ai promis à ta mère d'étudier la question. (Finissant mon verre, je me levai. Au même moment, Klaus se mit sur ses pattes, remuant la queue avec l'air d'attendre quelque chose.) C'est curieux, la réaction de Klaus, repris-je. Il ne m'avait pas vu depuis... combien ? Plus de dix ans ? Je n'aurais jamais cru qu'un chien se souvienne après tout ce temps.

— Ce n'est peut-être pas si curieux que ça, fit Chris d'un ton narquois. C'était un chien perdu, tu sais. Papa avait un faible pour les chiens perdus.

Pendant un moment, je crus discerner une lueur plutôt hostile dans le regard de Chris, et je me demandai si elle n'y avait pas toujours été. Mais peut-être ne s'agissait-il que d'une illusion d'optique.

— Eh bien, dis-je, au moins, avec Klaus, il n'a pas été déçu.

— C'est bien vrai, acquiesça Chris. Klaus ne l'a jamais déçu, lui.

***

Je décidai d'abandonner ma voiture de location, et de descendre à pied jusqu'au parc. La promenade, longue de quinze cents mètres, était agréable, et Gus l'avait faite matin, midi et soir pendant presque toute sa vie. C'était un bel après-midi de novembre ; dans un ciel sans nuages, brillait un soleil pâle, dont la lumière limpide et dorée baignait des pelouses bien tondues couvertes de givre, des rues impeccables exemptes de détritus, où ne traînait pas le moindre clochard. Le vent, vif et cinglant, me fouettait les joues et transperçait mon pardessus. Je n'avais plus l'habitude de ce genre de climat ; j'étais resté trop longtemps dans les pays chauds, où seule la pluie marque le changement des saisons.

Le parc suit un méandre du fleuve, traversant le cœur du quartier des affaires sur une distance de cinq ou six pâtés de maisons. C'était un espace vert dépourvu de grilles, où des tables à pique-nique sont disposées parmi les érables et les arbustes taillés. A la belle saison, les promeneurs viennent y déjeuner ; ils contemplent le fleuve ou nourrissent les canards. Mais en novembre, les seuls visiteurs qu'il reçoit ne font que passer pour se rendre ailleurs.

Je n'eus aucun mal à trouver l'endroit du drame. Le fleuve Algonquin était entièrement recouvert d'une mince couche de glace, saupoudrée de neige, qui miroitait au soleil comme une poudre de diamants. A l'exception d'une ouverture béante, près de la rive, au milieu du parc. Immobile, je restai un moment à contempler le trou noirâtre, où des fragments de glace tournaient dans l'eau tumultueuse, tels des éclats de verre brisé — une fenêtre fracassée ouverte sur l'autre monde. Malgré tout, ce spectacle ne m'inspirait aucune réflexion morbide ; il n'évoquait même pas pour moi le souvenir de Gus. Ce n'était rien d'autre qu'un trou dans la glace. Mais le lieu était plutôt bien choisi pour un suicide. Ou pour autre chose.

A cet endroit du parc, l'Algonquin n'était pas très loin de la rue ; on entendait nettement les bruits de la circulation, mais le fleuve était dissimulé par une haie de troènes soigneusement taillés. Il ne semblait pas particulièrement dangereux ; cependant, la mort pouvait venir très vite. Le courant était rapide, les eaux profondes, et leur température glaciale devait provoquer, en quelques secondes, une paralysie totale par hypothermie.

Le sol gelé ne m'apprit rien ; cela dit, je ne suis pas détective, mais spécialiste des stupéfiants. Dans mon travail, on ne passe guère de temps à chercher des indices. En général, on se contente d'écouter. La plupart des drogués sont tout prêts à vendre leurs petits copains en échange d'un mot gentil ou d'une promesse creuse, si bien qu'il est souvent facile de découvrir le nom des trafiquants et leur spécialité. Le plus dur, c'est d'arriver à les épingler en respectant les règles du jeu, par ailleurs arbitraires. Et de se préserver de la gangrène.

Poursuivant mon chemin, je repris l'allée pavée, et je ressortis du parc dans Mack Avenue, l'artère centrale du quartier des affaires, qui s'étend sur une dizaine de pâtés de maisons. Les rues étaient désertes ; cela me parut étrange jusqu'au moment où je remarquai que la plupart des boutiques étaient vides, leurs vitrines poussiéreuses couvertes d'affiches annonçant : NOUVELLE ADRESSE : GREENACRES MALL. Seuls subsistaient des cabinets de professions libérales — dentistes, avocats — et comme on était samedi, la plupart étaient fermés.

Un mince panache de fumée s'élevait de la cheminée du kiosque à journaux, au coin de la rue ; nonchalamment, je me portai dans cette direction, mais je pressai bientôt le pas en reconnaissant la silhouette du vendeur.

Il me tournait le dos, car il remettait de l'ordre dans le stock de magazines rangé au fond du kiosque. Grand, élancé, il portait un ensemble en toile, et ses cheveux noirs en broussaille étaient maintenus par un foulard rouge qui lui dégageait le front. Je frappai le comptoir, et il se retourna. Si ce n'était la présence, sur la tempe, d'une petite cicatrice en étoile, son visage de rapace, aux traits durs, n'avait pas changé.

— Salut, Cochise, lançai-je.

Plissant le front, il me fixa un moment.

— Je vous connais ?

— Ronnie Dukarski, annonçai-je en lui tendant la main. Mon vieux, il n'y a pas si longtemps, on...

Gêné, je laissai ma phrase en suspens. Cochise ne prêtait aucune attention à la main que je lui offrais. Parce qu'il ne la voyait pas. Il était aveugle. La cicatrice en étoile n'était que le point de jonction d'un réseau de fines lignes blanches, dessinant sur sa peau une sorte de carte de la douleur. Cochise n'avait pas changé ; mais c'était grâce aux chirurgiens qui avaient remodelé son visage.

— On faisait *quoi*, il n'y a pas si longtemps ? répéta-t-il, irrité. Où est-ce qu'on est censés avoir fait connaissance ?

— Au lycée, répondis-je en avalant ma salive. Dans l'équipe de basket. Je jouais arrière l'année où vous...

— Je n'ai aucun souvenir de cette période, dit-il sèchement. Je ne me rappelle rien de ce qui s'est passé avant que je me fasse éclater la tête au Vietnam. Alors, ce n'est pas la peine de jouer à « Tu te souviens... ? ». Je suis sûr de perdre. Vous voulez un journal ou quelque chose ? Il faut que je gagne ma vie, moi.

— Bien sûr, je vais prendre un *Algonquin News*, mais, euh... si ça ne vous dérange pas, j'aimerais vous demander...

— Écoutez, je viens de vous dire...

— A propos d'hier, le coupai-je. Est-ce qu'on peut parler de la journée d'hier ?

Il fronça les sourcils, en réfléchissant à la question.

— Pourquoi pas ? finit-il par répondre. Une sacrée journée, hier. J'ai eu la trouille de ma vie. Bon sang, si j'avais eu une pelle sous la main, j'aurais creusé un trou à même ce satané trottoir.

— Vous voulez dire, quand Gus LaBreque s'est noyé ? demandai-je. Je ne...

— Non, non, je veux parler de l'accident. Une

vieille pocharde, au volant d'une camionnette, qui a déglingué cinq voitures garées sur l'avenue, ici même, avant de défoncer l'arrière d'un type qui attendait tranquillement le feu vert. Ça a fait un boucan du diable. Il n'y a pas eu trop de bobo, je crois. Mais ça a dû être un sacré spectacle, ajouta-t-il avec aigreur.

— Est-ce que ça s'est passé à peu près au moment où Gus... ?

— Écoutez, le temps, pour moi, ça ne veut pas dire grand-chose. Ma vieille me dépose ici à sept heures du matin et vient me reprendre à six heures du soir, et si elle faisait le contraire, je ne m'en apercevrais sans doute pas, vous comprenez. Gus s'arrêtait toujours ici pour acheter son journal du soir, sauf qu'hier il ne l'a pas fait parce qu'il a passé l'arme à gauche, et c'est tout ce que je peux vous dire.

— Parfait, dis-je. Je vous remercie.

Lui donnant un billet de cinq dollars, je pris mon journal et m'éloignai. Il ne proposa pas de me rendre la monnaie, et je ne la lui réclamai pas.

— Hé ! lança-t-il derrière mon dos, vous vous appelez comment, déjà ?

— Dukarski. Ronnie Duke.

Il ferma les yeux un moment pour se concentrer. Ses mâchoires crispées trahissaient son effort. Il secoua la tête.

— On était censés être copains, peut-être ?

— Pas vraiment, fis-je. Vous étiez déjà une sacrée tête de lard, d'ailleurs. On ne peut pas dire que vous ayez beaucoup changé.

— C'est ce que me raconte ma vieille, aussi, dit-il, avec un sourire qui altéra ses traits, comme un masque en caoutchouc en train de fondre. Écoutez, je... euh, je crois que j'ai peut-être entendu Gus, hier. Quand c'est arrivé.

— Comment ça, vous l'avez *entendu* ? demandai-je, retournant jusqu'au kiosque.

— Il me semble que je l'ai entendu hurler, juste après l'accident. Des tas de gens criaient dans tous les coins, mais j'ai l'oreille plutôt fine. Je pense que c'était Gus.

— Qu'est-ce qu'il a dit ?

— « Arrête, arrête, abruti », ou « espèce d'abruti ». Quelque chose dans ce genre.

— Vraiment ? Vous en êtes sûr ?

— Je crois bien, mais Gus m'a traité d'abruti, un jour. Alors, il se peut que je confonde. Parfois, ça se mélange, là-dedans.

Cochise secoua la tête.

— Pourquoi vous a-t-il traité de ce nom-là ?

— Bah, vous savez, j'ai eu une période où je ne voulais même pas demander aux gens si le feu était rouge. Je traversais tout simplement quand ça me chantait ; je me disais que les gens avaient intérêt à s'arrêter. C'est à cause de ça que Gus m'a passé un savon. Il m'a dit qu'avec ma chance habituelle, j'allais faire foutre en l'air un bus entier d'orphelins qui chercherait à m'éviter. Il m'a traité d'abruti et de bien pire encore.

— Il ne mâchait pas ses mots, remarquai-je, après toutes ces années passées à l'usine.

— De toute façon, dit Cochise avec un haussement d'épaules, il avait raison. Lui, au moins, il me parlait franchement. La plupart des gens font comme si j'avais du fromage blanc dans le crâne.

— Vous avez raconté ça à la police ?

— J'en ai parlé à un flic, hier après-midi, quand j'ai su la nouvelle, pour Gus. Ça n'a pas eu l'air de l'intéresser tellement.

— Je vais voir ça, déclarai-je. Rien d'autre ?

— Si, fit-il d'un ton neutre. Il avait l'air effrayé. Je ne le connaissais pas bien, mais je savais qu'il était condamné, de toute façon. Alors, à votre avis, qu'est-ce qui aurait pu flanquer la frousse à un type comme lui ?

— Je n'en sais rien, répondis-je lentement, mais ça fait longtemps que j'ai quitté la ville. Je vous tiendrai au courant si je...

— Ouais, c'est ça, repassez quand vous voulez, me coupa-t-il. Ça fait toujours plaisir de voir une vieille connaissance.

***

Tout en me promenant dans le quartier des affaires, je tentai de faire le point sur ce que Cochise m'avait appris. Ça ne collait pas. Je connaissais Gus LaBreque mieux que personne. Je l'avais vu heureux, en colère, même ivre. Mais je n'avais pas le souvenir qu'il ait jamais eu peur de qui que ce soit. Pourtant, je l'avais vu pleurer une fois. Dans ma chambre, à l'hôpital des anciens combattants. C'était la dernière fois que je l'avais vu vivant.

Deux fois par semaine, Gus passait deux heures sur les routes pour me rendre visite et bavarder avec moi. Et à cette époque, je m'étais dit qu'il devait jubiler — oh ! à peine — d'avoir eu raison, et que sa seule présence signifiait : « Je t'avais bien prévenu. » Parce que je n'aurais jamais dû me retrouver là.

Travaillant pour la Défense nationale, j'étais exempté de service militaire. Nous bénéficiions tous de cette mesure, du fait que notre usine avait un contrat avec la Marine nationale. Cela faisait longtemps que Gus avait vu venir la guerre du Vietnam. Il avait fait la Seconde Guerre mondiale, avait perdu un frère en France, et un autre à Tarawa. Son unique neveu était mort en Corée, tout comme mon père. Et cela lui suffisait. Les LaBreque et les Dukarski avaient assez donné. Nous étions prêts à nous battre pour l'Amérique, mais pas pour le pitre du mois à Saigon.

Mais moi, évidemment, je me croyais plus malin. A vingt ans, je savais bien mieux que Gus ce qu'étaient l'honneur et le patriotisme. C'est pourquoi je m'engageai dans les Bérets verts. Pour me faire cribler de balles par une sentinelle viêt-cong au nord de Quang Tri.

Et c'est du fond de mon lit d'hôpital à Guam que je vis Nixon, à la télévision, faire son discours sur la « Paix honorable ». Puis, dans ma chambre de Grand Rapids, j'assistai, en compagnie de Gus, à la chute de Saigon, regardant en silence la garde nationale matraquer les mains qui se tendaient à travers les grilles de l'ambassade américaine, tandis que les hélicoptères décollaient du toit du bâtiment. Je jetai un coup d'œil à Gus. Le regard rivé à l'écran de télé, il pleurait ; les larmes coulaient, discrètement, le long de ses joues tannées. Il pleurait à cause de ce gâchis — pensai-je — et de toute cette bêtise. Et peut-être un peu à cause de moi.

Je prononçai quelques paroles cyniques, quelques mots suffisamment machos pour mon rôle de héros trahi, mais il ne réagit pas. Se levant, il quitta lentement la pièce sans dire un mot, sans se retourner. Plus tard, lorsque je me plaignis auprès d'Helen de son manque de sensibilité, elle me raconta qu'Harry — le dernier-né de Gus — suivant mon bon exemple, s'était engagé dans les Marines. Et qu'il s'était noyé, le mois précédent, dans les marécages de Louisiane pendant un exercice de préparation militaire.

Alors je pris la fuite. Je demandai mon transfert dans un hôpital de Pennsylvanie, fis venir Helen qui commit la bêtise de m'épouser, et je tentai de noyer mon sentiment de culpabilité en me plongeant dans le travail, d'abord au service de l'État de Pennsylvanie, puis à la Brigade des Stupéfiants. Je luttai pour la bonne cause afin de sauver l'Amérique... de ses propres dangers, comme je ne devais pas tarder à le découvrir. J'étais à Belize lorsque Helen eut Melissa, et à Juarez quand notre divorce fut prononcé, sans opposition de ma part. Si je suis l'homme des grandes causes, surtout désespérées, je ne suis pas un grand connaisseur de la nature humaine.

Et voilà que je me trouvais à présent en face de l'Hôtel de Ville, contemplant sans la voir la liste des services ; je me demandai depuis combien de temps j'étais planté là. Bravo ! J'avais, au moins, réussi à trouver le bon bâtiment. Ça en aurait bouché un coin à Spenser.

Grimpant l'escalier de béton, je franchis les portes vitrées des services de police d'Algonquin : une grande salle où, derrière un long comptoir gris comme un cuirassé, se trouvaient une demi-douzaine de bureaux métalliques cabossés. Il n'y avait pas âme qui vive. Pas même une sonnette pour appeler le planton. Je regagnai le couloir en quête d'une trace de vie humaine. Une lumière brillait derrière une porte où était inscrit, en lettres d'or, WILBUR F. KETCHELL, CHEF DE LA POLICE. Je frappai à la porte et entrai.

Il n'y avait personne derrière le bureau en acajou, mais la porte du cabinet de toilette attenant était ouverte, et j'entendis une voix de baryton cassée interprétant « Proud Mary » sur un fond lancinant de rasoir électrique. J'appelai à voix haute. Le chant prit fin, mais le zonzonnement du rasoir persista. Je m'assis face au bureau dans l'un des fauteuils en cuir et, un moment plus tard, apparut l'artiste qui boutonnait la chemise de son uniforme bleu marine. Il avait tout de l'ancien militaire de carrière : des cheveux poivre et sel coupés court, des bottines impeccablement cirées, des épaules carrées, des yeux marron entourés de petites cicatrices, et un regard franc.

— Bonjour, dis-je. Je m'appelle Dukarski, et je...

— Je sais qui vous êtes, m'interrompit-il brusquement en s'affalant dans son fauteuil à pivot. Melissa a votre photo sur sa table de chevet, juste à côté de la mienne. Vous êtes ici en service commandé, ou à titre personnel ?

Je jetai un coup d'œil à son badge : capitaine Raymond Newell. C'était l'homme qui m'avait succédé dans la vie d'Helen. De mieux en mieux ! Nous échangeâmes un regard méfiant de part et d'autre du bureau, comme deux chiens errants qui se rencontrent en territoire inconnu.

— Je suis venu pour affaires, finis-je par déclarer. Je..., euh, je voulais parler au chef de la police. L'inscription, sur la porte...

— Il est absent pour la semaine, dit Newell. Je crains que vous ne deviez passer par moi. Vous n'y voyez pas d'objection ?

— Non, répondis-je, je ne pense pas. Je veux des renseignements sur la mort de Gus LaBreque. Est-ce qu'on a déterminé officiellement la cause du décès ?

— L'enquête judiciaire n'aura pas lieu avant lundi matin, mais les faits sont bien établis. L'homme était atteint du cancer. On a trouvé son manteau et son chapeau sur un banc, au bord du fleuve. On va certainement conclure à une mort par noyade, un suicide.

— Pas de témoins ? Personne ne l'a vu se jeter à l'eau ?

— Non, mais cela n'a rien de surprenant. Habituellement, le parc est désert à cette époque de l'année.

— Un type m'a dit qu'il a entendu Gus crier.

Newell me dévisagea un moment avant de répondre :

— Cette affaire n'est pas du ressort de la Brigade des Stupéfiants, Dukarski. Vous n'êtes pas chargé de l'enquête et vous n'avez aucune autorité pour interroger qui que ce soit.

— Je considérais Gus comme un parent, c'est pourquoi je ne me soucie guère des questions de compétences... J'espère que vous comprenez.

— Je compatis, mais c'est tout ce que je peux faire pour vous. Cette affaire est du ressort de la police. Je suppose que votre fameux témoin « auditif » est Cochise Cole. J'ai lu un rapport à ce sujet. Drôle de bonhomme, ce Cochise, mais comme témoin...

— Peut-être, mais il y a autre chose.

Et je lui parlai des gélules que Gus avait chez lui.

— C'est plutôt mince, fit Newell d'un air dédaigneux. Mais bon, par pure curiosité intellectuelle, supposons qu'il ne se soit pas suicidé et qu'on ait laissé son manteau et son chapeau sur ce banc pour faire croire à un suicide. Vous avez un coupable à me proposer ?

— Non, cela fait trop longtemps que j'ai quitté la ville. Ce serait plutôt votre rayon.

— Dans la plupart des affaires, les suspects possibles ont un lien direct avec la victime. (Il haussa les épaules.) A mon avis, sa femme est physiquement incapable d'un tel acte. Mais ses fils ?

— Ils ont un mobile, concédai-je à regret. Pour son entreprise, Gus avait des projets qui auraient pu leur coûter beaucoup d'argent, et ils étaient au courant.

— Pensez-vous qu'ils en auraient été capables ?

— Non, affirmai-je, péremptoire. Si je le croyais, j'irais tout de suite me flanquer à l'eau moi aussi. Qui d'autre, alors ?

— Il y a peut-être quelqu'un... Mais non, fit-il, sèchement. Je ne pense pas que je puisse vous parler de ça. C'est une information confidentielle, techniquement parlant, et...

— Allons, Newell, je ne suis pas un simple citoyen. Rien ne sortira de cette pièce.

— Ce n'est pas cela, mais, bon sang, nous n'avons pas beaucoup de raisons de nous apprécier, à première vue. Et ce que je vais vous dire va encore moins vous plaire, mais essayez de vous mettre à ma place...

— Écoutez, dans mon boulot, il n'y a que des mauvaises nouvelles, alors vous pouvez y aller carrément...

— Bon, dit Newell d'un ton brusque. Vous avez vu le nouveau centre commercial en construction, à l'ouest de la ville, Greenacres ?

— Je l'ai survolé en arrivant ici, acquiesçai-je.

— Robert Connors et ses associés en sont les promoteurs. C'est un projet de plusieurs millions de dollars qui va créer de nombreux emplois dans le coin.

— Et alors ?

— Est-ce que le nom de Bobby Komszack vous dit quelque chose ?

— Il y avait un type à l'école qui s'appelait comme ça ; un vrai petit dur, qui venait du quartier nord.

— C'est toujours un dur mais, à présent, il se fait appeler Robert Connors. Il a commencé sa carrière comme passeur de drogue pour le compte de la famille DelaGarza à Saginaw. Puis il a été promu revendeur et homme de main, et, maintenant, il dirige, dans une quasi-légalité, cette société immobilière qui leur sert de couverture et qui construit dans l'État tout entier. Ses camions approvisionnent tous les chantiers en matériel. Et nous savons pertinemment qu'ils transportent aussi de la cocaïne et de « l'herbe » de première qualité.

— Alors, pourquoi ne pas le boucler ?

— Ma foi, on a bien essayé ; en août dernier, on a fait une descente dans ses bureaux, on a arrêté et fouillé tous ses camions. Bon sang, on a même chamboulé un de ses chantiers. Tout ce qu'on y a gagné, ce sont quatre procès pour tracasseries administratives, et l'ordre de tout laisser tomber du bureau fédéral. Aujourd'hui, il est libre comme l'air. Et intouchable.

— Mais je ne vois pas le rapport avec...

— Votre copain Chris LaBreque est un consommateur occasionnel de drogue, lança froidement Newell, en particulier de cocaïne. Gus l'avait appris il y a à peu près un mois. Il a fait tout un cirque à Chris, et puis il est venu nous voir. Il voulait savoir comment on pouvait se procurer de la drogue.

— Bon dieu... (Je me levai brusquement et me dirigeai vers la fenêtre, me retenant de toutes mes forces pour ne pas me jeter sur Newell.) Et naturellement, vous le lui avez dit ? Je ne me trompe pas ?

— Écoutez, il faut bien que nous neutralisions les appuis que Connors s'est faits dans la municipalité...

— Foutaises ! Vous connaissiez bien Gus et vous saviez pertinemment quelle serait sa réaction. Vous ne pouviez pas toucher à Komszak ; alors, vous vous êtes servi de Gus pour secouer le cocotier. Et Gus s'est précipité dans la gueule du loup, n'est-ce pas ?

— Oui, il est allé le voir.

— Que s'est-il passé ?

— Rien. Ils ont discuté, mais Gus n'a pas voulu porter de micro émetteur, et il a refusé de nous dire quoi que ce soit. Nous l'avons fait placer sous surveillance au moment de l'entretien, et nous avons continué à le protéger pendant une ou deux semaines. Gus a fini par nous demander d'arrêter les frais. Il prétendait ne courir aucun danger.

— Et il est mort, à l'heure qu'il est.

— Mais ce n'était pas un meurtre, déclara calmement Newell. Bon sang, il ne peut s'agir que d'un suicide. Nous avons passé la berge au peigne fin. S'il y avait eu bagarre, on aurait dû trouver des traces, même sur le sol gelé. Or il n'y avait strictement rien. Seulement son chapeau et son manteau qui étaient restés sur le banc. Pas une marque anormale sur le corps, rien qui puisse laisser croire à un acte criminel.

— Excepté le fait qu'il ait crié.

— Non, il a *peut-être* crié, riposta Newell. Cochise admet qu'il n'en est pas totalement certain. Il y avait beaucoup de gens qui criaient tout autour.

— D'accord, dis-je, à cause de l'accident. Cette femme ivre qui a embouti une demi-douzaine de voitures garées là, à peu près au moment où Gus a décidé d'en finir avec la vie. Une sacrée coïncidence, vous ne trouvez pas ?

— Peut-être, mais ce n'est pas autre chose. L'automobiliste est une alcoolique chronique. Son alcootest indiquait un taux de 2,21 g. Elle était pratiquement en état de coma éthylique. Elle a prétendu qu'elle se rendait au centre de désintoxication du comté, quand elle a braqué pour éviter un ours. Vous croyez que c'est Komszak qui l'a engagée pour détourner l'attention ?

— Je n'en sais rien, avouai-je, et maintenant que vos gaffes vous ont mis dans une impasse..., je pense qu'il va falloir que j'aille lui poser moi-même la question. Mais, bon dieu, si Gus s'est fait tuer parce que vous l'avez jeté dans les pattes de...

— Je ne l'ai jeté dans les pattes de personne, s'emporta Newell. Il m'a posé une question, et je lui ai simplement répondu.

— Donc, ce qui lui est arrivé est uniquement sa faute. Vous êtes un beau salaud !

Chacun d'un côté du bureau en acajou, nous nous regardions fixement, il aurait suffi d'un mot de trop pour que l'un de nous deux explose. J'en mourais d'envie ; j'avais besoin de cogner sur quelque chose. Sans réfléchir, je saisis la plaque d'identité gravée qui se trouvait sur le bureau, la brisai en deux sur l'arête du plateau et jetai les morceaux à Newell.

— Bravo, dit-il, c'est vraiment malin, Dukarski. C'était un cadeau d'anniversaire offert par ma femme. Qu'est-ce que...

— Vous n'aurez qu'à dire à votre supérieur que sa plaque s'est suicidée, l'interrompis-je. Peut-être qu'il vous croira.

***

Le taxi me déposa, de l'autre côté du parc de stationnement du nouveau centre commercial, juste en face d'un ensemble de bureaux ultramoderne, un gigantesque bâtiment à plusieurs niveaux, avec de nombreux toits à angles aigus et d'immenses hublots en guise de fenêtres. Cela faisait penser à une colonie martienne construite en bois de séquoïa.

A mon approche, la porte en verre teinté portant l'inscription « ROBERT CONNORS ET ASSOCIÉS » s'ouvrit dans un chuintement, et je pénétrai dans un hall éclairé *a giorno*, entièrement moquetté de gris perle, et dont les parois de verre fumé semblaient se perdre au loin comme en une suite infinie de miroirs. La réceptionniste portait une veste et des boucles d'oreilles assorties au décor, mais le reste de son personnage détonnait avec l'ensemble. C'était une femme au visage carré de type slave, de forte carrure, avec des mains comme des battoirs et des doigts boudinés. Je renonçai aussitôt à forcer le passage. Elle aurait sans doute pu m'expédier au tapis sans même déranger une mèche de ses cheveux. Son sourire me désarma, comme un rayon de soleil en plein hiver.

— Puis-je vous aider ?

— Je l'espère. Je suis venu pour voir M. Connors.

— Je crains qu'il ne soit en conférence. Faites-vous partie de la délégation de la Chambre de commerce ?

— Non, je viens de Detroit. Dites à Bobby qu'il y a eu... euh, un décès dans la famille et qu'il ferait bien de me recevoir. Tout de suite. Ce ne sera pas long.

Elle me dévisagea longuement et, après cet examen, elle décida apparemment de me faire confiance. Enfonçant un bouton de son interphone, elle se détourna pour murmurer à mon insu quelques mots dans l'appareil.

— Veuillez m'accompagner, je vous prie.

Je la suivis le long d'un couloir étroit menant à un escalier recouvert de moquette, à l'arrière de l'immeuble. Alors que nous arrivions en haut, elle fit un faux pas, trébucha et se cogna à moi, nous faisant presque basculer dans l'escalier.

— Excusez-moi, dit-elle confuse, en s'accrochant à moi pour retrouver son équilibre. Je suis terriblement maladroite.

Mais son regard de satisfaction trahissait ses paroles. Je venais d'être fouillé, et de main de maître.

Mon guide me fit entrer dans un bureau particulier au décor de pin noir très sophistiqué, et m'assura que M. Connors n'allait pas tarder, avant de me laisser complètement hébété. Je me demandai quelle aurait été sa réaction si j'avais porté une arme. Et s'il lui arrivait de se promener seule dans le parc.

La baie vitrée qui faisait face au bureau offrait une vue magnifique sur le centre commercial. Mais je n'eus que le temps d'y jeter un bref coup d'œil avant que la porte ne s'ouvre discrètement pour laisser entrer Robert Komszak, alias Connors. Si je l'avais rencontré par hasard dans la rue, je ne l'aurais jamais reconnu. Le Robert Komszak d'autrefois n'était qu'un petit blouson noir un peu borné, à la tignasse hirsute, qui en voulait à la terre entière. Il avait depuis opté pour une coupe de cheveux classique, et, très à l'aise, la cravate desserrée, il portait un costume trois pièces impeccablement coupé. Seuls ses yeux n'avaient pas changé ; ils étaient toujours d'un gris de glace, et aussi calculateurs que ceux d'un chat à l'affût. Nous nous mesurâmes du regard pendant un moment. Puis, haussant les épaules, Connors vint jusqu'au bureau.

— Mona m'a dit que vous vouliez me voir au sujet d'un décès dans la famille ?

— Dans la mienne, précisai-je ; pas dans la vôtre.

Il n'eut pas l'air surpris.

— Je vous connais, mais je n'arrive pas à me rappeler votre nom.

— Dukarski - Lycée d'Algonquin - Promo 71.

— C'est ça, acquiesça-t-il. Ça me revient. Ronnie Duke. Vous voulez un cigare ? (Il prit un mince étui d'aluminium dans un humidificateur en laiton et en ôta le couvercle.) Impossible de fumer dans la salle de conférences. Un des participants est asthmatique, m'expliqua-t-il en allumant son cigare. Ce qui veut dire que vous avez exactement, pour me raconter votre histoire, le temps qu'il me faudra pour fumer ceci, et peut-être moins. Vous êtes une sorte d'agent fédéral, maintenant, c'est ça ?

— De la Brigade des Stupéfiants, précisai-je, au bureau de Detroit.

Il eut un sourire et hocha la tête.

— Les flics du coin, je suppose, vous ont raconté qu'on s'occupait du même genre d'affaires, tous les deux, mais pas du même côté de la barrière.

— C'est ce qu'ils m'ont dit, en effet, acquiesçai-je, mais ce n'est pas la raison de ma visite. Je suis venu pour vous parler de Gus LaBreque.

— Bon dieu, c'est vrai, vous viviez avec eux, si je me rappelle bien. C'est vraiment dommage, ce qui est arrivé à Gus. C'était un sacré bonhomme.

— Ah ! bon ? J'ai cru comprendre que vous...

euh, aviez eu des mots, tous les deux, il y a quelque temps.

— Vous savez, je vois beaucoup de monde, et forcément... (Il s'interrompit et, fronçant les sourcils, me fixa d'un regard de glace.) Vous pensez que Gus ne s'est pas suicidé, hein ? finit-il par dire. C'est pour ça que vous êtes venu me voir ?

— Et vous, quel est votre avis ?

— Je n'ai pas d'opinion, dit-il d'un air pensif. En fait, je ne l'ai rencontré qu'une seule fois, et encore, je me suis contenté de l'écouter, car c'est lui qui a fait l'essentiel de la conversation.

— De quoi avez-vous parlé ?

— De trafic d'alcool, répondit Komszack avec un sourire. Gus m'a raconté des histoires de bootleggers. Vous saviez que c'est grâce aux bénéfices du trafic de l'alcool que certaines des plus grandes firmes américaines ont été fondées ? C'est aussi de cette façon qu'ont fait fortune certaines grandes familles très respectables. Et Gus m'a appris que, pendant la crise de 29, son père avait sauvé les Constructions navales LaBreque de la faillite en armant des bateaux pour transporter du rhum de contrebande, destiné aux gangs de Chicago. Gus appelait ça du Darwinisme social. Un type remarquable.

— C'est tout ce dont vous avez parlé ? De trafic d'alcool ?

— Pratiquement, oui. Avant de partir, je crois qu'il a fait mention des problèmes qu'il avait avec son fils Chris. Il m'a demandé si je pouvais... euh, user de mon influence pour l'en sortir.

— Et vous avez accepté.

— Oui, je l'ai fait. Ce type savait s'y prendre pour demander des services.

— C'est bizarre. Gus n'était pas spécialement connu pour son tact, fis-je.

— Je ne saurais le dire. Je ne l'ai vu qu'une seule

fois, et il s'est montré très franc avec moi. Écoutez, je suis désolé qu'il soit mort. Je vais faire envoyer des fleurs. Je peux encore quelque chose pour vous ?

— Répondre à une dernière question. A votre avis, y a-t-il quelqu'un qui aurait pu le pousser à l'eau ?

Fronçant les sourcils, Komszak contempla le bout incandescent de son cigare.

— A dire vrai, si je le croyais, je pense que je m'en serais personnellement chargé. Le vieux bonhomme m'était sympathique. Mais je n'arrive pas à m'imaginer que les choses aient pu se passer comme ça. Qu'est-ce qui vous fait croire qu'on l'a poussé ?

— Le fait qu'il ait crié, expliquai-je.

— Ah ! bon ? Mais qu'est-ce qu'il a dit ?

— « Arrête, abruti » ou « espèce d'abruti ». Quelque chose de ce genre.

— Oh ! fit-il, l'air déçu. Je n'aurais pas cru qu'il soit du genre braillard, mais allez savoir. « Espèce d'abruti », ce n'est vraiment pas terrible, comme « dernières paroles ». Dommage qu'il n'ait pas pensé à hurler quelque chose sur le Darwinisme social...

— C'est vraiment regrettable, dis-je.

— Désolé, mon cigare est terminé, annonça Komszak, en l'écrasant dans un cendrier en cristal taillé. Il faut que j'y retourne. Mais laissez-moi ajouter quelque chose, Dukarski. Si vous pensez que je peux vous aider en quoi que ce soit au sujet de Gus, n'hésitez pas. Si c'est possible, je le ferai, sans contrepartie.

— Non merci, fis-je. Si je vous revois un jour, ça sera probablement pour affaires — comme vous dites —, nos affaires à tous les deux.

— Comme vous voudrez. (Il hocha la tête.) Mais n'oubliez pas d'apporter des munitions, parce que la tâche sera rude, ce jour-là. On se reverra, Dukarski.

— Hé, Bobby ! appelai-je à voix basse. (Il marqua

un temps d'arrêt, en franchissant la porte, et resserra son nœud de cravate.) Les trafiquants d'alcool n'ont pas tous fait fortune, vous savez. Il y en a beaucoup qui ont fini en prison. Ou au cimetière.

— On finit tous au cimetière, répliqua-t-il calmement. C'est pourquoi vous avez intérêt à ne pas me rater. En ce qui me concerne, je me rends à une réunion, dans mon propre immeuble, avec les plus importants déménageurs de la ville. Et vous, Dukarski, vous savez où vous allez ?

Je ne répliquai pas, ce qui était une réponse en soi.

— Très bien, conclut-il en hochant la tête. Alors, passez une bonne journée, vous m'avez compris ?

***

Je rentrai à la maison, c'est-à-dire l'endroit où on se réfugie quand on ne sait plus où aller. Et je m'y rendis à pied, car je n'étais pas pressé. J'espérais que la marche m'éclaircirait les idées, mais ce ne fut pas le cas. Je ne réussis qu'à me geler les pieds. La température baissait à mesure que le jour déclinait ; la neige se mit à tomber à gros flocons cotonneux qui s'amoncelaient à la lueur des réverbères. Les fenêtres de la maison des LaBreque étaient éclairées, projetant sur la pelouse enneigée des flaques de lumière dorée. Un vrai Noël à la maison. Par la fenêtre du salon, j'aperçus Alan, au milieu d'une foule de gens. Il y avait plus de monde qu'à mon départ. Je me traînai lamentablement jusqu'à la porte de derrière.

Klara et Chris levèrent la tête quand j'entrai en silence dans la cuisine. Ils étaient assis à la table, une bouteille de Courvoisier ouverte devant eux. Klaus délaissa Klara pour venir renifler le bas de mon pantalon et remua la queue gentiment en signe de bienvenue.

— Assieds-toi, me dit Chris en poussant du pied une chaise vers moi. Bon sang, tu ressembles à un Esquimau du Grand Nord.

Après avoir accroché mon pardessus trempé à une patère, je m'installai sur ma chaise, acceptant avec reconnaissance le verre de cognac que me tendait Chris. J'en avalai la moitié d'un seul coup. L'alcool explosa dans mon estomac vide, comme une bombe délicieuse, me faisant monter les larmes aux yeux.

— Alors, Ronalt, demanda doucement Klara, comment ça s'est passé ?

Je m'obligeai à la regarder en face.

— Pas très bien, avouai-je. Mais je crois que vous avez raison, malgré tout. Gus ne s'est pas suicidé. Mais c'est tout ce que j'ai réussi à apprendre jusqu'à présent.

— Enfin, pour l'amour du Ciel... ? lâcha Chris.

— Tais-toi, Christof, l'interrompit Klara. Tu as parlé à la police, Ronalt ?

— Oui, au capitaine Newell, et à d'autres gens aussi. Personne n'a pu me dire pourquoi c'est... euh, arrivé. Apparemment, Gus n'avait pas d'ennemis véritables.

— Et tous ces gens, tu crois qu'ils t'ont dit la vérité ?

Je passai en revue tous les événements de l'après-midi, mes impressions, des bribes de conversations, avant de répondre :

— Oui, je le pense. J'ai l'habitude du mensonge. Dans mon métier, tout le monde ment, même moi. Mais pas aujourd'hui. Je ne crois pas que quiconque m'ait menti.

Je vidai mon verre et le poussai en direction de Chris pour qu'il me resserve.

— Cela me suffit, dit Klara. Si tu n'apprends rien de plus, je serai déjà contente de savoir que Gus... (Fronçant les sourcils, elle secoua la tête.) Tu as bien travaillé, Ronalt, poursuivit-elle après une pause. Tu penses continuer ?

— Oui, madame, répondis-je, tâchant d'avoir l'air convaincu. Ce n'est qu'un début.

— *Gut*, fit-elle, et elle se leva. Tu vas dormir ici, Ronalt, dans ton ancienne chambre. Il y a de quoi manger. Il faut que je retourne... euh, voir nos invités, à présent.

D'un pas traînant, elle se dirigea vers la porte, Klaus sur les talons. Je bondis pour la lui ouvrir. Quand elle passa, je me rendis compte, brutalement, qu'elle était minuscule, en fait, et qu'elle avait presque quatre-vingts ans. J'eus envie de tendre le bras pour la réconforter, mais quelque chose me retint, et puis il fut trop tard.

— Bon sang, Ronnie, mais qu'est-ce que ça veut dire ? me demanda rageusement Chris, alors que je retrouvais ma chaise et mon verre de cognac. Tu parles sérieusement ? Tu penses vraiment que quelqu'un a tué le vieux ?

— Ça en a tout l'air, dis-je.

— Bon, alors qu'est-ce qu'on attend ? Est-ce qu'on ne devrait pas...

— Chris, j'ai déjà fait tout ce que je pouvais pour aujourd'hui. Sans doute tout ce dont je suis capable, point final. Je n'ai pas d'indice, pas de suspect, pas de mobile. Bon sang, tout cela ne mène à rien.

— Mais il doit bien y avoir quelque chose à faire. Enfin, tu as beaucoup voyagé, tu connais ton boulot. Et un bled comme Algonquin ça devrait être l'enfance de l'art pour toi.

— Ah ! c'est ce que tu crois, dis-je d'un air songeur. Ça devrait être facile. Bon sang, tout le monde veut m'aider, même les crapules, tout le monde dit la vérité.

Le verre en l'air, je marquai un temps d'arrêt, tandis que l'idée se faisait un chemin en moi. Tout le monde avait dit la vérité. En supposant que personne n'ait menti à aucun moment, ni à qui que ce soit...

Je posai mon verre sur le buffet, m'emparai de l'annuaire et le feuilletai rapidement. Si personne n'avait menti, alors, il fallait croire que les choses s'étaient passées différemment. Et il y avait peut-être une possibilité — oh ! infime — que Gus ne se soit pas noyé dans ce fleuve pour rien. Ou bien c'était Alan qui avait raison, et moi qui refusais tout simplement cette solution.

Je trouvai le numéro que je cherchais et le composai sur l'appareil mural, près du buffet. Et tombai sur un répondeur qui disait : « Désolé, nous sommes fermés », avant d'indiquer les heures d'ouverture habituelles. Mais il devait y avoir quelqu'un sur place. C'était inévitable.

— Eh, où vas-tu comme ça ? me lança Chris en se levant sur des jambes mal assurées.

Je grimaçai en enfilant mon pardessus trempé.

— Sans doute sur une fausse piste.

— Tu ne partiras pas sans moi ; pas question, dit Chris ; tu pourrais avoir besoin d'aide.

— Ça n'a rien de..., et puis, la barbe, prends ton pardessus. La promenade t'éclaircira peut-être les idées.

***

— Je ne comprends pas où tu veux en venir, dit Chris, la tête rentrée dans les épaules pour se protéger du froid. Tu vois bien que c'est fermé, c'est écrit sur le panneau, dans la vitrine.

— Les gens qui tiennent l'établissement habitent à l'arrière du bâtiment, répondis-je en frappant de grands coups à la porte. Je suis déjà venu une fois ici, avec Gus, il y a longtemps.

La porte s'entrouvrit. Une énorme bonne femme

rousse, la tête couverte de bigoudis, le visage tartiné de démaquillant, nous jeta un regard soupçonneux.

— C'est fermé, aboya-t-elle, retenant les revers de son peignoir à deux mains autour de son cou. Faudra revenir demain.

— Police, annonçai-je en montrant rapidement mon insigne de la Brigade des Stupéfiants. (La bousculant d'un coup d'épaule, je pénétrai dans le couloir étroit.) Est-ce que vous avez fait un ramassage près du parc, hier ?

— Je ne sais pas, répondit-elle. Ce n'est pas moi qui conduis le camion. Je... Hé ! attendez une minute ! N'entrez pas là-dedans !

Franchissant la porte, j'entrai dans la pièce du fond et allumai les lumières. Je fus aussitôt assailli par un concert de hurlements qui me fit l'effet d'un coup de poing : il y avait là une cinquantaine de chiens qui se mirent à aboyer et à hurler tous en même temps.

— Et voilà le résultat, gémit-elle. Maintenant, ça va me prendre la moitié de la nuit pour les calmer.

— On cherche un grand chien, lui dis-je tout en remontant l'allée où étaient alignées, sur trois étages, des cages à barreaux de fer. (Je regardai les animaux un par un.) C'est probablement un grand chien noir qui ressemble un peu à un...

Je m'arrêtai devant la dernière cage qui était deux fois plus grande que les autres. Le monstre qui se trouvait à l'intérieur leva sa tête noire, me regarda d'un œil vague, puis se recoucha sur sa litière de copeaux. Sa patte avant droite était plâtrée.

— ... qui ressemble un peu à un ours, conclus-je calmement, et je m'agenouillai devant la cage. Où avez-vous trouvé ce chien ? Depuis quand est-il là ?

— Je vous répète que je n'en sais rien, répondit la femme. Je crois me rappeler que les gars du camion ont dit qu'il rôdait en ville avec sa patte cassée, hier après-midi. On a eu un mal fou à le calmer pour que le vétérinaire puisse le plâtrer.

— Est-ce qu'il était mouillé quand on l'a amené ? demandai-je.

— Mouillé ? répéta-t-elle. (Ses yeux porcins se firent encore plus soupçonneux.) Pour ça, oui. Il était trempé jusqu'aux os.

— Je n'y comprends rien, déclara Chris. Qu'est-ce que c'est que cette histoire ?

— Hier, une automobiliste complètement ivre l'a heurté avec sa voiture, sur Mack Avenue. Mais comme elle a embouti pas mal d'autres choses ensuite, personne ne s'en est rendu compte, sauf elle, et elle était tellement pétée qu'elle l'a pris pour un ours. Le chien a traversé le parc, passant tout près de ton père, avant de s'aventurer sur le fleuve gelé. La glace avait l'air suffisamment solide. C'est ce que le chien a cru. Gus s'est mis à hurler, l'a traité d'abruti, mais il devait sûrement se parler à lui-même autant qu'au chien. C'est pourquoi il a enlevé son manteau et son chapeau et il est allé à son secours.

— Qu'est-ce que tu racontes ? Que mon père est mort pour avoir tenté de sauver un chien ?

— Il n'a pas seulement tenté de le faire, dis-je, il y est arrivé. Il a dû le pousser sur la berge, mais il a manqué de force pour se hisser hors de l'eau à son tour.

— Mais c'est complètement idiot, fit Chris, incrédule, en secouant la tête.

— Peut-être, fis-je, mais que ce soit idiot ou non, Gus ne pouvait pas rester planté là à regarder un chien se noyer. Et je suis persuadé que tu aurais fait comme lui.

— Je n'en sais rien, dit Chris d'une voix étranglée. Je... ah...

Il fit volte-face et, frôlant la gardienne de la fourrière, il quitta la pièce d'un pas raide.

L'air furieux, elle le suivit des yeux un moment, puis se retourna vers moi.

— Dites donc, monsieur, je ne sais pas ce qui se passe ici, mais c'est votre chien, oui ou non ?

— Oui, répondis-je. J'en ai bien l'impression.

— Alors, dans ce cas, il faudra que vous reveniez aux heures ouvrables. Et il y aura des frais, vous savez, pour les soins, et tout le reste.

— Je prendrai tous les frais à ma charge, déclarai-je. Veillez seulement à ce qu'il ne manque de rien. C'est un chien qui n'a pas de prix.

— Pfff..., fit-elle d'un air méprisant. Pour moi, ce n'est jamais qu'un chien perdu comme les autres.

— Je sais, dis-je doucement, mais, voyez-vous, il y a des gens qui ont un faible pour les chiens perdus.

Homecoming.
Traduction de J.-P. Gratias.

DETTE DE JEUNESSE

par Carl Henry Rathjen

Le docteur Hanrahan avait été un de ces généralistes que certains de leurs jeunes collègues spécialisés appellent les « généralement pauvres ». Sur le plan financier, ils ont raison, mais sur celui de l'expérience acquise en quantité de domaines, bon nombre de ces jeunes toubibs sont pauvres si on les compare au Dr Hanrahan.

Et voilà qu'il était mort, assassiné. Quelqu'un avait mis fin à sa vie en l'assommant avec une lourde pendule de bronze qui représentait un cheval cabré.

Quand, enfant, je venais à son cabinet pour des maux de gorge, je me souviens que je rivais mon regard à cette pendule pour entendre le cheval hennir lorsque, à midi, la grande aiguille rejoindrait la petite. J'étais toujours sceptique, mais le docteur souriait en me disant de bien regarder et, juste au moment où la grande aiguille allait atteindre la verticale, il me prenait le menton d'une main douce mais ferme.

— Regarde, Eddie ! Il aspire l'air pour hennir !

Afin de voir la pendule, il me fallait renverser la

tête et, comme le docteur tenait mon menton, cela me faisait ouvrir la bouche. Alors, vite un coup de badigeon à gauche puis à droite sur mes amygdales. Je ne pouvais plus voir la pendule, mais j'entendais le cheval. J'étais sûr que c'était le docteur qui imitait le hennissement et je le lui disais. Jamais il n'avait nié la chose, mais jamais non plus il n'en avait convenu. L'hiver suivant, j'avais de nouveau mal à la gorge, tout recommençait, et de nouveau je donnais dans le panneau. Personne d'autre ne m'a jamais possédé plus d'une seule fois, mais le Dr Hanrahan devait avoir un truc, ou bien peut-être était-il de ces gens à qui l'on ne veut pas faire de peine, même si l'on en souffre personnellement.

Et voilà que quelqu'un lui avait fait beaucoup plus que de la peine. J'en étais malade, et le Dr Hanrahan lui-même n'aurait pu remédier à ce que je ressentais. En recherchant empreintes digitales et autres indices, les gars de mon équipe ne se livraient pas à l'habituel échange de propos qui choqueraient le commun des mortels, lequel n'a jamais été contraint de réagir ainsi pour ne pas continuer à être obsédé par ces horreurs lorsqu'on est de retour près de femme et enfants. Aucun d'eux n'avait vraiment connu le docteur, mais ils m'avaient souvent entendu parler de lui.

Exception faite, toutefois, du lieutenant Cheek, lequel avait dû apprendre quelque chose concernant le docteur, du fait de son mariage avec Sylvia Kane, qui avait été ma « petite amie » officielle, jusqu'à ce qu'elle me laisse tomber pour sortir avec Whitey Hexheimer. Plus tard, elle et moi avions renoué jusqu'à ce que, alors que je faisais mon service militaire, elle m'envoie une lettre de rupture. Lorsque j'étais revenu de l'armée, j'avais trouvé Sylvia mariée à un nouveau venu dans la ville, un policier nommé Cheek. Bien que tout se fût passé au mieux et que, de mon côté, je sois très heureux en ménage, il y eut toujours une certaine gêne entre Cheek et moi après que je me fus engagé dans la police.

Comme nous nous trouvions maintenant tous deux dans le cabinet du docteur où tout était sens dessus dessous, le lieutenant Cheek, aux cheveux prématurément gris, me présenta son paquet de cigarettes. Je secouai la tête et il rempocha le paquet sans s'être lui-même servi.

— Alors ? fit-il.

Comme je gardais le silence, il reprit, d'un ton de défi :

— Il me paraît évident que ce doit être l'œuvre d'un toxicomane.

— Pour sûr ! acquiesça derrière nous Freidenberg, un flic toujours prêt à aller dans le sens du vent avec l'espoir que cela favorise son avancement. Tous les revendeurs connus étant bouclés, les drogués commencent à faire la tournée des docteurs pour essayer de se procurer ce dont ils sont en manque, en l'achetant ou le volant. D'après moi, ici, le type s'est présenté comme pour une consultation — il n'y a aucune trace d'effraction — et quand le Dr Hanrahan n'a pas voulu marcher...

— Non... Je n'en crois rien...

J'avais parlé malgré moi, sans presque articuler.

— Comment ça s'est-il passé selon vous ? me lança Cheek.

J'esquissai un haussement d'épaules :

— Je n'en sais rien encore, mais sûrement pas comme ça.

A la vérité, j'en avais déjà quelque idée, mais je ne connaissais pas suffisamment bien le lieutenant pour m'avancer ainsi. Je ne lui parlai donc pas de ce soir d'hiver, deux ans après mon entrée dans la police, où j'étais venu chez Hanrahan à l'issue de ma ronde parce que... Eh bien, oui, parce que j'avais encore mal à la gorge. En riant, le docteur me disait de bien regarder la pendule pour entendre hennir le cheval, quand le type était entré un revolver à la main. C'était juste après une de nos rafles parmi les dealers et les drogués. Le type était dans un tel état que j'aurais pu l'alpaguer comme un rien. Mais le docteur m'en avait empêché.

Il avait eu sa dose puis nous l'avions conduit jusqu'à une maison de santé dans la vieille guimbarde du toubib. Hanrahan m'avait dit alors :

— C'est un malade, Eddie, et je suis médecin.

— Ce n'est pas la première fois que ça se produit, avais-je rétorqué. Je parie que je pourrais dire avec qui ça s'est déjà produit et...

— Ça se reproduira certainement, avait admis le médecin sans sourciller. Je reconnais aussi qu'ils ne veulent pas tous se laisser désintoxiquer. Je m'efforce de ne pas enfreindre les règles de notre ordre... ou de la loi, si tu préfères.

— Je suis un policier...

— Oui, je sais, mais c'est drôle, pour moi, tu restes toujours le petit Eddie.

Puis redevenant sérieux, il me dit qu'il ne blâmait pas mon attitude, mais qu'on ne pouvait non plus blâmer celle des drogués.

— C'est à la cause qu'il faut s'en prendre et non aux conséquences. Toi comme moi, nous sommes confrontés aux conséquences, mais nous nous devons de remonter aux causes avant de porter un jugement.

Et voilà pourquoi je n'appris pas au lieutenant que Hanrahan éprouvait de la compassion pour les drogués.

— Laissez-moi d'abord regarder un peu dans tout ça, lui dis-je pour gagner du temps.

En proie à une sorte de rage désespérée, je m'éloignai de Cheek. Les gars qui nous accompagnaient faisaient bien leur boulot, et je savais que je ne trouverais rien qui ait pu leur échapper, même dans tout le chamboulement que présentait le cabinet du médecin. Des boîtes et des flacons avaient été jetés par terre, jonchant le sol de pilules, cachets, poudres et liquides multicolores. Je considérais cela d'un œil morne quand Cheek, survenant près de moi, murmura qu'avait disparu la majeure partie de ce dont un drogué pouvait être en quête.

— Je n'arrive quand même pas à croire que ce soit le mobile, m'obstinai-je. Et, passant devant le coffre-fort fermé, je m'approchai du bureau à cylindre. Enfant, j'étais fasciné par la façon dont les plaquettes de bois s'escamotaient à l'intérieur du bureau quand on l'ouvrait, ou en surgissaient quand on le fermait. Devenu homme, je taquinais le médecin, lui disant qu'il se devait d'être de son temps, au lieu de continuer à se contenter d'un meuble aussi démodé.

Alors les yeux très bleus de Hanrahan — qui n'avaient jamais eu besoin de lunettes — prenaient un soudain éclat.

— Démodé ! Et la maladie, est-ce qu'elle se démode ? Parle-moi d'angine streptococcique ou ce que tu voudras, mais je n'en continuerai pas moins à dire aux gosses de regarder la pendule pour entendre hennir le cheval.

Puis, tandis que le goût du collutoire au nitrate d'argent me faisait grimacer il avait poursuivi :

— Je suis cependant de mon temps. Je n'ai pas l'informatique, non, mais n'empêche que je connais toute l'histoire de mes patients, de leur naissance jusqu'à leur mort. Leurs dossiers sont au sous-sol, soigneusement classés. Je peux ainsi revivre des milliers d'existences et souvent prévoir leur avenir. Veux-tu que nous revivions la tienne ensemble ?

— Non ! m'étais-je exclamé en riant. A moins que vous ne sautiez certaines parties !

— Toi, du moins, tu as su en tirer d'utiles leçons, avait-il rétorqué en hochant pensivement la tête. Ce que je ne saurais dire, hélas, de certains autres de mes clients.

Pour tous ces souvenirs, j'avais une dette envers le docteur. Le moment était venu de m'en acquitter mais...

Les tiroirs du bureau avaient tous été jetés par terre, y répandant leur contenu, de même que les boîtes à chaussures que le docteur utilisait comme fichiers. Tout avait été systématiquement mis sens dessus dessous, comme pour masquer quelque chose... Masquer quoi ?

Cheek m'observait. Si des mains peuvent mentir, alors ce fut le cas de ma main droite quand je l'agitai pour lui signifier que je ne voulais pas être dérangé dans mes recherches. Faisant mine de suivre une idée, je m'agenouillai au milieu du fratras de fiches. Mes yeux voyaient des noms qui ne signifiaient rien pour moi avant que m'apparaisse celui d'Hexheimer.

Je pris sa carte. Whitey Hexheimer. Un gamin aux cheveux blond filasse, avec qui je jouais aux cow-boys et aux Indiens autour de la grange de son père. Les jours de pluie, on grimpait dans le fenil, parfois avec des filles. Je tournai vivement la carte. La dernière entrée remontait à deux ans. L'écriture de notre cher toubib était aussi déplorable que sur ses ordonnances, mais je savais que ce gribouillis technique illisible concernait une blessure par balle reçue lors de l'attaque d'une boutique de vins et liqueurs. Whitey s'était traîné jusqu'au cabinet de Hanrahan et celui-ci ne m'avait alerté qu'après son décès. La balle qui l'avait tué, c'était moi qui l'avais tirée. J'en éprouvais un tel déchirement que je voulais donner ma démission, mais le docteur m'avait parlé :

— J'aurais pu déjà te dire, alors que vous étiez encore tous deux au lycée, que tôt ou tard ça finirait ainsi. Mais à supposer qu'il a été mû seulement par la curiosité lorsque je l'avais surpris essayant de forcer mon armoire à pharmacie, j'aurais pu être dans l'erreur.

— Docteur, on était des copains d'enfance... Si j'avais su ce soir que c'était lui...

Hanrahan avait poursuivi comme si je n'avais pas parlé :

— En revanche, quand tu m'as cité comme référence lorsque tu as voulu entrer dans la police, j'ai écrit sur ta demande que tu étais un garçon foncièrement loyal, qui ne manquerait jamais à ses engagements. Et même ce soir, tu ne m'as pas fait mentir... Du moins, jusqu'à maintenant.

Sentant toujours le regard de Cheek rivé sur moi, j'eus, toujours pour gagner du temps, le réflexe de chercher ma propre carte. KELLER Edward... A moins que Hanrahan n'eût écrit KELLER Eddie... Je ne parvins pas à la trouver. A la vérité, je ne voyais même aucune fiche portant un nom commençant par un K.

— C'est drôle... dis-je à haute voix tandis que je me mettais fébrilement à trier les cartes. Aucun nom commençant par un K ou un C.

Je savais que le médecin gardait toujours certaines fiches dans son coffre à l'abri des regards indiscrets. L'assassin, n'ayant pas trouvé sa carte à la place dévolue par l'ordre alphabétique, avait pensé qu'elle avait été mal rangée et, pour ne pas perdre de temps, il avait emporté deux rangées de fiches...

Me reprochant de n'avoir pas pensé plus tôt à ces fiches que le docteur gardait dans le coffre, je me relevai et, faisant volte-face, je me trouvai presque nez à nez avec Cheek. Mais c'est exactement avec l'intonation qui convenait que je lui dis, comme à regret :

— Je finis par croire que vous avez vu juste avec votre histoire de drogué en manque...

Il me regarda longuement avant de rétorquer :

— Pensez-vous que je vous l'aie offerte en guise d'échappatoire ?

— Si Freidenberg ne s'en était pas mêlé comme ça...

— Peut-être aurais-je dû l'en empêcher... Mais vous savez ce que c'est, Keller... Un soupçon naît, que l'on s'empresse de chasser parce qu'on ne peut y croire. Seulement, à chaque fois, le soupçon revient, et de plus en plus fort. Vous vous dites alors que vous avez gardé trop longtemps le silence et que l'on ne se l'expliquera pas... Du coup, vous continuez à vous taire. Cela devient une habitude, une mauvaise habitude : celle de fermer les yeux. Une habitude que vous ne trouvez plus la force de rompre ; alors, quand une issue se présente...

— Si vous croyez que je ne sais pas toutes ces choses.

De nouveau, il m'offrit une cigarette. Cette fois, je la pris, et nous demeurâmes à nous regarder à travers la fumée.

— Je n'aurais jamais imaginé que ça puisse aller aussi loin que ce soir, dit-il.

— Moi non plus, opinai-je. La fiche qui permettra de conclure se trouve probablement dans le coffre... (Je levai la main, mais la laissai retomber en un geste d'impuissance.) Quand vous serez prêt à ce que nous allions au poste, je dirai tout ce que je sais, en remontant jusqu'à l'époque où Whitey Hexheimer avait pour mission d'essayer de voler de la drogue au docteur.

— De ça aussi j'étais au courant, dit Cheek.

Il marqua une hésitation.

— En nous rendant là-bas, Keller... Ou puis-je vous appeler Eddie ?

— Mais bien sûr ! Cela aurait peut-être mieux valu que nous nous sentions plus amis quand nous

nous sommes connus. Mais qu'aurais-je pu vous dire, et comment l'auriez-vous pris ?

— Je ne vous aurais pas cru. Maintenant, j'ai une faveur à vous...

— Je sais, l'interrompis-je. Et j'espérais que vous me demanderiez ça. Je vais ainsi pouvoir m'acquitter envers le docteur pour ces années où je n'ai pas fait tout mon devoir.

— J'en avais comme le sentiment. (Cheek me tendit la main.) Sans rancune, Eddie.

— Merci, dis-je en répondant à son étreinte.

Je savais qu'il ne me serait pas tellement pénible de prendre sur moi d'élucider le meurtre du Dr Hanrahan, en arrêtant cette droguée qu'était la femme de Cheek, née Sylvia Kane.

A Debt to Doc.
Traduction de Maurice B. Endrèbe.

JUGEMENT SANS APPEL

par Caryl Brahms et Ned Sherrin

Les ombres qui s'allongeaient avaient atteint les arbustes entourant St-Jude's, obscure école qu'abritait un manoir gothique victorien dans le sud-ouest de l'Angleterre, et dont la seule extravagance était la profusion d'avant-toits et de pignons se détachant à présent sur le soleil couchant.

Deux fausses notes juraient dans l'ensemble conçu par l'architecte oublié du XIXe siècle : un pavillon de douches massif, en brique jaune, ajouté en 1932 pour le confort des pensionnaires, ainsi que les ruines dentelées de la chapelle de l'école, inconsidérément réduite en miettes par un bombardier allemand qui s'était égaré là six ans auparavant.

Actuellement, en 1949, la souscription pour le bâtiment en était encore au point mort, et les prières du matin étaient toujours dites dans le réfectoire de l'école, au grand dam du directeur, le révérend Medway-Jones. Le révérend Medway-Jones estimait que la voix bien timbrée de baryton qui lui servait à diriger le cantique matinal méritait un meilleur sort que d'être régulièrement interrompue par le sifflet strident de l'express de 9 h 05, lorsque, pour rattraper son retard, celui-ci fonçait dans la tranchée située à l'extrémité du verger de l'école.

Le révérend Medway-Jones se versa un généreux verre de xérès, puis servit une demi-mesure plus modeste à Birkenshaw, son directeur adjoint. Lentement, ils burent à leur santé respective.

— Le bulletin de présentation est particulièrement réussi cette année, monsieur le directeur.

C'était une nécessité, songea-t-il. Les comptes de l'école étaient presque aussi déprimants que l'extérieur du bâtiment.

Mais le révérend Medway-Jones avala le compliment.

— Je crois que le dernier paragraphe est bien venu. (Le citant :) « Une présentation de St-Jude's ne saurait être complète si elle n'énonçait point notre politique d'ensemble. Le but de l'école n'est pas de former de futurs premiers ministres, ni des phénomènes sur le plan intellectuel, ni des sportifs attardés, mais de bons citoyens. » (Il s'interrompit.) Bien tourné, ça. (Tout d'un coup il redevint terre-à-terre.) J'ai oublié quelque chose, Birkenshaw ?

— Avez-vous mentionné le pavillon de douches, monsieur le directeur ?

— Bon sang, non.

— Cela fascine toujours les mères.

— Voyons un peu ce que nous avons dit l'année dernière. (Le révérend Medway-Jones fouilla dans son bureau.) « L'école insiste tout particulièrement sur l'hygiène personnelle et c'est dans ce dessein qu'a été construit le pavillon de douches en 1932. Trois bains par élève chaque semaine sont fortement conseillés en hiver et rendus obligatoires en été. »

— Voilà pour la toilette.

— Je poursuis en parlant de l'âme de ces petits saligauds, enchaîna le révérend Medway-Jones. « Nous avons pour tâche de découvrir l'individu, ou plutôt de l'aider à se découvrir. Nous cherchons à développer la personnalité ainsi que l'esprit d'initiative. Les garçons sont encouragés à se prendre en charge. Ainsi, tous les ans chaque *house** organise un simulacre de procès. Naturellement, cela n'a pas pour but de familiariser nos grands élèves avec le banc des accusés... »

Birkenshaw le flagorneur fit écho au rire du directeur.

— Voilà une variante, monsieur le directeur.

— Oui, j'en suis assez satisfait (il continua sa lecture.) « Nous espérons les entraîner utilement à parler en public et leur inculquer un respect salutaire pour la justice britannique. »

A l'intérieur du pavillon de douches de Waverley, Christopher Seasalter lançait le savon à Ronald Firth. Christopher était chef de la Maison Glennister, et Ronnie ainsi que lui-même quittaient l'école à la fin du trimestre.

— Tu sais ce que c'est, mardi prochain ?

— Tu penses ! Plus que cinq jours avant le grand jour !

— Cinq jours, ça ne fait pas l'effet de cinq ans.

— Moi, ça me paraît une éternité. Ça fait longtemps que nous attendons ce mardi soir. Longtemps que nous attendons ce simulacre de procès.

— Nous en avons parlé, nous y avons pensé, nous en avons rêvé.

— C'est un rêve qui va se transformer en cauchemar pour quelqu'un.

— Avec toi comme juge, c'est sûr et certain.

— Pas moi, Chris ! Je ne sais pas assez arrondir les angles. C'est toi qui seras juge.

* « Maison » sous la direction d'un professeur, où logent les internes d'une école privée. *(N.d.T.)*

— Oh, fit Christopher, s'y voyant déjà. Oh !

A première vue ils formaient une paire d'alliés inattendue : Christopher Seasalter, fils d'un avocat qui, par vague respect pour la tradition, l'avait envoyé dans son ancienne école bien que la sachant sur le déclin, et Ronnie Firth, qu'une bourse avait réussi à tirer d'une triste gare de village, où son père n'était même pas chef de gare, mais seulement porteur, contrôleur et factotum.

— Envoie-nous ton gant de toilette, lança Ronnie.

— Ne dis pas de bêtises, rétorqua Christopher. Ce n'est pas hygiénique !

M. Glennister observait les grands élèves sans éprouver de chagrin exagéré à la perspective de la séparation qui s'annonçait. Ce simulacre de procès était le dernier rituel de l'année scolaire.

— Un jugement rendu par des jurés, commenta-t-il. Rendu par douze crétins prêts à croire le dernier qui a parlé. (Quelques garçons se mirent à ricaner.) Nous n'avons pas besoin de chercher loin pour trouver le juge, n'est-ce pas ?

Glennister avait toujours été juge.

La voix tranchante de Ronnie balaya l'hypothèse émise par le professeur responsable de la maison.

— C'est Christopher qui sera juge cette année, monsieur.

— Oh non, Ronnie. Ça, c'est mon rôle.

— Pas cette année, monsieur. Ce n'est pas une bonne idée cette année.

— Là n'est pas la question. Le professeur responsable de la maison fait toujours office de juge. Il faut que ce soit un représentant de l'administration.

— Le père de Christopher est avocat de la Couronne, monsieur. Ce n'est que justice.

Glennister essaya une autre tactique.

— Je ne peux pas croire un seul instant que Christopher veuille être juge.

Christopher répondit d'une voix tranquille et assurée :

— Oh si, monsieur. J'y tiens absolument.

— Mais il faut que ce soit un représentant de l'administration.

Masterman, le garçon dont la voix avait mis le plus longtemps à muer, se fit entendre.

— S'il vous plaît, monsieur, Christopher a des lunettes.

— Vous aussi, Masterman, seulement je doute que vous fassiez un bon juge.

— Mais je ne tiens pas à être juge, monsieur. (Masterman était le masochiste de l'école.) Moi, je veux être la victime.

Ronnie profita des ricanements de la salle.

— Il faut que Christopher soit juge, monsieur, comme je l'ai proposé. Je veux dire, c'est à nous de répartir les rôles. Ç'a toujours été comme ça.

Glennister se raidit.

— Ma décision est irrévocable, Ronnie.

— Mais monsieur, ça nous habitue à parler en public. Comme c'est expliqué dans le bulletin de présentation.

Christopher ajouta la roublardise charmeuse à la provocation têtue de Ronnie.

— Et vous, monsieur, vous n'avez pas besoin de vous entraîner à parler en public, n'est-ce pas ? Vous faites ça déjà si bien.

Masterman s'était remis debout.

— Ma mère m'a dit que votre discours à l'Association des Parents d'Élèves était vraiment fantastique, monsieur.

Glennister refusa de se laisser fléchir.

— Faire respecter l'ordre n'est pas toujours aussi facile que vous semblez le croire.

— J'aimerais m'y essayer, monsieur.

— Il faut que l'on puisse constater que justice est rendue.

— Je ferai de mon mieux, monsieur.

Glennister céda sans grâce.

— Oh, bon. Personne ne pourra dire que je ne suis pas beau joueur.

Les garçons se regardèrent et sourirent.

Glennister poursuivit la séance avec un manque ostensible d'intérêt.

— Qui voulez-vous comme avocat général ?

— Ronnie, monsieur.

— D'autres propositions ? Quelqu'un d'autre ? Bien. Ce sera donc Ronnie. Et qui se chargera de la défense ?

Christopher proposa Masterman.

— Donnez une chance au criminel.

Parmi les éclats de rire des garçons, Christopher déclara :

— Oh oui, monsieur, c'est ça que nous devons faire.

Sa voix était devenue dure comme l'acier.

— Exactement. Et rappelez-vous ce que je vous ai appris. Non seulement justice doit être rendue, mais on doit clairement constater que justice est rendue.

— Nous ne l'oublierons pas, fit Ronnie tout bas.

Le capitaine de l'équipe de cricket proposa ses services.

— Croyez-vous que vous saurez faire face aux complexités de procédure, Gary ?

— J'essaierai, monsieur.

— Il ne nous reste donc qu'une personne à choisir. Qui va être l'accusé ?

Ronnie et Christopher répondirent comme un seul homme.

— Vous, monsieur.

— Moi ?

— Parfaitement, monsieur. Vous.

— Certainement pas. Il n'en est pas question.

— Nous ne voulons pas que vous soyez tenu à l'écart, monsieur.

— C'est là faire preuve de beaucoup d'égards, mais c'est un honneur que je me vois contraint de décliner. Vous oubliez que je vais priver quelqu'un de l'occasion de parler en public.

— Vous n'aurez pas à parler, monsieur. Vous n'aurez qu'à dire « coupable » ou « non coupable », selon la ligne de défense que vous compterez adopter.

— C'est hors de question. Je ne veux pas en entendre parler.

L'avocat de Glennister ne chercha pas à le tirer d'embarras.

— Laissez-moi faire, monsieur. Je veillerai à ce que la partie soit égale.

Ce fut Christopher qui assena l'argument concluant.

— Personne ne pourra dire que vous n'êtes pas beau joueur, monsieur.

— Oh, ma foi..., fit Glennister, résigné. De quoi suis-je inculpé ?

— Il n'y a qu'un seul chef d'accusation qui vaille la peine d'un procès, monsieur. Le meurtre.

Dans le bureau de Christopher, le juge et l'avocat général étaient réunis pour un petit conciliabule.

— Quelle histoire nous mijotes-tu pour ce simulacre de procès, Chris ?

— Je vais bien trouver quelque chose.

— Est-ce qu'on ne pourrait pas utiliser les faits réels ?

— Tu vois Glennister s'asseoir au banc des accusés si nous agissons ainsi ?

— Franchement, non.

— Ma foi, c'est pourtant là que nous voulons le voir, Ronnie.

— Oui. J'espère que ça va marcher.

— Ça marchera, si nous synchronisons bien notre affaire. Écoute, les cars emmènent le reste de l'école au Bristol Old Vic à six heures. Le lever de rideau de notre petit spectacle est pour sept heures. Il ne faut pas qu'il devine ce que nous lui préparons avant que nous l'ayons fait asseoir au banc des accusés.

— Une fois que je le tiendrai là, je le transpercerai comme une motte de beurre.

— Souviens-toi que nous n'aspirons pas à la vengeance, mais à la justice.

— C'est du pareil au même, non ? (Un doute traversa alors l'esprit de Ronnie.) Chris ?

— Quoi ?

— Et l'infirmière ?

— Eh bien ?

— Elle est venue l'année dernière.

— Non.

— Mais si. J'étais assis à côté d'elle. Elle est restée du début à la fin. Je crois qu'elle a le béguin pour Glennister.

— Pour Glennister ? Impossible !

Toutefois, l'après-midi du procès, l'infirmière dissipa elle-même le doute tenace. Elle était en train de verser une seconde tasse de thé à M. Glennister.

— Vous attendez toujours avec impatience ce pseudo-procès. Vous avez besoin de vous lubrifier la voix le plus possible.

— Pas cette année, madame MacFarlane...

— Là ! Je savais bien qu'il y avait quelque chose. Je le devine toujours. Vous croyez qu'une aspirine vous ferait du bien ?

— Merci, madame l'infirmière, mais ce n'est pas un mal de tête qui me tourmente.

— Vous faites un si bon juge.

— Cette année je ne serai pas juge. Cette année,

ils ont choisi Christopher Seasalter. Ils ont réussi à me coller au banc des accusés.

L'infirmière eut du mal à en croire ses oreilles d'Écossaise à l'ouïe fine.

— D'après l'histoire qu'ils ont concoctée, je suis censé avoir assassiné Masterman.

L'infirmière hocha la tête avec compréhension.

— Voilà bien quelque chose que j'ai toujours eu envie de faire. Quel était votre mobile ?

— Il est censé m'avoir vu truquer les comptes de l'Association des Anciens Élèves. Et je suis censé l'avoir entraîné sur le chemin du jardin, lui avoir fait franchir la pelouse, puis le verger des cuisines, et enfin l'avoir poussé sous l'express de 9 h 30.

— Si vous ne devez pas être juge, je regretterai moins de ne pas assister au procès.

— Vous ne serez pas là ?

— Non. Le petit Jones a de la fièvre et il a besoin de soins attentifs. Nous ne pouvons pas régler ça en commission.

Glennister remâchait ses malheurs.

— Tout ça pour s'entraîner à parler en public ! J'aimerais voir le directeur au banc des accusés subir un contre-interrogatoire de la part d'un *prefect**. Ça ne va pas me faciliter la discipline demain.

— Bah ! émit l'infirmière d'un ton apaisant. Ce n'est qu'une bande de gamins qui jouent.

Les garçons s'étaient tous groupés pour le procès derrière les pupitres en surplomb du grand amphithéâtre. Les derniers cars emmenant le reste des élèves au Bristol Old Vic pour y voir le bain de sang de *Macbeth* étaient partis une heure plus tôt. Un silence insolite régnait maintenant dans l'édifice gothique.

* Élève des grandes classes chargé de la discipline. *(N.d.T.)*

— Que la Cour se lève.

Christopher, vêtu d'une toge de professeur et coiffé d'une vieille perruque empruntée à son père, fit une entrée pleine de dignité.

— Dennis Glennister, vous êtes accusé de meurtre. Précisément, le dix-huit juin d'il y a cinq ans, un mardi, vous avez amené John Hopkinson à mettre fin à ses jours.

Glennister se leva et donna un grand coup sur le pupitre devant lui.

— Hopkinson ? cria-t-il. Que vient faire ce malheureux garçon dans ce simulacre de procès ?

— Mais il ne s'agit pas d'un simulacre, monsieur Glennister, il s'agit d'un vrai procès. (Christopher reprit sa voix officielle.) Vous avez amené John Hopkinson à mettre fin à ses jours. Vous l'avez donc de ce fait assassiné. Devant cette accusation, plaidez-vous coupable ou non coupable ?

— Je refuse de participer plus longtemps à cette mascarade ! Christopher Seasalter et Ronald Firth, présentez-vous à mon bureau sur-le-champ !

Personne ne bougea.

— Une minute, monsieur Glennister, dit le juge. Vous ne pouvez pas interrompre votre procès. Il est commencé.

— Rien n'est commencé ! Ce jeu ridicule est terminé ! Vous n'êtes plus juge ! Ouvrez la porte, mon garçon !

— N'ouvre pas la porte, David.

— Entendu, Christopher.

Glennister se rua vers la porte. Des mains le retinrent sans ménagement.

— Reculez ! lança-t-il impérieusement. Laissez-moi passer !

— Ne le laisse pas passer, David. (La voix de Christopher était de plus en plus autoritaire.) Vous feriez mieux de reprendre place au banc des accusés, monsieur Glennister. Si vous n'y revenez pas de votre plein gré, nous allons devoir vous y forcer.

— Si c'est une plaisanterie, elle n'est pas drôle.

— Ce n'est pas une plaisanterie, répliqua Christopher amèrement. C'est on ne peut plus sérieux.

Le ressentiment perçait également dans la voix de Ronnie.

— Cela fait longtemps que nous attendons ce soir.

— Vous ne croyez pas que vous feriez mieux de me dire ce que vous manigancez ?

— C'est l'avocat général qui va s'expliquer là-dessus.

Cela avait pris longtemps pour préparer l'acte d'accusation. Cinq ans. Ronnie attaqua d'une voix mal assurée.

— John Hopkinson est mort il y a cinq ans aujourd'hui. Il avait douze ans. Nous avions tous environ douze ou treize ans à l'époque. Nous étions tous nouveaux ici et vous-même n'étiez pas là depuis longtemps, monsieur Glennister. Nous commencions à nous adapter, à faire connaissance entre nous, à nous faire des amis, à repérer nos ennemis.

« Christopher, Johnny et moi, nous étions toujours ensemble. Et puis un jour, de l'argent a disparu. Il avait été volé au pavillon à l'un des joueurs de l'équipe en visite. Ç'a été la panique. Au début tout le monde a été soupçonné, et puis tout d'un coup seul un élève a été soupçonné : Johnny. Personne n'a su pourquoi. Du moins, nous, nous n'avons pas su. Christopher et moi, nous ne le soupçonnions pas, car nous le connaissions.

« Mais vous l'avez convoqué, monsieur Glennister. Vous l'avez interrogé, vous lui avez fait subir un contre-interrogatoire. Il s'est effondré... Vous l'avez fait pleurer. Et lorsqu'il a continué de nier, vous l'avez envoyé chez le directeur. Alors le directeur s'est mis à le questionner de façon serrée, et il n'a pas voulu croire Johnny, ce que celui-ci n'a pas pu supporter. Il est revenu et nous a dit qu'ils allaient faire venir son père pour l'emmener. Et ça non plus, il n'a pas pu le supporter. Nous l'avons trouvé dans le gymnase...

— Oui, oui, je sais que vous l'avez trouvé dans le gymnase.

— Et lorsque nous avons coupé la corde, il était mort. Je n'avais encore jamais vu de mort. Un ami... Un ami qui était apparu et avait disparu en un éclair. Et c'est vous qui l'avez tué.

— Vous voulez dire que vous nourrissez ce grief contre moi depuis tout ce temps, Ronnie ?

— Vous l'avez tué, monsieur Glennister.

— Attends une minute, Ronnie, coupa Christopher depuis le banc du juge. C'est sur cela que nous allons nous prononcer.

— Je refuse de participer à cette mascarade morbide.

— A vous de décider, monsieur Glennister, parce que si vous ne prouvez pas votre innocence...

— Eh bien ? Finissez votre phrase.

— Nous serons obligés de vous déclarer coupable.

— Coupable de quoi, si je puis me permettre ?

— Coupable de meurtre.

— Et après, nous monterons tous boire notre cacao ?

— Pas ce soir, monsieur Glennister. Tous ici, nous sommes unis dans cette affaire et nous mettrons à exécution la sentence prononcée.

— Vous utiliserez le gibet de l'école, naturellement. C'est étonnant que le directeur n'en fasse pas mention dans son bulletin de présentation.

— Oh, nous avons les moyens, monsieur Glennister. Votre bureau est du côté de la voie de chemin de fer, n'est-ce pas ? Juste avant que le 10 h 10 ne passe, nous sortirons tous avec vous par les baies vitrées, nous traverserons la pelouse, qui est bien dissimulée derrière ces épais ifs noirs, nous franchirons le massif d'arbustes, le verger de la cuisine, et nous parviendrons au remblai. Et lorsque le train sera passé, puis que tout sera de nouveau calme, nous reviendrons. Non seulement, voyez-vous, justice aura été faite, mais l'on ne pourra assurément *pas* constater que justice aura été faite.

— Justice ! Et si vous décidez que je suis innocent... Vous pousserez des hourras, ou quoi ?

Le sourire de Ronnie avait disparu.

— Ne vous inquiétez pas. Vous êtes indubitablement coupable...

— Si nous vous acquittons, intervint Christopher, l'affaire sera enterrée. Nous n'en reparlerons plus jamais.

— Et vous croyez que je garderai ça pour moi ? Je vous ferai convoquer chez le directeur. Je vous ferai fouetter. Je vous ferai expulser.

— C'est un risque qu'il nous faut courir.

— Vous ne pouvez pas décemment penser que vous avez le droit de prononcer un jugement contre moi.

— Vraiment ?

— A l'époque, certains d'entre vous n'étaient même pas là.

— Douze pour être précis. Ce sont les jurés.

— Je ne peux croire que douze imbéciles entreprennent de me juger pour quelque chose que manifestement je n'ai pas commis, et qui remonte à cinq ans.

— Commençons-nous ? demanda le juge.

— Non, certainement pas ! David, prenez-vous cette histoire au sérieux ?

— Oui.

— James, vous vous imaginez que vous pouvez me juger ?

— Oui.

— Philip, vous n'avez rien à voir dans cette histoire ?

— Si, monsieur.

— Jack ?

— Pareil.

— Dominic !

— Pareil.

— Donald !

— Pareil.

— *Bill* ?

L'appel s'était transformé en gémissement. Les réponses étaient émises sur un ton tranquille et neutre.

— Pareil.

— *Gary, vous ne pouvez pas prendre cette histoire au sérieux* ?

— C'est moi qui assure votre défense.

— C'est monstrueux ! L'un de vos amis, un garçon que vous aimiez tous, est mort, et vous en faites un jeu.

— Ce n'est pas un jeu. Ça n'a jamais été un jeu. Nous prenons ceci au sérieux.

— Vous êtes fous. Vous êtes tous fous.

Christopher était disposé à le reconnaître.

— Oui, je crois que nous le sommes peut-être un peu. Nous y avons tant pensé.

Ronnie se laissa gagner par l'émotion.

— Nous qui connaissions Johnny, nous pensons à lui depuis tout ce temps. Et nous en avons parlé à ceux qui ne le connaissaient pas. Nous avons continué à le faire vivre. C'était notre devoir. Nous vous tenons enfin comme nous le souhaitions, et vous allez répondre de vos actes.

— Ah oui, vraiment ? (Les nerfs de Glennister le lâchèrent derechef. Ses cris résonnèrent dans l'école vide.) Holà ! Quelqu'un ! N'importe qui ! Ici, Glennister !

Les garçons le laissèrent s'époumoner.

— Vous oubliez qu'ils sont tous allés à l'Old Vic, observa Ronnie. Nous sommes seuls ici.

— Il n'y a que l'infirmière, corrigea Christopher, laissant filtrer un rayon d'espoir fallacieux.

— Au secours !

— Mais elle ne vous entendra pas, ajouta Christopher calmement. Elle est à l'infirmerie en train de soigner le petit Jones.

Le juge prit la parole dans le silence.

— Dennis Glennister, vous êtes accusé de meurtre. Plaidez-vous coupable ou non coupable ?

Le silence parut s'éterniser avant que Glennister ne crache les mots :

— Non coupable.

Les garçons se détendirent. Il avait accepté leur autorité. Il plaidait pour rester en vie.

Ronnie se leva, cette fois-ci avec cérémonie.

— Monsieur le Juge, Messieurs les Jurés, vous venez d'entendre le chef d'accusation. Nous savons pourquoi le détenu est au banc des accusés... Parce qu'il a acculé John Hopkinson au suicide.

L'avocat de la défense se mit debout.

— Objection, *My Lord*.

— Attendez une minute, Gary. (La voix de Glennister grimpa d'une octave.) Il y a quelque chose qui doit être bien clair pour vous tous. A partir de maintenant, je vais parler en mon nom.

— Je vous défendrai de mon mieux, monsieur Glennister. Je m'y emploierai à fond.

— Merci, Gary, mais comme je suis ici la seule personne qui connaisse toutes les données de l'affaire, je pense que je ferais mieux de vous les exposer moi-même. Vous pouvez appeler ça assurer ma propre défense, je préfère appeler ça dissiper un malentendu.

Le juge se laissa fléchir.

— Si vous le désirez, monsieur Glennister. Ce n'est que justice.

Ronnie poursuivit son exposé.

— Messieurs les jurés, je vais vous expliquer pourquoi il a agi ainsi, où il a agi, et comment il a agi. Et lorsque j'aurai établi tout cela, je vous administrerai la preuve indubitable que ce qu'il a fait a bien acculé Johnny au suicide.

« Bon, tout d'abord : pourquoi M. Glennister a-t-il tué Johnny ? Quel a été son mobile ? Je ne crois pas que nous ayons besoin de chercher très loin. M. Glennister n'aimait pas Johnny. C'était pareil que dans son autre école. Il en avait toujours après lui.

Dominic, le chef du jury, se leva.

— Christopher, puis-je poser une question à Ronnie ?

— Bien entendu, Dominic. C'est ton devoir en tant que premier juré d'éclaircir tout point obscur pour les jurés.

— Ronnie a parlé d'une autre école. Quelle autre école ?

— L'école primaire de Johnny. M. Glennister y enseignait avant de venir ici. C'est là que les ennuis ont commencé. Johnny disait qu'il n'avait jamais su pourquoi. M. Glennister n'avait pas l'air de l'aimer, voilà tout. Johnny disait que quand il était arrivé ici et avait découvert que M. Glennister était responsable de la maison, il avait failli s'enfuir. A revoir la chose aujourd'hui, ça aurait peut-être été la meilleure solution. Pour moi il ne fait aucun doute que M. Glennister persécutait Johnny, et je le prouverai.

« Passons au point suivant. Il se peut que nous n'ayons pas appris beaucoup de droit au cours des leçons d'instruction civique de M. Glennister, mais il y a bien une chose qu'il nous a enseignée : où chercher les réponses. Ces derniers mois, Christopher et moi avons étudié de fort près les *Éléments de Droit Criminel* de Kenny. A la page 146, Kenny nous donne une définition claire du meurtre, que voici.

Il ouvrit l'épais livre à un passage qu'il avait marqué.

« Tuer illégalement une créature douée de raison, qui vit en paix dans le Royaume, avec préméditation, explicite ou implicite, la mort s'ensuivant dans un délai d'un an et d'un jour. »

Glennister essaya de leur faire entendre raison.

— Vous savez, Christopher, écouter Ronnie lire ces lignes me fait songer à tous ces hommes de loi sagaces et à toutes les années qu'il leur a fallu pour mettre au clair un point pareil. Tout le mal que se sont donné ces esprits exercés pour définir ce qu'est un meurtre... Et dans quel dessein ? Pour que, si un homme se retrouve au banc des prévenus et est accusé d'avoir assassiné un autre homme, il ne soit pas pendu à moins de le mériter. Comment pouvez-vous espérer, Christopher, vous qui en savez si peu, vous qui prenez l'affaire tant à cœur, qui gardez un souvenir idéalisé de Johnny vivant et êtes indigné du tort qui lui a été fait, comment pouvez-vous vraiment imaginer que vous allez me juger avec équité ici ce soir ?

— Je ne sais pas, monsieur... Mais c'est notre seule chance d'obtenir justice pour Johnny.

— Johnny est mort. Il a mis fin à ses jours. Il n'a pu supporter les conséquences de ce qu'il avait fait.

— Vous aurez l'occasion de vous exprimer tout à l'heure, monsieur Glennister. Je dois vous demander pour le moment de laisser poursuivre l'avocat général.

— Si nous devons discuter de cette malheureuse affaire, pourquoi ne pas nous asseoir pour en parler ? Pourquoi sommes-nous obligés de jouer au juge et aux jurés ?

— Parce que c'est ainsi que nous avons décidé de procéder, monsieur Glennister. Nous avons estimé que nous devions cela à Johnny, et à nos consciences. Continue, Ronnie.

— Or il est clair à la lecture de ce livre que, d'après la loi, il n'est pas besoin de poignarder ou d'empoisonner quelqu'un pour le tuer. Il suffit de commettre un acte qui déclenche une série de conséquences — un acte qui pousse la victime à vouloir en finir avec la vie. M. Glennister n'a pas eu à passer la corde au cou de Johnny ni à faire sauter le tabouret d'un coup de pied. Il lui a suffi de rendre Johnny si malheureux que celui-ci s'est passé de lui-même la corde au cou. C'est bien un meurtre.

— J'aurai tout à l'heure quelque chose à dire là-dessus, Christopher.

— Bien sûr, monsieur.

— Voilà *comment* M. Glennister a tué Johnny. (Dans le silence pesant, Ronnie passa à son second point.) Examinons à présent la question de la « préméditation ». M. Glennister avait véritablement pris Johnny en grippe. Je vais maintenant appeler des témoins qui seront en mesure d'en apporter la preuve.

L'un après l'autre les garçons défilèrent à la barre et accumulèrent les exemples de persécution de Johnny de la part de Glennister. Ce dernier écouta les accusations en silence jusqu'à ce que Ronnie fasse comparaître Sidney Bloom.

— Bien, Sidney, tu voyais pas mal Johnny à l'époque du vol. Quelle impression t'a-t-il donnée ?

— Il m'a semblé nerveux, très nerveux.

— Avait-il un air coupable ?

— Oh, non, pas coupable... préoccupé. Mais il est *impossible* qu'il ait volé cet argent, n'est-ce pas ?

— Pourquoi ?

— Parce qu'il m'a demandé de lui prêter dix shillings le lendemain même.

— Et les lui as-tu prêtés ?

— Naturellement... C'était mon ami.

— Des questions, monsieur Glennister ?

Glennister paraissait sincèrement perplexe.

— Qu'essayez-vous de démontrer, Ronnie ?

— Je crois, monsieur, que cela prouve que Johnny n'avait pas volé l'argent. Il n'en aurait pas emprunté à Sidney s'il avait été en fonds. Il n'en aurait pas éprouvé la nécessité. Et d'ailleurs ça me rappelle... Sidney ?

— Oui, Ronnie ?

— Monsieur Glennister a-t-il su à l'époque que Johnny t'avait emprunté dix shillings ?

— Parfaitement. Je suis allé aussitôt l'en informer.

— Et qu'a-t-il dit ?

— Glennister ? Il m'a seulement dit de la boucler, puis il a convoqué Johnny et s'est remis à le tarabuster.

— Comme vous le constatez, Messieurs les jurés, M. Glennister ne fut pas ébranlé. Il n'a pas cherché à savoir si Johnny était coupable ou non. Il voulait simplement lui empoisonner la vie.

— Pourquoi, Ronnie ? demanda l'accusé. Pourquoi aurais-je voulu empoisonner la vie de Johnny ?

— Vous avez vos chouchous et vos têtes de Turcs, monsieur Glennister.

— Vous vous situez dans quelle catégorie, Ronnie ?

— Ma foi, j'ai été l'un de vos chouchous — jusqu'ici —, mais cela ne m'a pas abusé.

— Non, effectivement. Vous m'avez toujours intrigué, vous et Christopher. Vous paraissez vous intéresser, avoir l'esprit en éveil, et j'aime ça. Vous êtes un peu ombrageux, Christopher est un peu pompeux, et il y a toujours quelque chose que je n'ai jamais réussi à sonder tout à fait... Voilà peut-être ce que c'était... Mais je vous ai toujours bien aimés.

— Ce sont les jurés que vous devriez flatter, monsieur Glennister, intervint le juge. Ce n'est pas nous.

— Je ne vous flatte pas ! s'écria Glennister. Je vous fais le compliment de vous traiter en adultes. Ronnie...

Il se tourna vers le garçon.

— Oui.

— Vous dites que Johnny n'était pas coupable.

— Je sais qu'il ne l'était pas.

— Vous dites que je n'avais pas de raisons de supposer qu'il l'était.

— Vous n'en n'aviez pas et vous le saviez.

— Vous pensiez que je tenais seulement à le persécuter ?

— Pour quelle autre raison l'avez-vous dénoncé ? Pour quelle autre raison l'avez-vous emmené chez le directeur ? Vous l'avez pratiquement traîné dans son bureau.

— Y avait-il un autre suspect ?

— Plus à partir du moment où vous avez commencé votre persécution.

— Avez-vous soupçonné quelqu'un d'autre ?

— Non.

— Absolument personne ?

— Non.

— Mais l'argent a disparu.

— Oui.

— Vous convenez qu'il était important que le coupable fût découvert ?

— Je ne sais pas... Pourquoi était-ce si important ?

— L'honneur de l'école était en jeu.
— La vie de Johnny l'était aussi ! Je suis heureux que vous pensiez avoir sauvé la réputation de l'école, monsieur Glennister... Sinon ils auraient été obligés de diminuer les droits d'inscription, n'est-ce pas ?
Glennister baissa la voix, faisant ostensiblement un effort sur lui-même.
— J'essaie de vous démontrer qu'il était important qu'on retrouve le coupable.
— Vous voulez dire qu'il était important pour vous de découvrir que le coupable était Johnny. Ainsi vous gagniez sur les deux tableaux. Cela vous faisait bien voir du directeur, et débarrassait l'école de Johnny, bien que Dieu seul sache pourquoi vous souhaitiez ça.
— J'avais une bonne raison de soupçonner que Johnny était le coupable.
Christopher donna des coups de règle.
— Je ne peux tolérer que continuent les questions en ce sens. Nous ne sommes pas là pour juger Johnny ni pour démontrer qui a volé l'argent. Nous sommes là pour vous juger, monsieur Glennister, parce que certains d'entre nous estiment que, en le dénonçant, vous l'avez tué.
— Mais je fais tout mon possible pour prouver que j'avais mes raisons d'emmener Johnny chez le directeur. Je ne pouvais pas faire autrement.
— Pourquoi ?
— Vous croyez tous que vous savez tout. Ronnie, saviez-vous tout sur Johnny ?
— Je savais beaucoup de choses sur lui. C'était mon ami.
— Saviez-vous, par exemple, que Johnny avait été expulsé pour vol de l'école où il était auparavant ?
Il y eut un silence, puis Ronnie lâcha :
— Vous mentez.

Glennister brandit sa Bible.

— Je jure devant Dieu Tout-Puissant que ce que je vais déclarer à cette assemblée, qui s'est elle-même érigée en tribunal, sera la vérité, toute la vérité, ne sera rien que la vérité. Je le jure devant Dieu !

— Vous dites que Johnny avait été expulsé pour vol ?

Christopher n'arrivait pas à y croire.

Ronnie vint à sa rescousse.

— Alors ils se sont autant trompés là-bas qu'ici.

— Ils ne se sont pas trompés, Ronnie. On a pris Johnny sur le fait. La main dans le sac.

— Eh bien, il ne nous en a pas parlé.

— Il ne vous en a pas parlé ? En auriez-vous parlé à qui que ce soit si vous aviez fait ce qu'il a fait ? Bien sûr qu'il ne vous en a pas soufflé mot. Et voilà pourquoi il était mal à l'aise à mon sujet. Lorsqu'il est arrivé ici, je l'ai convoqué dans mon bureau et je lui ai dit que, de mon point de vue, le passé était le passé et qu'il valait mieux l'enterrer dans la mesure où il se conduisait comme j'espérais sincèrement qu'il se comporterait à l'avenir. Et je lui en ai donné l'occasion. Je lui ai fait entière confiance — aussi longtemps que cela m'a été possible. Mais je ne pouvais pas laisser soupçonner toute l'école alors que j'avais de bonnes raisons de croire que je connaissais le coupable.

Il y eut des murmures parmi les jurés et le chef du jury se leva.

— Le jury a une question à poser, Christopher.

— Quoi donc ?

— Vous nous avez beaucoup parlé de Johnny. Il est devenu une légende en quelque sorte. Mais vous ne nous avez jamais dit qu'il avait été expulsé, et nous devons tenir compte de cela... C'est normal.

— *Si* c'est vrai, le mit en garde Ronnie. Si l'on peut croire M. Glennister.

— Vous pouvez me croire. Je suis sous serment... Je suis la seule personne dans cette salle qui soit sous serment.

— Je crois qu'il est temps que j'éclaircisse un point à l'intention des jurés, observa Christopher. M. Glennister a essayé de nous faire croire que Johnny avait volé de l'argent avant de venir ici — et cela est possible. Mais cela ne prouve pas qu'il ait volé une seconde fois. Cela ne prouve rien. Sinon, chaque fois qu'un délit est commis, la police n'arrêterait que les gens qui ont déjà fait de la prison. Il est bien connu que si la police fait comparaître quelqu'un devant les tribunaux et l'inculpe d'un délit, son casier n'est pas rendu public avant qu'il n'ait été jugé pour ce délit au vu des données de l'affaire. N'est-ce pas vrai, monsieur Glennister ?

— Si.

— Et pourtant lorsque vous avez fait pleurer Johnny dans votre bureau, lorsque vous l'avez convoqué chez le directeur, tout ce que vous aviez contre lui se réduisait à ce qu'il avait fait précédemment... autrement dit, à son casier.

— Il était de mon devoir d'indiquer cela au directeur.

— D'indiquer ? Cela fait de vous un indicateur ! lança Ronnie avec mépris.

— Ne voyez-vous donc pas ce pour quoi nous vous jugeons ? intervint Christopher. Nous vous jugeons pour avoir poussé Johnny au-delà de ce qu'il pouvait endurer. Il a mis fin à ses jours et c'est votre faute.

— Vous êtes coupable, Glennister, déclara Ronnie. Sans doute aucun. Et cela signe votre arrêt de mort. Johnny était innocent. Vous l'avez dénoncé, et du coup Johnny s'est tué.

— Vous avez parlé de justice, répliqua le professeur. Très bien, examinons votre justice. Vous avez parlé de loi. Très bien, examinons la loi. Vous avez cité Kenny. Très bien, laissez-moi me référer à Kenny. Je vais vous lire un autre passage. (Il s'empara du livre.) « Il a été établi par le baron Martin dans l'affaire de la Couronne contre Monks en 1870 que, si un mécanicien cause une collision par négligence et qu'un passager, s'avisant de l'imminence de la collision, saute du train et se tue en sautant, la responsabilité du mécanicien dans l'homicide du passager reposera sur la question de savoir si un homme normalement maître de soi aurait ainsi sauté, ou bien si seul un homme anormalement craintif l'aurait fait. »

— Quel rapport avec Johnny ?

— Eh bien, c'est moi le mécanicien ; Johnny était le passager. J'avais agi en mon âme et conscience quand Johnny a sauté du train. Il s'agit de savoir si, dans les mêmes circonstances, l'un d'entre vous aurait sauté. Auriez-vous envoyé valser le tabouret comme l'a fait Johnny ?

— Je ne suis pas là pour donner des réponses, monsieur Glennister, mais seulement pour juger les vôtres.

— D'accord. Ronnie, qu'auriez-vous fait ?

— Je ne suis pas là non plus pour répondre à des questions, je suis là pour les poser.

— Vous allez répondre à cette question. Tous les garçons dans cette salle vont y répondre. Vous avez remâché cette tragédie en étant obnubilés par une image de Johnny que vous vous êtes forgée depuis cinq ans. Maintenant vous allez y repenser les yeux dessillés.

— Je viens d'un milieu plus rude que celui de Johnny. Je ne me tuerais pas aussi facilement.

— Exactement, Ronnie. Voilà ce que je veux dire. Dominic, auriez-vous mis fin à vos jours si vous aviez été à la place de Johnny ?

— Non, mais...

— Il n'y a pas de mais. Vous avez répondu à la question.

Un train siffla, et l'instant d'après il dévalait la tranchée dans un grondement de tonnerre.

— C'est le train qui vient de la ville, Christopher, observa Ronnie. Glennister essaie de gagner du temps, vous ne voyez donc pas ?

— Allons, monsieur Glennister, poursuivez.

— La loi ne supporte pas la précipitation, Christopher.

— Justice doit être faite, monsieur Glennister, et le temps presse.

Glennister se tourna vers Sidney.

— Vous, Bloom, auriez-vous mis fin à vos jours dans la même situation ?

— En aucun cas.

— Bien sûr que non. (Il secoua le banc des jurés.) Et vous ? Vous ? Vous ? Vous ? Vous ?

Chacun des garçons fit un signe de tête négatif l'un après l'autre.

— Vous voyez, Christopher, aucun d'entre eux... Pas un seul. Tout le monde ici a été un jeune garçon comme Johnny et pas un ne se serait tué comme Johnny l'a fait... Alors, comment s'attendre que moi, professeur stupide, j'aie pu penser que la mort de Johnny était même seulement dans l'ordre des possibilités ? Je n'ai agi qu'en mon âme et conscience.

— Il essaie de dégager sa responsabilité, Christopher. Il se cherche des excuses.

— Mais n'est-ce pas la raison pour laquelle vous m'avez demandé de venir ici ?... Pour que je me justifie ? Ce procès est votre petit jeu, pas le mien.

Le juge prit un air sévère.

— Ce n'est pas un jeu, monsieur Glennister.

— Bon, d'accord, si ce n'est pas un jeu, si vous tenez à prendre ça au sérieux, je vous ai prouvé sérieusement que j'étais innocent. C'est la loi. Vous êtes obligés de m'acquitter.

Dominic prit la parole au nom des jurés.

— Écoute un peu, Christopher... Est-ce la loi, oui ou non ?

— Messieurs les jurés... (Christopher devint solennel.)... Tout d'abord, nous jugeons M. Glennister parce que la justice ne l'a pas fait. M. Glennister a agi comme nous le savons, et le résultat a été que Johnny est mort. M. Glennister n'a jamais comparu devant un tribunal pour répondre de ses actes. Voilà donc pourquoi nous avons pris cette responsabilité : parce que la justice a été inopérante. Juridiquement, M. Glennister peut être acquitté.

— Juridiquement, je *dois* être acquitté. Vous n'avez pas prouvé ma culpabilité.

— Vous n'avez pas prouvé votre innocence, rétorqua Bloom.

— Je n'y suis pas tenu, Bloom. Je n'y suis pas tenu. Je cite Kenny de nouveau : « Dans tout l'entrelacs de la Loi Criminelle Anglaise apparaît toujours un Fil d'Or, à savoir qu'il incombe au ministère public d'établir la culpabilité du prévenu. Ce dernier n'est pas tenu de convaincre les jurés de son innocence — juridiquement parlant. »

Christopher intervint.

— Juridiquement parlant, M. Glennister peut se dire que Johnny a été responsable de sa propre mort. Mais nous sommes ici parce que nos consciences nous ont poussés à nous y réunir. Nous sommes ici parce que la loi a failli à sa mission. Elle a laissé un grand vide, et M. Glennister est passé à travers. Si nous sommes ici pour suppléer aux déficiences de la loi, alors il n'est pas raisonnable de nous laisser entraver par elle. Un tribunal, dit-on, n'est pas un tribunal de morale, mais que jugeons-nous ici sinon un problème moral ? Moralement, M. Glennister est responsable de la mort de Johnny.

Glennister garda son sang-froid.

— La morale est affaire personnelle. Chacun a sa propre conscience, laquelle diffère de celle du voisin. On ne saurait mesurer le comportement de quelqu'un à l'aune d'un critère moral, car ça n'est pas un critère. En revanche, la loi, elle, est exacte et impersonnelle. C'est un critère sûr grâce auquel on peut juger des données et dire que tel ou tel comportement est bien ou mal.

— Ce n'est pas le moment de nous faire un de vos cours à la manque, Glennister, lança Ronnie avec hargne. Bon Dieu, parler sous serment, c'est la seule chose qui compte pour vous, n'est-ce pas ? Vous seriez prêt — sous serment — à faire perdre à Johnny toute chance d'obtenir justice, sans que cela vous fasse ni chaud ni froid. Ma foi, heureusement grâce à *nous* Johnny a des chances d'obtenir justice. Nous ne nous sommes pas préoccupés de cette affaire depuis cinq ans pour qu'elle soit enterrée sous quelques phrases. Nous n'avons pas oublié Johnny, sans personne pour le défendre, personne pour dire « je te fais confiance » ou « je crois en toi » à part nous. Nous ne comptions pas à l'époque, mais bon sang, nous allons compter à présent. N'est-ce pas ?

Il regarda autour de lui dans la salle et en fut récompensé aux cris de « Oui ! ».

— La justice pour Johnny ! s'exclama Glennister. Et la justice à mon égard ?

— Vous allez recevoir ce que vous méritez, Glennister, et dans peu de temps.

— Ne vous êtes-vous jamais demandé ce que j'ai éprouvé quand on a trouvé Johnny ?

— Un sentiment de culpabilité, sans doute... Je ne vois pas ce que vous avez pu éprouver d'autre.

— Non, je ne me suis pas senti coupable, Ronnie, mais j'ai été très perturbé.

— Il était trop tard pour être perturbé.

— *Je ne pouvais pas agir autrement !*

— Si, rétorqua Sidney. Vous pouviez la boucler.

— J'avais mes responsabilités.

A présent toute la salle le bombardait de questions.

— Qu'est-ce qui compte le plus, vos responsabilités ou la vie d'un garçon ?

— La question ne se présentait pas pour moi sous cet angle, Dominic. Je ne pouvais prévoir l'avenir. Je ne savais pas ce que Johnny allait faire.

— Vous ne pensiez pas qu'il allait perdre les pédales, hein ?

— Je pensais qu'il réagirait comme vous tous, Philip.

— Nous, nous n'étions pas persécutés.

— Je lui ai laissé une chance de se disculper. Je lui ai laissé toutes les chances.

Mais pour le moment ils ne lui en laissaient aucune de répondre.

— Ce n'est pas l'impression qu'a eue Johnny.

— Vous n'avez pas voulu le croire lorsqu'il l'a fait.

— Il savait que vous en aviez après lui.

— Vous ne pouvez pas le nier.

— Je le nie ! Je le nie ! Mais vous ne voulez pas me croire !

La voix de Christopher se fit entendre malgré le tohu-bohu.

— Avez-vous cru Johnny, monsieur Glennister ?

— Non.

— Alors vous savez maintenant ce qu'il a éprouvé, n'est-ce pas ?

— J'ai toujours mal accepté la mort de Johnny, seulement je sais, en toute conscience, que ce n'était pas ma faute. Mais vous, savez-vous ce que vous ressentirez si vous me faites subir cette chose monstrueuse ? Vous serez hantés jusqu'à la fin de vos jours. Lorsque vous vous réveillerez demain matin, vous ne voudrez pas vous regarder les uns les autres. Vous constaterez que vous évitez le regard des autres. Vous vous dites peut-être en ce moment que vous tiendrez le coup, mais pouvez-vous être sûrs que personne ne craquera ? A mesure que la matinée avancera, on commencera à poser des questions : « Où est M. Glennister ? Où est-il allé ? » Tous, vous plongerez les yeux dans votre assiette. Et soit on apprendra la vérité sur-le-champ, soit on la découvrira bien vite. Croyez-vous qu'il n'y aura pas d'enquête ? Vous estimez-vous tous assez malins pour vous en tirer ?

Christopher s'adressa à la Cour sur un ton froid.

— Messieurs les jurés...

— Mais vous *ne pouvez pas* me tuer. Je suis professeur !

— Ça n'a aucun rapport. Nous avons exactement cinq minutes pour vous emmener jusqu'au remblai et vous pousser... Il nous faudra deux bonnes minutes pour vous traîner là-bas, et à mon avis vous êtes du genre à opposer de la résistance.

— On pourrait l'assommer d'abord.

— Bon sang, Ronnie, vous avez réellement l'intention de faire ça, hein ? Depuis le début c'est ce que vous aviez dans l'idée !

— Que le prisonnier se lève pour entendre le verdict.

— Levez-vous, Glennister.

— Mais les jurés ! Les jurés !

— Messieurs les jurés, êtes-vous tous d'accord sur votre verdict ?

— Oui.

— Tenez-vous Dennis Glennister, le détenu qui est au banc des accusés, pour coupable ou non coupable ?

— Coupable.

— Vous le jugez coupable de meurtre et c'est là votre verdict à vous tous ?

— Oui.

— Mais vous ne pouvez pas ! Pas avec ces preuves !

— Pas avec les preuves apportées ici, monsieur Glennister. Mais en nous fondant sur ce que Christopher et Ronnie nous ont raconté durant toutes ces années. Nous avons toujours su que vous étiez coupable. (Dominic le considéra d'un œil fixe. Une jouissance sadique perçait dans sa voix.) Mais nous voulions vous entendre parler.

— C'est horrible. Johnny a choisi *lui-même* de se donner la mort.

— Dennis Glennister, vous êtes accusé de meurtre. Voyez-vous une raison s'opposant à ce que la Cour prononce une sentence de mort ?

— Je ne peux plus penser. Je ne peux plus raisonner.

— C'est ce qui arrive aux mouchards.

— Bon sang, vous dites ça comme si vous aviez encore treize ans.

— Avez-vous quelque chose à déclarer, monsieur Glennister ? C'est votre dernière chance.

— Je comprends tout maintenant. Je n'ai pas la moindre chance... Vous avez toujours treize ans, tous autant que vous êtes. Vous ne voyez pas ? Il y a des choses qu'on n'accepte pas à treize ans et qu'on accepte à trente... Quelqu'un vous dit qu'il ne vous achètera pas de glace et vous seriez capable de le tuer pour ça. Mais on grandit...

Tandis que Glennister continuait à parler désespérément, Christopher se mit à prononcer la sentence. Les deux discours s'entrelaçaient, l'un froid et mesuré, l'autre de plus en plus hystérique, mais c'était Christopher que les garçons écoutaient.

— Dennis Glennister. Le verdict de la Cour à votre égard est que vous soyez emmené d'ici jusqu'au lieu de l'exécution. Que le Seigneur ait pitié de votre âme.

Les cris de Glennister pour appeler au secours

furent noyés sous un vigoureux *Tipperary* entonné en chœur, et tous ensemble, chantant à pleins poumons, ils l'entraînèrent hors de l'amphi en direction de la voie de chemin de fer. Cela aurait réjoui le directeur d'entendre ces robustes harmonies. « L'école ne néglige aucune occasion de cultiver chez les garçons le goût pour la musique. Nous encourageons le chant choral et collectif. Un garçon qui chante est un garçon heureux et sain. »

Birkenshaw était assis en face du directeur, et examinait le bulletin de présentation.

— Je suppose que vous allez être obligé de diminuer les droits d'inscription en raison du scandale.

— Oh, ne dites pas ça, Birkenshaw. Un suicide est un suicide, et ce pauvre Glennister avait toujours été déséquilibré. J'avais toujours pensé qu'il ne ferait pas de vieux os, et j'ai un très bon professeur d'instruction civique en réserve, moins cher que lui. Je ne vois pas non plus de raison de modifier le bulletin de présentation. (Il prit une voix noble et assurée pour lire :) « Le but de l'école n'est pas de former de futurs premiers ministres, ni des phénomènes sur le plan intellectuel, ni des sportifs attardés, mais... (Il marqua une pause, n'arrivant pas à se lasser de l'effet.)... de bons citoyens. »

Trial by Fury.
Traduction de Jean-Bernard Piat.

ON NE SE MÉFIE JAMAIS ASSEZ

par MIKE BRETT

Oakes, le détective de l'hôtel, repéra la jeune femme dès qu'elle s'assit au bar près de Willis Hartley III. C'était une rouquine séduisante et mince, vêtue d'une courte robe blanche qui contrastait vivement avec le bronzage intense de ses épaules et de ses bras.

Oakes eut un hochement de tête appréciateur. La jeune femme était ravissante. Elle ferait croire à n'importe qui qu'elle était « innocente ».

Avec l'expérience acquise au cours de cinq ans de métier dans la Brigade des Mœurs, puis quatre ans à l'hôtel, Oakes savait que c'était une entôleuse. Sa méthode consistait à capter la confiance des riches et des imprudents pour les plumer à fond.

Oakes l'observait depuis une stalle. Le bar n'était pas bondé. Tout au bout, il y avait un couple de jeunes mariés qui chuchotaient, leurs têtes rapprochées ; trois congressistes d'âge moyen à peu près au milieu ; puis Willis Hartley, le millionnaire ; ensuite la jeune femme. Visiblement, elle avait jeté son dévolu sur Hartley.

Oakes se rencoigna dans sa stalle pour surveiller

le déroulement de l'opération. La jeune femme commanda une consommation. Tandis que Jimmy, le barman, posait un dessous de verre en carton devant elle, Oakes, ayant croisé le regard de Jimmy, fit un petit geste en direction de la jeune femme.

Jimmy la dévisagea, sourit d'un air réticent, se pencha sur le bar et lui dit quelque chose.

Pendant un instant, elle ne répliqua rien, puis déclara d'une voix qui s'entendit dans toute la salle :

— Je ne vous montrerai pas mon permis de conduire. J'ai l'âge de boire dans cet État, et vous le savez.

Jimmy semblait embarrassé.

— Je vous en prie, mademoiselle. Nous n'avons pas le droit de servir les mineurs. Il n'y a là rien de personnel. Je fais seulement mon travail.

— Comment ! Vous savez bien que je ne suis pas mineure. Je ne vous montrerai pas de pièce d'identité.

Elle était furieuse.

La discussion avait attiré l'attention des trois congressistes. L'un d'eux dit tout haut :

— Servez donc cette jeune femme. Elle a sûrement l'âge voulu. Allons, soyez gentil.

Jimmy eut un faible sourire.

— Je ne suis qu'un employé. Des places comme celle-ci sont dures à trouver, monsieur.

Il se tourna vers la jeune femme.

— Je vous en prie, mademoiselle. Il faut que je voie un permis de conduire ou une autre pièce d'identité.

Willis Hartley III se retourna et examina attentivement la jeune femme.

Elle prit dans son sac un portefeuille, chercha son permis qu'elle tendit à Jimmy. Il y jeta un coup d'œil et le rendit aussitôt.

— C'est le règlement de la maison, Miss Bates, dit-il d'un ton d'excuse.

Miss Bates hocha sèchement la tête. Jimmy prépara sa consommation, la lui apporta et s'en alla essuyer des verres.

La jeune femme avala sa consommation d'un trait, regarda droit devant elle dans la glace derrière le bar et fondit en larmes, puis sortit vivement de son sac un mouchoir en papier.

Oakes faillit éclater de rire. Celle-là était une comédienne consommée. Elle aurait fait une belle carrière à Broadway. Elle avait tout le talent voulu.

Hartley se leva, se dirigea vers la jeune femme et s'assit à côté d'elle.

Oakes soupira : encore un gogo qui allait mordre la poussière ! Il se leva et s'approcha du bar. Tôt ou tard, il lui faudrait avertir Willis Hartley. Oakes savait qu'il devrait choisir le bon moment pour parler. Les gens importants, estimant peut-être que leur fortune et leur puissance les rendent en quelque sorte invulnérables, s'offensent parfois qu'on leur dise qu'ils sont des dupes.

Willis Hartley avait environ cinquante ans. Il portait un costume du bon faiseur et des chaussures qui avaient dû coûter au moins deux cents dollars, ce qui le désignait comme un bon gibier pour toutes sortes de filouteries. C'était un homme à surveiller, car l'hôtel n'aimait pas que ses clients soient victimes d'entourloupes.

A présent, Hartley et la jeune femme parlaient ensemble tranquillement. La police locale n'avait jamais arrêté Miss Bates pour quoi que ce soit, sinon Oakes l'aurait su, mais elle était indubitablement en train de ferrer Hartley.

Oakes entendit ce qu'elle disait entre deux reniflements.

— Je devais retrouver mon fiancé. Je ne sais pas ce qui lui est arrivé. Il n'a pas téléphoné et je n'ai pas réussi à le joindre. Je me demande ce que je vais faire. Je suis si malheureuse. Je partirai demain matin.

— Quel dommage, dit Hartley. C'est si agréable ici. Y a-t-il quelque chose que je puisse faire ?

Ces mots augmentèrent les pleurs de Miss Bates. Elle se moucha et s'enfuit vers les toilettes.

Oakes se leva. Le moment en valait un autre pour éclairer Hartley sur les réalités de l'existence. Il s'avança, se présenta et demanda :

— Puis-je vous parler en particulier, monsieur Hartley ?

— Certes, rétorqua l'autre. Nous pouvons parler ici même.

— Monsieur Hartley, j'espère que vous n'interpréterez pas mal ce que je vais vous dire.

— Non, non... répondit Hartley froidement. Qu'y a-t-il ?

— La jeune femme avec qui vous venez de parler, elle est ici depuis trois jours, seule... Alors, ce que je veux dire, monsieur Hartley, c'est que, d'après l'expérience de l'hôtel, une jeune femme seule peut parfois attirer des ennuis aux autres clients.

— Elle ne m'a causé aucun ennui, dit Hartley d'une voix glaciale. Pourquoi êtes-vous si inquiet ?

Oakes arbora un petit sourire. Il faut prendre des gants si l'on veut ne pas offenser une haute personnalité comme Hartley. C'était son premier séjour et l'hôtel l'avait accueilli avec tous les égards possibles. On lui avait donné le plus bel appartement et la meilleure table dans la salle à manger. Il était susceptible d'amener un gros chiffre d'affaires à l'hôtel. C'était un client à ménager. On s'était vraiment mis en frais en son honneur.

Oakes secoua tristement la tête.

— Je sais que vous vous refusez à admettre que cette jeune femme n'est pas quelqu'un de bien. Je m'en rends compte, mais croyez-moi, monsieur, dans mon emploi j'en vois tellement que je finis par les repérer. Cette jeune femme mijote quelque tour de sa façon et l'hôtel ne tient pas à ce qu'il y ait des pots cassés.

— Vraiment ! Voilà qui est intéressant, déclara Hartley. Vous dites qu'il vous suffit de jeter un coup d'œil sur une jeune femme pour reconnaître, comme ça, qu'elle prépare un mauvais coup ?

— Oui, monsieur, dit Oakes.

Pendant un instant, Hartley contempla pensivement son verre, puis il regarda Oakes.

— La jeune femme ne m'a pas accosté. C'est moi qui suis allé la trouver quand j'ai vu qu'elle pleurait.

— C'est exact, admit Oakes. Je l'ai vu. Sans doute les larmes font-elles partie de son scénario.

— Vous me surveilliez ! s'exclama Hartley, furieux.

— Non, monsieur. Pas vous spécialement. Je faisais simplement mon travail qui consiste à avoir l'œil sur ce qui se passe. Quand on a suivi la marche d'un hôtel pendant assez longtemps et observé les gens, on est capable ensuite de démasquer les filous.

— Et cette jeune femme, pour reprendre votre expression, fait partie des filous ?

— Oui, absolument, monsieur Hartley.

— Vous m'intriguez, monsieur Oakes. Comment vous y prenez-vous pour déceler qu'elle est ce que vous dites ?

— Au bout d'un certain temps. on finit par avoir une sorte de sixième sens.

Hartley eut un rire amer.

— Et tout ça, au premier coup d'œil ? Que savez-vous exactement de cette jeune femme ? Que pensez-vous qu'elle a en tête à mon sujet ?

— Une fille comme elle... Dans certains cas, des filles comme ça font souvent du chantage. Vous avez vu comme elle répugnait à dire son âge. Elle paraît très jeune. Leur manière d'agir est fort simple. La fille prétend qu'elle ne s'est pas rendu compte ; elle dit par exemple que l'homme l'a fait boire plus que de raison. Vous avez vu la façon dont elle a pleuré au bar il y a un moment ? Elle peut faire jaillir les larmes à volonté pour votre bénéfice, monsieur Hartley. Oh ! elles connaissent tous les tours, monsieur. Elle peut montrer sa robe déchirée aux bons endroits et dire que c'est vous qui l'avez fait. Elle peut dire qu'elle est mineure.

Hartley hocha la tête, pensif.

— Une chose seulement, monsieur Oakes. Elle a prouvé officiellement qu'elle était majeure, ce qui contredit votre ignoble théorie et la réduit à zéro, n'est-ce pas ?

— Je le pense, en effet, monsieur Hartley. Mais elle vous réserve peut-être une autre sorte de surprise.

— Je n'aime pas votre attitude envers cette jeune femme, ni votre attitude envers moi. Je ne suis pas idiot et la stupidité du barman qui a questionné et mis dans l'embarras Miss Bates m'irrite. Je suis enclin à croire que l'hôtel craint qu'elle ne paie pas sa note.

Oakes garda le silence.

— C'est ce que je pensais, dit Hartley d'un air entendu. Eh bien, vous pouvez dire à la direction de ne pas se faire de soucis. Je m'en chargerai.

— Oui, monsieur Hartley. Je vous serais obligé de ne rien dire à la direction. (Oakes tendit les mains, implorant.) J'ai dû faire erreur.

Hartley le congédia d'un geste.

— Très bien, n'en parlons plus. Je suis venu ici pour échapper aux tracas et aux ennuis des affaires. Laissez tomber.

Oakes le remercia plusieurs fois et s'éloigna. La jeune femme avait fait gober l'appât à Hartley ; maintenant, elle n'avait plus qu'à tirer la ligne d'un coup sec pour ferrer l'hameçon. Quoi qu'on dise à Hartley à son sujet, il ne le croirait pas. Miss Bates avait l'air innocent, particulièrement adorable, des formes ravissantes et elle pleurait à volonté.

Devant une telle combinaison, Willis Hartley n'avait aucune chance. O ironie, c'étaient les gens les plus expérimentés qui tombaient généralement dans le piège.

Un appel téléphonique l'attendait quand il revint dans son petit bureau. Il repartit enquêter sur la plainte d'une jeune institutrice affolée qui déclarait que son bracelet-montre avait été volé pendant qu'elle s'était absentée de sa chambre. Une rapide recherche révéla que l'objet était tombé derrière sa table de nuit. Elle remercia sincèrement Oakes.

— Il n'y a pas de quoi, dit celui-ci. Cela rentre dans mes attributions. Ne vous gênez pas pour faire appel à moi. Nous tenons à rendre votre séjour aussi agréable que possible.

Il prit l'ascenseur pour redescendre dans sa petite chambre où il se doucha, se rasa et s'étendit ensuite sur le lit. Bon, se dit-il, la jeune femme allait escroquer Hartley. Un type comme lui remue pas mal de vent et il ne va pas aimer ça quand ça arrivera. Il t'a déjà dit de te mêler de ce qui te regarde, Oakes, mais si tu obtempères, il y aura sûrement des ennuis à la pelle pour tout le monde et personne n'y tient. Alors, qu'est-ce que tu fais, Oakes ? Tu continues à avoir l'œil sur eux, voilà ce que tu fais. Tu as prévenu Hartley au sujet de la fille et s'il n'est pas assez malin pour tenir compte d'une mise en garde sérieuse, alors tant pis pour lui.

Il s'habilla et descendit à la salle à manger, où il vit Hartley et Miss Bates ensemble. Ils allèrent ensuite dans le bar, ce qui facilita la surveillance de Oakes. Ils étaient assis dans un coin sombre et se tenaient les mains en chuchotant.

Oakes commanda une bière à Jimmy.

— Rien ne leur sert de leçon, dit le barman en

observant le couple. Il va être possédé, et dans les grandes largeurs encore. Regardez comme ils se font les yeux doux.

Oakes finit sa bière.

— Oui. Il faut que je surveille ces deux-là, mais il m'a dit de m'abstenir. Je monte dans ma chambre. Vous voulez me rendre un service, Jimmy ?

Le barman sourit.

— Certes ! Je vous passe un coup de fil aussitôt qu'ils partiront.

Oakes retourna dans sa chambre où il regarda un match de lutte et le commencement d'un film. A minuit, le téléphone sonna. C'était Jimmy.

— Ils sont partis en titubant voici un moment et se sont dirigés vers les ascenseurs. Ça semble signifier qu'ils sont montés.

— Oui, acquiesça Oakes. Merci.

Il raccrocha et regarda le film pendant une demi-heure, puis se rendit à la chambre de Hartley.

Dans le couloir, il jeta un coup d'œil des deux côtés et ne vit personne à l'étage. Il écouta, l'oreille contre la porte, ne perçut aucun bruit, ouvrit la porte avec son passe-partout et entra.

Hartley était étendu sur le lit, endormi. La bouche ouverte, il ronflait. Oakes se demanda quand le somnifère avait été mis dans son verre. Visiblement, le coup avait été bien minuté afin qu'il perde conscience dès qu'il serait dans la chambre.

La porte de la salle de bains était entrebâillée et Oakes aperçut le dessous des pieds de la jeune femme. Il s'approcha. Elle gisait sur le sol, tout habillée, son visage crispé couleur bleu de cobalt, les yeux clos.

Oakes enjamba son corps, emplit un verre d'eau froide au lavabo, revint vers Hartley et le lui versa sur la figure.

Hartley suffoqua et se réveilla. Il s'assit dans le lit, complètement désorienté. Il dévisagea Oakes.

— A quoi diable jouez-vous ? Qu'est-ce que vous fichez ici ? Il sauta à bas du lit. Qu'est-ce qui s'est passé ? dit-il en regardant, les yeux écarquillés, la lampe cassée et la chaise renversée.

— Quelqu'un a appelé le service de surveillance de l'hôtel pour se plaindre du bruit dans votre chambre. Je vous ai découverts, vous et la fille. (Oakes désigna la salle de bains.) Elle est morte. Je crois qu'elle a été empoisonnée.

Hartley resta paralysé, ahuri, les yeux tournés vers la salle de bains. Il s'avança, examina la fille et revint, tremblant, le visage gris.

Oakes décrocha l'appareil téléphonique.

— Il nous faut appeler la police. Mieux vaut nous asseoir, monsieur Hartley. Vous avez l'air souffrant.

— Attendez une minute, dit vivement Hartley. Posez ce téléphone. Cela peut attendre un instant.

Oakes remit le combiné sur son socle.

Hartley reprit :

— Je ne l'ai pas touchée. Je ne sais pas ce qui est arrivé. Je me rappelle avoir eu un mal de tête fou. Je me suis étendu un moment. C'est tout ce dont je me souviens.

— Vous expliquerez cela à la police, monsieur Hartley, et je ne crois pas qu'elle vous tienne pour responsable de sa mort. Ainsi que je vous l'ai dit, j'avais comme pressenti que cette fille causerait des ennuis. Ce n'était pas quelqu'un d'intéressant. Une rien du tout comme elle, on ne va pas vous chercher des histoires à cause de sa mort. Il y aura peut-être un peu de publicité, mais quelquefois on ne peut l'éviter. Ça finira par se tasser.

Hartley regarda fixement Oakes.

— Mille dollars pour vous si vous la sortez d'ici et de l'hôtel. Débarrassez-vous-en.

Oakes attendit un bon moment avant de répondre.

— Soyons réalistes. Il faudra que je la sorte sans être vu et que je la mette dans un endroit où on ne la retrouve jamais. Vous me demandez de violer la loi. C'est prendre beaucoup de risques.

— Je ne l'ai pas touchée, déclara Hartley.

— Peut-être ne vous en souvenez-vous pas, répliqua Oakes. Dix mille dollars et vous partez d'ici comme si de rien n'était. Personne ne sera au courant, vous pourrez dormir sur vos deux oreilles.

Hartley fit un signe de tête.

— J'ai de l'argent dans le coffre de l'hôtel, je vais aller le chercher.

— Bon, dit Oakes. Je vous accompagne.

Ils allèrent ensemble chercher l'argent et, en revenant, Hartley le lui donna. Ensuite, il attendit dans la chambre pendant que Oakes amenait le chariot de la blanchisserie, y déposait la fille qu'il recouvrit avec plusieurs draps, puis remmenait le tout. Vingt minutes plus tard, Hartley réglait sa note.

A peu près au même moment, Oakes, le barman et Miss Bates, réunis dans une chambre dans une autre partie de l'hôtel, étaient occupés à partager l'argent.

Jimmy sourit et plia une épaisse liasse de billets qu'il mit dans sa poche.

— Ça marche à tous les coups : quand on peut amener le gogo à faire des avances, il n'a pas une chance de s'en tirer.

Miss Bates ôtait la teinture bleue de son visage avec une serviette en papier et du cold cream. Elle se regarda dans la glace.

— J'espère que cela ne m'abîmera pas le teint.

— Sûrement pas, affirma Oakes. Cela n'a jamais rien fait à aucune des autres filles.

The Wrongo.
Traduction d'Arlette Rosenblum.

UNE HISTOIRE ALAMBIQUÉE

par JANET BIERY

Ida May était assise devant le métier à confectionner les couvre-pieds. Ses mains étaient contractées et ankylosées, néanmoins elle parvenait à tirer à travers les épaisseurs de tissu l'aiguille avec laquelle elle brodait la tige d'une rose dans le carré central. Son corps oscillait au rythme de ses gestes, ses épaules engourdies courbées sous l'effort. Soixante ans, c'était trop vieux pour fabriquer un nouveau couvre-pieds, mais que faire d'autre ?

Elle entendit au loin aboyer un des braques de Hansen et laissa son oreille suivre les notes. Basses et coléreuses. « Ne t'en viens pas par ici » étirées dans le grave ouah-ouah-ouaha-aa qui ponctue les séparations. Elle poussa trop vite l'aiguille vers le haut et piqua ses doigts massifs. Pinçant la bouche pour aspirer le sang et nettoyer la blessure, elle entendit encore un chien dans le creux. Cette fois, le cri était celui du roquet des Stevens. Elle se représenta le chien au pelage ras, les dents serrées sur les talons d'un inconnu, sa nuque se hérissant à l'adresse de qui se dirigeait vers la crête.

Avec raideur, Ida renvoya en arrière le fauteuil à bascule en forçant ses vieilles hanches à approcher du bord du siège, puis elle posa les doigts sur le cadre du métier pour se stabiliser une fois redressée. Elle avança sur le sol lentement, car ses jambes refusaient de s'assouplir. Elle toucha d'une main légère le rideau et rabattit le coton fané centimètre par centimètre. Sa langue pointa sous sa lèvre ombragée de poils noirs au moment où, à cause de la clarté, elle plissa les paupières pour essayer de voir dans le lointain. Ses yeux noirs étincelaient tandis qu'elle cherchait le flou d'un mouvement, mais il n'y avait que la ligne vert sombre des cèdres. Ah, pas assez de temps ne s'était écoulé. Un bon marcheur mettait vingt minutes à gravir l'écran abrupt des montagnes pour atteindre son chalet.

Elle se retourna et se dirigea vers le fusil rangé dans le coin. Il était froid au toucher et elle fit courir sa vieille main sur le métal bleu, effleurant du pouce le guidon. Elle souleva l'arme, ouvrit la culasse et vérifia la charge, puis referma avec un claquement sec. Qu'ils s'amènent donc ! Des agents du fisc étaient déjà passés dans le défilé. Abe avait toujours veillé à ce qu'ils n'arrivent pas à proximité du trésor caché près de la source. Une fois, elle avait vu un agent du fisc s'engager vers le ravin et n'en jamais revenir. Si seulement Abe était encore là.

Ida se sentait glacée en dépit de la chaleur du jour. Elle reprit son guet à la fenêtre. Un couple de quiscales s'éleva en criant dans le ciel pur et bleu. L'intrus approchait toujours.

Ida s'appuya contre le lambrissage de bois usé et continua sa garde. Laissant la paroi la soutenir, elle se servit du fusil comme d'une canne pour conserver son équilibre. Elle était trop vieille pour tout cela, mais aussi que ferait-elle sans l'alambic ? Maintenant qu'Abe avait disparu, l'alcool était sa seule source de vie. Une gorgée de temps à autre repoussait le froid et adoucissait la douleur de ses articulations. Mais surtout l'alcool représentait de la nourriture, un peu d'argent avec quoi subsister. Les hommes de la contrée s'étaient toujours fournis de gnole chez Ida et Abe. Chaque fois que la cuvée était à point, Ida lâchait sa pigeonne qui allait au magasin de Campbell. Ils voyaient tous l'oiselle grise et grasse avec le chiffon blanc à la patte, alors ils grimpaient jusqu'à la crête. Le premier arrivé l'aidait quelquefois à finir la bouillerie. Tous apportaient quelque chose — des paniers de haricots, des sacs de pommes de terre, ou du maïs à la saison. C'est seulement après de longues périodes qu'elle était obligée de draper le sac de jute sur ses épaules pour descendre de la crête jusqu'au magasin. Elle manquait de sel, de farine ou de tabac. Mais cela ne se produisait pas souvent. Ils aimaient tous son alcool et lui montaient ce dont elle avait besoin en échange. Ebers apportait un jambon chaque printemps et Claybo des poulets. L'alambic était tout à présent, un moyen de se maintenir en vie.

Elle entendit craquer des buissons au-dehors. Elle se cambra pour examiner la menace. Lentement, une ombre commença à sortir des arbres et avancer sur la pente découverte. C'était un jeune homme avec un ballot de papiers sur un fil accroché à une épaule, une drôle de canne à la main. Comme il s'arrêtait pour contempler avec surprise le chalet, elle leva le fusil et le prit dans sa ligne de mire afin de l'observer. Il était jeune, les cheveux d'une longueur efféminée. Quelque chose dans ses yeux donnait un peu l'impression qu'il aimait les livres. Elle eut un grognement de mécontentement.

* * *

Dan hésita devant l'espace découvert, intrigué par la cabane à laquelle ne menait nul chemin. Il chercha de la fumée, quelque mouvement mais il n'y avait rien. Peut-être était-elle abandonnée, pourtant elle ne donnait pas l'impression d'être vide. Curieux... A contrecœur, il commanda à ses jambes douloureuses de continuer leur ascension, plus près du bâtiment délabré. Tandis qu'il montait en haletant, le soleil alluma un brusque reflet dans une des fenêtres et l'arrivant se figea sur place. Il crut voir l'ombre d'un mouvement comme le rideau retombait. Respirer devint subitement difficile. Tout le monde au bureau l'avait plaisanté d'aller travailler seul dans les montagnes avec ses cheveux longs. Il avait la bouche sèche quand il se força à appeler.

— Bonjour... hé, bonjour ! Il y a quelqu'un ?

Le silence emplissait la clairière. Le soleil glissa derrière les effilochures de nuages et projeta une ombre fraîche d'avertissement autour de lui. Les oiseaux se mirent sur le qui-vive et s'interpellèrent avec excitation, leurs cris déchirant le vide.

* * *

Ida May plaça le fusil derrière la porte, puis tourna le froid bouton brun. Du moins n'avait-il pas d'arme, elle avait vu ça. Il était seul, aussi, les oiseaux le lui avaient dit et les chiens également au moment où il était entré dans la vallée au-dessous. La porte grinça quand elle la tira pour l'ouvrir. Ses lèvres étaient comme collantes d'être restées fermées toute la matinée et sa voix se bloquait dans sa gorge, rendant un son enroué.

— Bonjour.

Le visage de Dan s'éclaira à la vue de la vieille femme. Sa silhouette voûtée dissipa toutes ses craintes.

— Bonjour, je suis rudement content de voir quelqu'un.

Il se hâta d'avancer et s'arrêta devant le porche, laissant le paquet de papiers glisser de son épaule jusqu'au sol.

— Vous n'auriez pas quelque chose à boire, s'il vous plaît ?

Ida, toute raide, l'examinait en se demandant quoi répondre. Elle se détourna vers l'endroit où se trouvait la cage aux pigeons. Petty était là, battant des ailes et roucoulant devant l'intrusion de l'inconnu. S'il était venu pour de l'alcool, ce n'était pas le moment, personne ne l'aurait envoyé sans lui avoir posé la question à elle d'abord. Si elle lui offrait un peu de whisky frais et qu'il soit un agent du fisc, elle risquait qu'il la frappe à la tête avec cette canne bizarre.

Dan demeura là, perdant peu à peu son sourire. Il sentit un frisson glacé lui parcourir la nuque. C'était la façon étrange dont cette vieille le dévisageait, le regard de ses yeux froids et noirs comme du silex le transperçait, tel un couteau. Ses cheveux étaient rares et tirés en arrière par une ficelle grise qui jadis avait peut-être été un ruban. Il eût parié que même quand elle était jeune elle avait été laide. Incapable de soutenir son regard froid, il baissa les yeux, remarquant des poils noirs sur ses jambes et les chaussons bleus qui étaient éculés. Bizarre de la rencontrer ici, tellement loin de tout. Ce silence glacé le tourmentait, lui faisant se frotter les mains de nervosité.

— Je suis Dan Stark, je travaille pour les services topographiques de l'État. Je prends des échantillons de terrain dans cette région.

Elle tendit la tête en avant comme une vieille tortue sort la sienne de sa carapace, ses yeux le détaillant de haut en bas.

— Topographiques ?

— Les services administratifs, ma'am. Nous mettons à jour nos cartes de cette région. Je prends des échantillons de la partie est de l'État. Nous les analysons pour voir quel genre de minéraux il y a dedans. Cela nous permet de dresser un profil du sol de la région.

Il lui adressa un sourire amical mais elle le lorgnait avec froideur,

Qui sait, au fond, s'il n'était pas un agent du fisc ? Peut-être qu'ils avaient une nouvelle méthode de sonder la terre pour découvrir où se trouvaient les alambics. Elle avait entendu dire qu'ils avaient des chiens capables de dénicher la drogue. On ne sait jamais à cette époque.

— J'ai vraiment soif. Si vous pouviez me donner un peu d'eau, je vous en serais bien reconnaissant.

Elle releva le menton en serrant les dents et cracha. Dan n'avait jamais rien vu de plus vulgaire. Hochant la tête, elle dit :

— Je pense que je peux, oui.

***

Ida ferma la porte prudemment derrière elle. Par la fenêtre, elle dévisagea l'intrus. En tremblant, elle tira un verre ébréché du buffet et tourna le robinet. Béni soit Abe d'avoir installé la canalisation d'eau, car elle n'avait aucune envie de marcher jusqu'à la cabane de la fontaine pour quelqu'un comme ce blanc-bec.

Elle posa le verre sur le perron en pente, puis recula dans l'ombre de la porte.

Dan hésita. Peut-être n'avait-il pas soif à ce point-là. Le verre ébréché avec l'eau trouble était rien moins qu'appétissant. Mais avec cette femme debout là, il le prit et absorba la fraîcheur.

— Mille mercis, ma'am. Je vais continuer à prendre des échantillons en travers de la crête. Ne vous inquiétez pas à cause de moi. Bonne journée et merci encore.

D'un même mouvement, il souleva les sacs d'échantillons et traversa la clairière jusqu'aux arbres protecteurs. Le regard menaçant de la vieille femme était plus qu'il ne pouvait supporter.

Ida le regarda disparaître. Il paraissait bien jeune, mais c'est difficile de jauger un inconnu. Il avait dit travailler dans les services de l'État, mais il pouvait mentir. Elle était trop âgée pour croire sur parole quiconque admettait être employé par le gouvernement. Elle allait donc être obligée de le suivre et de vérifier. S'il s'intéressait à la simple terre et aux rochers, il continuerait son chemin en tournant vers la gauche pour traverser le Pic du Pilote et n'approcherait pas de son alambic. Sinon, à supposer même qu'il ne soit pas un agent du fisc, il dirait probablement où venir chercher. Elle n'avait pas le choix, elle devait le suivre et voir.

Ida échangea ses chaussons pour une paire de chaussures cloutées qui lui avaient été de bon service depuis des années. Elles n'étaient peut-être pas tellement élégantes, mais elles étaient douces à ses pieds et le cuir haut de la tige constituait une sécurité à la saison des serpents. Prenant le fusil, elle ferma au loquet la porte du chalet et se mit à suivre l'ombre de l'étranger. Voûtée, le fusil au creux du bras, le canon pointé en biais vers le sol dénudé, Ida poussa un soupir quand elle quitta le terrain découvert et pénétra sous le feuillage sombre des arbres. Il ne fallait pas qu'il la voie et se sache suivi.

S'arrêtant près d'un gros rocher, Ida se reposa, fatiguée par la longue marche. Le jeune fouineur était devant, en train de traverser la crête vers le ravin où se trouvait son alambic. Elle l'observa avec inquiétude, remarquant qu'il consultait une petite boîte dans sa main, puis avançait de quelques pas avant d'enfoncer la longue canne dans le sol. Quand il la ressortait, il secouait la terre pour la détacher et la faire tomber dans un des longs sacs en papier, qu'il repliait, puis plaçait sur la bande de métal en travers de ses épaules.

Elle souhaitait qu'il prenne un chemin différent. Il y avait largement le temps. Mais sous ses yeux attentifs il continua à descendre l'autre versant de la crête jusqu'à la vallée où était l'alambic. Après que le bruit de ses pas se fut fondu dans le bruissement des feuilles et les cris d'oiseaux, Ida se redressa. Malgré la fraîcheur qui régnait dans les bois, elle se sentait enfiévrée et son cœur battait comme un tambour. Peut-être ferait-elle mieux de retourner au chalet et ne plus y penser. Il avait vraiment l'air de concentrer son intérêt sur le ramassage d'échantillons de terre, mais qui pouvait dire si ce n'était pas simplement pour s'aider à déceler l'endroit où se trouvait son alambic ? Après avoir mis en sac chaque échantillon, il consultait ce petit truc dans ses mains avant d'avancer de plus en plus vers la cachette de l'alambic. Ils connaissaient tant de choses, et Dieu sait qu'elle en avait répandu assez de la cuvée et du brassin au fil des ans dans ses allées et venues de la maison à l'alambic.

Glacée de peur, Ida descendit centimètre par centimètre la paroi abrupte, plaçant ses chaussures de côté en progressant sans bruit vers le bas. Au fond de la gorge, le souffle lui manqua et son cœur se mit à palpiter follement. Le garçon se reposait dans le creux à quelques mètres au-dessous d'elle, mais il avait les yeux tournés vers le sentier étroit qui conduisait à l'alambic.

***

Dan plongea les mains dans le ruisseau frais et baigna son visage brûlant. C'était un endroit charmant pour une halte. Il se débarrassa du lourd fardeau d'échantillons — l'anneau était déjà à moitié plein. Il sortit une carte de l'étui à sa ceinture et l'étala sur ses genoux. Il avait gravi le sommet de la crête, puis descendu l'autre versant jusqu'au vallon avec le ruisseau en bas. A présent, il n'avait qu'à longer le cours d'eau vers l'amont entre les deux arêtes pour aboutir sur le flanc de la montagne et retourner jusqu'à la jeep.

Le léger murmure du ruisseau était si plaisant qu'il se laissa aller contre l'écorce rude de l'arbre, enchanté d'être là. C'était un site magnifique. Très peu de gens probablement avaient eu l'occasion de voir un endroit aussi isolé et resté aussi naturel. Travailler pour le service topographique était sensationnel. Il se rappela l'avertissement de Brian quand il était parti pour cette semaine de travail sur le terrain : il faut se méfier des gens qui vivent dans la montagne. Il rit et se renversa en arrière. Les seuls montagnards qu'il avait vus étaient de pauvres créatures comme cette horrible vieille au chalet — bizarres, ramassés sur eux-mêmes, gardant leurs pieds posés à plat sur le sol tandis qu'ils restaient accroupis à vous observer. Ils pouvaient demeurer ainsi pendant des heures sans en souffrir. Dan avait essayé, mais c'était impossible. Bizarres, ces gens ! Ce sera bon de se retrouver dans un endroit où les inconnus ne vous prêtent aucune attention ou vous répondent quand vous leur parlez.

Dan se remit debout avec lenteur, tirant sur son pantalon imprégné d'humidité par la berge du ruisseau. Il se plaça les pieds fermement plantés sur les pierres du cours d'eau, puis sortit la Brunton pour vérifier la direction. Remonter le vallon en longeant le ruisseau par nord-quart-est pendant sept cent cinquante mètres, puis prendre à angle droit et contourner l'épaulement de la montagne pour rejoindre sa jeep en bas.

Soulevant les lourds échantillons, il gagna la berge et se fraya lentement un chemin vers l'amont. Il préleva un échantillon, laissa ses pieds suivre le sentier qui grimpait au fond de la gorge jusqu'à ce qu'un bruit de glissement l'arrête. Il redoutait les serpents plus que les naturels des montagnes au regard sauvage, mais il n'y avait rien à voir. A contrecœur, il reprit son ascension, avec un coup d'œil à la boussole, et préleva un échantillon au beau milieu du sentier. Ce ne serait pas exact mais suffisamment proche.

***

Plus haut sur le flanc de la crête, Ida se déplaçait comme une ombre. Le garçon se trouvait à présent sur le sentier, l'alambic seulement à deux ou trois mètres sur sa gauche. Elle pria Dieu qu'il continue d'avancer et ne voie pas l'alambic ou n'essaie pas de le casser. La sueur tachait sa robe sous les bras et le long du dos. Elle la sentait en anneau autour de sa tête, qui la démangeait sous le ruban. Elle avait envie de pleurer, de revenir en arrière, d'avoir encore Abe pour faire ça, mais elle était seule. Seule avec le rôdeur, cet intrus qui se proposait de détruire tout ce qu'elle possédait au monde.

Telle une perdrix grasse qui se faufile sous les buissons, Ida descendit la pente pour se dissimuler derrière un gros chêne à un mètre ou deux au-dessus de l'alambic. Comme elle appuyait le fusil dans la fourche de l'arbre, elle remarqua que du sumac vénéneux s'y entortillait. Coinçant la crosse du fusil contre son épaule, elle mouilla ses doigts, puis essuya l'œilleton de visée. La langue tirée, elle plissa les yeux le long du canon, qu'elle pointa juste un peu à gauche de l'alambic. S'il n'avançait pas dans sa ligne de mire, elle ne lui tirerait pas dessus. Dieu veuille qu'il passe son chemin.

***

Dan accrocha au fil l'échantillon, puis se redressa pour examiner le sentier qu'il suivait. Il vérifia à la boussole. Il se trouvait maintenant à trois mètres cinquante au moins du trajet qu'il devait suivre, mais il pouvait continuer à monter et revenir sur le bon chemin avant la prochaine prise d'échantillon. Une nuée d'insectes bourdonnaient autour de sa tête, surgis comme du néant. Il n'y avait pas un souffle d'air et même dans la grande ombre des arbres on étouffait. Il vérifia de nouveau la carte. Il devrait y avoir un vieux puits d'exploration le long du flanc de cette crête. Il remontait au temps des premiers pionniers, quand de petites traces d'or dans quelques-uns des cours d'eau les avaient poussés à creuser par-ci par-là pour chercher fortune.

Le fil métallique s'enfonçait dans son épaule. Il s'apprêta à changer de bras, mais décida d'attendre. Le chemin de retour était encore long, mieux valait qu'il le supporte le plus possible. Autant rester sur ce vieux sentier du moment qu'il montait. Après tout, il était parallèle à la bonne ligne et le murmure du ruisseau était agréable. Mais l'heure avançait et il n'avait aucun désir de se trouver dans ces bois seul la nuit.

Soudain il se figea. Le sentier avait disparu. Il hésita un instant. Une odeur aigre-douce le suffoqua, le faisant hésiter encore. Il vit sans y croire un reflet de cuivre dans la verdure luxuriante des buissons. Avec précaution, il tira sur un des petits arbres devant lui et un écran de bois s'écarta.

Un authentique alambic ! Sa voix rompit le silence. « Ça alors, que je sois pendu ! » Il y eut un brusque claquement de tonnerre dans l'air et Dan sentit une vive morsure de souffrance. Il leva la main pour toucher sa tête, sentit le sang chaud. Il contempla sa main rouge, puis tomba mort.

***

Ida se mit en mouvement avec la soudaineté d'un orage d'été. Le fusil fumant coincé au creux du bras, elle descendit à pas précipités vers sa victime. Il gisait là avec une expression incrédule figée dans les yeux, ses longs cheveux rejetés en arrière du trou dans sa tête. Elle avait le cœur qui battait comme le martèlement d'une troupe de chevaux quand, d'une secousse, elle ébranla péniblement le corps. Il était si grand. Elle s'arrêta et laissa l'horreur de l'instant la parcourir. Et si quelqu'un avait rendez-vous avec lui ? Elle réagit vivement. Extirpant un des draps qu'elle utilisait pour filtrer l'alcool, elle lui attacha les pieds. Elle connaissait l'emplacement du puits. Elle ignorait pourquoi il avait été creusé, mais savait où il se trouvait. Tirant à en avoir mal aux côtés, elle traîna le corps flasque vers le bas de la pente, l'éloignant de l'alambic. Encore quelques mètres, quelques mètres seulement... Elle s'arrêta, prise de vertige, sentant le trou noir à présent. Elle s'en détourna, lâcha les pieds et alla soulever les épaules, glissant ses bras sous le bras droit et faisant pivoter le corps pour le placer parallèlement au trou. Sans hésiter, elle poussa le cadavre avec le pied, poussant et respirant à grands traits haletants.

Il refusa de rouler sur lui-même. Avec prudence, elle s'assit et courba un petit arbre voisin pour s'y retenir. Elle se sentait prête à se coucher là et à y mourir aussi. Peut-être allait-elle pousser trop énergiquement et tomber avec le cadavre, sans avoir jamais la force de ressortir. Tenant à deux mains le baliveau courbé au-dessus de sa tête, elle fit glisser lentement ses hanches en avant, l'une après l'autre, poussant le corps devant elle pour le rapprocher du puits. Après une éternité, ses bras devinrent douloureux et l'effort la mit au bord des larmes. Finalement, le cadavre commença de rouler et elle l'entendit heurter le fond avec un bruit qui lui donna la nausée.

Ida voulut s'écarter du trou, mais se sentit déraper sur la terre meuble. Terrorisée, elle se cramponna plus solidement au baliveau. Ses mains avaient mal mais chaque prise l'écartait du bord du puits. Quand sa main droite toucha la terre au pied du tronc, elle exhala un soupir en laissant son visage toucher la terre fraîche et humide. Dieu avait toujours été là à son appel, même dans la vallée de la mort il était toujours là pour l'aider. Si épuisée qu'elle fût, elle se releva, sentant ses genoux trembler. Pleurer serait pour plus tard.

Ida remonta lourdement vers l'alambic. Elle frotta du pied les gouttes de sang à l'endroit où elle avait traîné le corps, enfonçant les taches dans la terre. Elle souleva le paquet, mais il était trop lourd à porter. Avec peine, avec lenteur elle secoua ce qu'il y avait dans les sacs d'échantillon, tassant la terre qu'ils contenaient autour du pied de l'alambic. Quand presque tous furent vides, elle prit l'anneau et traîna la longue canne recourbée vers le puits. S'arrêtant au-dessus du sapin, elle cala son pied contre l'arbre dont elle laissa la forme gracile se dresser contre elle. Souffrant de mille ans de courbatures, elle balança doucement le bras, le balança encore puis lâcha l'anneau au-dessus du puits où il tomba en voletant jusqu'au fond. La canne, elle la saisit d'une poigne engourdie par l'arthrite puis la projeta à la façon d'un javelot, et l'entendit toucher le fond du puits noir avec un bruit mou. Un sifflement bas l'avertit que les serpents qui étaient dedans n'aimaient pas être dérangés. Avec lassitude, Ida se détourna, camoufla l'alambic et s'en revint à la maison.

Il faisait noir quand la vieille femme sortit du couvert des bois et marcha jusqu'à la porte du chalet. Elle tira sur la ficelle pour soulever le loquet, puis se glissa dans l'obscurité familière de son chez-elle. Levant les pieds clopin-clopant, elle s'approcha du bord du lit et enleva ses bottillons qu'elle laissa choir lourdement sur le plancher. Elle se détendit dans le mol confort du haut lit de métal. Lasse au point de n'avoir plus nettement conscience des douleurs dans ses bras et ses jambes, elle ferma les yeux et laissa le douillet entassement de matelas alléger sa torture.

* * *

Le chalet était froid et l'obscurité ménageait des ombres qui ne la laissaient pas en repos. Se redressant en s'accrochant au montant du lit, Ida se leva et parla aux ombres. « Autant allumer le fourneau et chauffer un peu à manger. » Soufflant sur les cendres pour les écarter, elle posa sur les braises du petit bois d'allumage et regarda les flammes jaunes lécher les morceaux de pin gluants. Quand le feu eut bien pris, elle posa dessus deux bûches de noyer blanc et tenta de se décontracter dans la tiédeur lumineuse. Même les flammes se riaient d'elle, crépitant et lançant des éclairs comme le fusil, luisant comme le sang sur la tête du jeune homme. Ida referma la porte du foyer d'un geste brusque.

Ramenant en avant sur le fourneau la poêle de fonte, elle laissa la chaleur faire fondre la graisse de lard. Elle versa une tasse de farine dans un bol et y ajouta un peu de lait condensé. Une galette de maïs cuite à la poêle ce n'est pas grand-chose, mais il faut bien manger. Elle plaça en arrière une casserole d'eau à chauffer pour une tasse de café. La galette était dorée des deux côtés, alors Ida la déposa dans une assiette d'émail, puis s'assit devant la table étroite pour manger. Sa main tremblait quand elle essaya de soulever la tasse de café et elle la reposa. La galette réclamait vraiment un petit quelque chose qui l'adoucisse. Elle allongea le bras pour prendre la mélasse, renversant la salière au passage. Après en avoir jeté une pincée par-dessus son épaule, elle tint la boîte à deux mains tandis que la mélasse s'avançait millimètre par millimètre dans une noire langue de douceur. Cet effort lui fit tellement mal aux bras que lorsque la langue de mélasse atteignit finalement l'assiette, elle eut tout juste la force de saisir la fourchette pour racler le bord de la boîte.

Elle se rappela le baliveau.

Remplie de désespoir, trop faible et frémissante pour manger, elle repoussa son siège et s'écarta de la table. Après s'être de nouveau assurée que la porte était bien fermée au loquet, elle sortit la cruche fraîche de dessous l'évier. La tenant serrée contre elle, elle retourna vers le lit. Cette fois, elle rabattit les couvertures avant de s'asseoir. Saisissant le bouchon entre ses dents, elle tira dessus pour l'ôter, puis elle releva la lourde cruche sur son coude afin que le liquide âpre coule tout brûlant dans sa gorge. Sans tousser comme elle l'aurait fait naguère, elle continua de l'avaler jusqu'à ce que le feu atteigne son estomac. Posant la cruche près de son lit, elle la boucha, puis hissa ses jambes dans le lit. Elle était si fatiguée ! Elle était trop âgée pour ça, trop vieille pour faire la guerre, pour apprendre à tuer. Ida tira faiblement sur le couvre-pieds, sentant entre ses doigts gourds les carrés de laine rêche. Les morceaux du patchwork avaient été tirés des chemises à carreaux d'Abe. Soudain les larmes jaillirent, sel brûlant qui ruissela sur le visage ridé.

Abe, oh, Abe... j'ai fait ce que tu aurais fait, mais j'aurais préféré que ce soit différent. Si seulement il n'avait pas aperçu l'alambic. Mais il l'a trouvé, Abe, tu l'as vu.

Ida écouta avec son cœur, s'efforçant d'évoquer l'image de son cher Abe auprès d'elle. A travers les larmes elle le distinguait, entendait sa haute voix crépitante. « Ida May, c'est très bien. Il faut toujours faire ce qu'on doit. Le bonhomme aurait dû ne s'occuper que de ce qui le regardait, mais puisqu'il s'est mêlé de nos affaires, m'est avis qu'il comprendra que c'est sa faute qui l'a tué. Ne te tracasse pas, Idy, tu étais obligée d'agir ainsi. Dieu sait que tu le devais. »

La vieille femme gisait immobile, ses yeux noirs masqués par des paupières ridées, les longs poils remuant sur sa lèvre au rythme de son ronflement.

L'aube vint de bonne heure. Ida s'éveilla avec une sensation bizarre. Ses vieux os souffraient à cause du froid et, quand elle se dressa sur son séant, elle eut l'impression que sa tête était comme une cloche de cuivre, lourde et creuse, avec une douleur retentissant à l'intérieur. Toute voûtée, elle s'assit au bord du lit, avec mal au cœur. Quelque chose n'allait pas.

— Oh, Ida ! Salut !

Tournant la tête trop vite vers le bruit, Ida eut en conséquence un élancement dans le cou et le long de la colonne vertébrale. Chaque centimètre de sa personne souffrait sous l'effort, mais elle parvint tant bien que mal à atteindre la porte. La voix qui appelait paraissait familière. Au-dehors, elle plissa la figure dans le soleil pour voir le grand et maigre Ebers qui attendait accroupi dans la cour.

— 'jour Ida.

Elle le dévisagea, souhaitant qu'il s'en aille, qu'il revienne n'importe quand mais pas maintenant. Il avait une brindille fendue qu'il tenait négligemment entre ses dents, mais ses yeux montraient qu'il avait quelque chose à dire.

— Ida, moi et Claybo, on a vu un étranger monter

par ici, hier. L'a laissé une de ces jeeps dans le creux.

Ida en resta bouche bée et tira la mèche raide qui lui tombait sur l'œil.

— N'est pas revenu la chercher.

Ida tremblait intérieurement mais savait qu'Ebers n'était pas le genre d'homme à qui l'on montre sa peur. Elle eut l'impression d'être un rat musqué sur une montagne avec un faucon qui l'épie.

— Alors ?

— Eh bien, nous nous sommes demandé s'il reviendrait la chercher ?

Ida poussa un soupir de soulagement. Laissant voir ses dents manquantes, elle eut un sourire malin.

— M'est avis que non.

— Pourrais pas avoir une goutte de jus 'vant de partir ?

Sans un mot, Ida rentra en traînant les pieds, sortit du buffet un bocal à couvercle vissé, tourna le couvercle et le laissa sur l'évier. Comme elle portait la boisson fraîche au-dehors, elle examina Ebers.

— La bagnole, on l'a déshabillée, dit-il. Pensions bien qu'il ne reviendrait pas.

Il avala d'un trait une partie du liquide clair et âpre, puis posa la question prévue :

— Agent du fisc ?

Ida hocha la tête d'un air entendu.

— Oui.

En le regardant s'éloigner et entrer sous les cèdres, elle oublia le mal et la souffrance de la matinée. Elle avait fait ce qu'il fallait. Ç'avait été horriblement dur, mais elle avait fait ce qu'il fallait.

The Revenoer.
Traduction d'Arlette Rosenblum.

LE PASSÉ EST TOUJOURS PRÉSENT

par BARBARA CALLAHAN

Aujourd'hui, j'ai appris qu'il n'y avait pas de limites à la souffrance morale.

La rencontre de Kathleen Casey a fait affleurer à la surface de mon esprit des émotions qui y étaient enfouies depuis longtemps, des émotions qui s'étaient gravées en profondeur après que Kathleen Casey et sa tante Bridget eurent tué mon grand-père avec la plus mortelle de toutes les armes : les mots. Plus efficacement encore que les pas menaçants d'un tueur à gages, les mots ont harcelé mon grand-père et fini par le pousser dans sa tombe.

Le premier souvenir douloureux qui me soit revenu à l'esprit aujourd'hui, en retrouvant Kathleen Casey, remonte à l'époque où j'avais treize ans. Cela se passait la nuit, dans le salon familial. J'attendais dans l'obscurité que le clair de lune ou la lumière du réverbère de la rue apparussent pour guider mes pas. Rien ne venant, je sortis une minuscule lampe torche de la poche de ma robe de chambre. Éclairée par son mince faisceau, je longeai le vieux piano et arrivai devant un panier d'osier rempli de glaïeuls qui gisait devant la porte d'entrée comme une sentinelle ivre. M'écartant des fleurs, je me rapprochai du cercueil de Grand-père, où je m'arrêtai un instant, me rappelant soudain les instructions qu'il avait laissées à ma mère.

« Mon corps sera exposé ici même, chez moi. Je ne veux pas d'une exposition indécente dans le superbe salon funéraire de Coughlin, où j'aurai l'air d'un mannequin allongé sur un lit dans la vitrine d'un grand magasin. S'il me reste encore quelques amis, qu'ils viennent me saluer dans ma propre maison, où j'ai laissé des marques sur les chaises et les tapis. Personne n'a jamais laissé de marques sur les chaises métalliques ni les moquettes épaisses du Service d'Expédition Antiseptique de Coughlin. Coughlin ne tolérera jamais le moindre signe de vie dans son établissement. »

Épuisé par cette déclaration, Grand-Père avait recouvert ses frêles jambes d'une courtepointe bariolée et s'était réfugié dans le sommeil, ce sanctuaire des hommes brisés.

Je caressai de la main le carré de satin glacé que l'on avait mis dans le cercueil pour cacher les jambes de Grand-Père jusqu'aux genoux. Ayant inspiré à fond, je glissai la main sous le tissu et touchai le revers de son pantalon. Ma peur se dissipa lorsque je me rappelai la phrase de Grand-Père, le jour où nous nous étions rendus au cimetière, devant la tombe de Grand-Mère. « Les morts ne peuvent te faire aucun mal, Maureen, seuls les vivants peuvent faire souffrir. » Enhardie par ce souvenir, j'effleurai la cheville de Grand-Père et constatai que M. Coughlin ne lui avait pas mis de chaussettes. Mes doigts coururent le long de ses orteils, du petit au grand, où je découvris ce que j'espérais y trouver : un cordon.

Je sortis des ciseaux à ongles de ma poche, coupai le cordon qui reliait les deux gros orteils de Grand-Père et lissai le carré de satin comme si de rien n'était. Le lendemain matin, M. Coughlin le remonterait jusqu'à la poitrine de Grand-Père avant de fixer le couvercle du cercueil. Il ne songerait certainement pas à examiner ses pieds pour vérifier si le cordon attaché par Maman s'y trouvait toujours. Bien qu'adepte des méthodes les plus modernes, M. Coughlin respectait la volonté des familles qui souhaitaient voir leurs défunts voyager pieds nus vers le pays dont les brouillards matinaux sont seulement visibles pour des yeux à jamais fermés et les plateaux brumeux accessibles à des pieds entravés. Car une fois qu'il est immobilisé par un cordon, le fantôme du défunt ne peut plus rebrousser chemin et revenir sur cette terre tourmenter les vivants.

Me hissant sur la pointe des pieds, je m'approchai de la tête du cercueil et embrassai la joue cireuse de Grand-Père.

« Maman voulait bien faire en t'attachant les pieds, cher Grand-Père, murmurai-je. Mais elle n'a pas compris que ton pauvre vieux corps s'est ratatiné et est mort afin que ton âme, enfin libre, puisse poursuivre nos voisines, Bridget Casey et sa nièce Kathleen, qui t'ont assassiné avec des mots. Je te rends la liberté, Grand-Père. Maintenant, fais ce que tu as à faire. »

La lumière jaillit dans la pièce au moment où je redressais le panier de glaïeuls. Un observateur incrédule aurait pu affirmer qu'elle provenait des phares d'une voiture remontant la rue, mais je savais bien, moi, que l'âme lumineuse de Grand-Père avait traversé la vitre pour se rendre dans la maison voisine des Casey.

En rencontrant Kathleen Casey aujourd'hui, j'ai frissonné, éprouvant exactement la même répulsion qu'à la vue de sa tante Bridget, pendant l'enterrement de Grand-Père. Si le fantôme du défunt lui avait rendu visite, la nuit précédente, alors qu'elle s'enduisait le visage de crèmes et de lotions, il n'en restait aucune trace. A moins que Grand-Père, libéré des entraves de sa vieille dépouille, ne se soit élevé dans le ciel pour faire des doubles boucles, comme il sied à un fantôme nourrisson. Il était également possible qu'il ait décidé de ne pas rendre visite à Bridget tant qu'il ne maîtriserait pas parfaitement ses nouveaux pouvoirs. Je conclus qu'il avait besoin d'un peu de temps pour mettre son plan à exécution. Au cimetière, Kathleen Casey, qui était dans la même classe que moi au lycée, se tenait à côté de sa tante, tapotant délicatement les larmes qui coulaient sur son beau visage. Elle avait toujours été très comédienne, et je n'avais pas été autrement surprise, des années plus tard, de la voir devenir actrice de cinéma.

Aujourd'hui, tout en observant cette belle femme de trente-trois ans, devenue si célèbre que tous les passants se retournaient sur elle, je me rappelai un jour où, dans la cour de récréation du lycée, elle était entourée d'un groupe de filles, ses amies intimes qui avaient miraculeusement échappé, comme elle, à l'acné et à la gaucherie de l'adolescence. Je me tenais un peu à l'écart, m'interrogeant sur le grand secret que Kathleen Casey partageait avec elles, ignorant encore qu'elle était en train de préparer la fusillade d'épithètes qui allait transpercer le cœur de Grand-Père. Je me demandai si Michael Lafferty, le beau capitaine de la patrouille de sécurité, ne l'avait pas embrassée dans le vestiaire. Prenant un air détaché, je me portai volontaire pour tenir la corde quand les filles de quatrième s'exerceraient au saut en hauteur. Lorsque la sonnerie retentit à la fin de la récréation, je remarquai que deux filles de la bande de Kathleen me dévisageaient en parlant à voix basse, la main devant la bouche. Mon cœur battit la chamade. Il était clair que les propos de Kathleen me visaient.

Pendant le cours d'histoire, une feuille de papier

pliée en fusée atterrit sur ma table. Je l'ouvris aussitôt : « Une personne effectuant un voyage en Irlande a découvert que ton grand-père avait dû autrefois quitter le pays parce que c'était un mouchard. » Je froissai l'infamant message anonyme dans le creux de ma main tout en balayant la salle du regard. Il régnait un calme inhabituel du côté des filles, qui étaient toutes sagement plongées dans l'étude de la doctrine de Monroe. Parmi elles, une seule me regardait : Kathleen, la nièce de la « personne » dont je savais qu'elle était récemment allée en Irlande.

C'était bien entendu un mensonge. Grand-Père avait combattu dans les rangs de la Confrérie, abattant des arbres pour faire obstacle aux mouvements de troupes et apprenant par cœur des messages qu'il allait délivrer à divers foyers dans les campagnes. En 1915, il avait émigré aux États-Unis pour éviter d'aller en prison. Combien de fois avais-je écouté ses histoires sur le pays natal et la façon dont il l'avait quitté, n'échappant que de justesse aux griffes de la police. Je savais cependant que le mensonge rapporté par Bridget Casey allait être répandu, comme le pollen d'une plante vénéneuse, par chaque fille de la clique de Kathleen.

A la sortie de l'école, je me dirigeai vers le ravin où je m'assis sous le vieux chêne dont les racines tordues abritaient les fées. Grand-Père me l'avait montré à plusieurs reprises en m'expliquant que les fées s'y réunissaient pour préparer leurs enchantements. J'y restai des heures, espérant surprendre une aile diaphane et priant silencieusement pour qu'enfin elles m'apparaissent. Je pourrais alors les supplier d'empêcher les amies de Kathleen de répandre la rumeur concernant Grand-Père.

Mais à mesure que le temps s'écoulait, ma confiance en Grand-Père s'altéra. Je finis par me relever et m'adressai aux créatures obstinées qui avaient refusé de se montrer à moi :

« Je sais que vous habitez dans cet arbre et je respecte votre besoin d'intimité, mais j'ai quelque chose à vous demander. Il est trop tard maintenant pour que je vous prie de donner une angine à chacune des filles. Mais au moins, s'il vous plaît, répondez à ma question : « Grand-Père a-t-il été un mouchard dans son pays natal ? »

Silence. Rien, sinon un perfide silence. C'était la seule fois, depuis des années que je croyais en ces fées, que je leur demandais quelque chose, et ces petits démons ne me répondaient même pas. Je ramassai une pierre et la lançai violemment contre l'arbre.

— Voilà pour vous ! leur criai-je. J'espère que le tronc va s'écrouler sur vos têtes, que vos ailes vont être broyées et que vos yeux sortiront de leurs orbites. Adieu à tout jamais, créatures indignes !

Lorsque j'arrivai chez moi, mon visage lacéré par les branches d'arbres saignait en plusieurs endroits. Je voulus me faufiler à l'intérieur sans me faire remarquer, mais mon père était assis dans le salon. Me voyant ainsi, il m'emmena gentiment à l'étage et me lava le visage avant de s'inquiéter de ce qui m'était arrivé.

Lui ayant tout raconté — le message anonyme et mes heures dans le ravin — je m'écriai :

— Grand-Père était-il ou non un mouchard ?

— Bien sûr que non ! répondit-il. Les mouchards étaient abattus d'une balle dans la tête. Jamais ils n'auraient eu une chance de traverser l'Atlantique. Et au cas où, exceptionnellement, l'un d'eux y serait parvenu, il aurait été exécuté peu après son arrivée aux États-Unis. Ton grand-père a vécu quarante-cinq ans à Philadelphie. C'est un citoyen respecté de tous.

Ce soir-là, au dîner, on raconta à Grand-Père que

mon misérable aspect venait de ce que j'étais restée de longues heures dans le parc pour préparer un devoir d'histoire naturelle et que j'avais trébuché dans l'obscurité.

— Les fées ont dû te pousser, mon enfant, gloussa Grand-Père. Elles n'aiment pas que des étrangers pénètrent sur leur territoire après la tombée de la nuit.

Pendant que je faisais la vaisselle, mes parents allèrent dans la maison voisine pour parler à Bridget Casey. Ils apprirent que la rumeur était née de ce que Kathleen avait entendu pendant la réunion hebdomadaire du club de bridge de sa tante. En racontant son voyage en Irlande, Bridget avait rapporté les propos des habitants du petit village natal de Grand-Père, selon lesquels un mouchard se serait enfui aux États-Unis et réfugié à Philadelphie à peu près à la même époque que lui. Il portait le même nom que Grand-Père, O'Rourke.

— Il ne peut certainement pas s'agir de notre voisin, Emmett O'Rourke, avait affirmé Bridget Casey devant son auditoire fasciné.

— Bien entendu ! s'étaient-ils tous exclamés en chœur.

Peu après les révélations de Bridget Casey à son club de bridge et celles de Kathleen dans la cour de récréation, le Comité directeur de la Soirée des Ménestrels annonça à Grand-Père que cette année, il ne serait pas nécessaire qu'il joue de l'accordéon. Et il ne fut pas invité au déjeuner annuel des Anciens Cheminots. La même semaine, M. Fitzpatrick, le directeur du personnel de l'usine d'emballage de viande où il travaillait comme veilleur de nuit, téléphona pour lui signifier que la société se passerait désormais de ses services.

Grand-Père poussa un soupir en raccrochant le combiné, puis son visage s'éclaira :

— Les mauvaises nouvelles arrivent par trois, ma petite, dit-il.

Puis, esquissant quelques pas de valse dans le couloir tout en enfilant son pardessus, il ajouta :

— J'ai besoin d'une bonne partie d'échecs pour me remettre en forme. Je descends à la Salle des Fêtes pour éblouir les copains de mes volte-faces.

Quinze minutes plus tard, il franchissait le seuil d'un pas traînant.

— Les garçons n'avaient pas envie de jouer, ce soir. Je crois que je vais me coucher tôt.

Pendant quelques jours, Grand-Père essaya d'emprunter les sentiers habituels de sa vie quotidienne, mais partout il se heurta à des portes closes. Puis il s'installa d'un air las dans son fauteuil, devant la fenêtre, les yeux fixés sur la rue, attendant le seul visiteur qui ne le laisserait pas tomber. Il ne mangeait presque pas et ne bougeait plus du tout. Je le suppliais de me raconter des histoires de son pays natal mais il refusait, arguant que j'étais trop grande, maintenant, pour entendre des élucubrations de vieillard. Et puis, par une belle journée d'avril, Grand-Père reçut le visiteur qui s'installa de façon définitive.

Le choc que j'ai éprouvé aujourd'hui en voyant Kathleen Casey se glisser gracieusement sur la chaise inclinée a ravivé le désespoir brutal qui s'est abattu sur moi quand j'ai découvert Grand-Père mort dans son fauteuil, voici vingt ans. Il m'avait alors suffi, pour atténuer mon chagrin, de défaire le cordon qui reliait ses orteils dans l'espoir que son fantôme ferait mourir Bridget de peur et que Kathleen se retrouverait dans un orphelinat. Mais aujourd'hui, mon angoisse a réapparu et je ne sais comment affronter le tourbillon d'émotions qui m'assaillent.

* * *

Naguère, j'épiais Bridget à longueur de journée en espérant voir apparaître sur son visage des signes de l'intervention surnaturelle de Grand-Père, mais je n'y voyais que de légères rides, au lieu des traînées noires et autres marques d'insomnies auxquelles je m'attendais. Si Grand-Père se livrait autour de sa chambre à des sarabandes à la faire frissonner de terreur, elle devait certainement dormir pendant tout le spectacle. J'en conclus tristement que la malheureuse âme de Grand-Père avait été trop secouée de son vivant pour avoir la force de mettre au point un programme d'intimidation après sa mort. Étant la personne la plus touchée par sa disparition, il m'incombait de monter l'opération.

Installée dans la cave, je confectionnai un masque en papier mâché représentant Grand-Père, sur lequel je dessinai des sourcils, des yeux et une bouche. J'avais trouvé, en fouillant dans un grand carton contenant les vieilles affaires de Grand-Père, une chemise, une cravate, une veste et un chapeau. J'enfonçai un grand bâton à l'intérieur de la tête de papier mâché et glissai l'autre extrémité dans une boîte munie de deux trous, que je revêtis des habits de Grand-Père. Puis, touche finale et des plus saisissantes, je posai le chapeau sur la tête, légèrement incliné comme il avait coutume de le faire. Quand ce fut terminé, je le recouvris d'un vieux dessus-de-lit et le rangeai dans un coin de la cave, en attente.

Papa et Maman allèrent se coucher tôt, ce soir-là, ce qui me permit de descendre discrètement à la cave. Portant Grand-Père devant moi, je sortis par l'issue donnant sur l'arrière-cour. Je franchis la petite clôture métallique qui séparait notre maison de celle des Casey et enlevai les plantes qui étaient posées sur l'escabeau, dans leur cour. Puis je transportai l'escabeau jusqu'au mur de la salle à manger où Bridget travaillait tous les soirs à la comptabilité de l'Agence immobilière Farrell. J'allai ensuite récupérer Grand-Père et, le tenant par l'extrémité du bâton, le hissai en haut de l'escabeau afin qu'il puisse regarder par la fenêtre la femme qui l'avait tué avec des mots. Je m'attendais à entendre un cri, mais ne perçus que les criquets annonçant une autre journée de grande chaleur en ce mois de juin.

Découragée, je redescendis et m'assis dans l'herbe.

Nous devons vraiment faire quelque chose, Grand-Père, songeai-je. Et je le hissai à nouveau sur l'escabeau.

Cette fois, Grand-Père vint à la rescousse. Il heurta la fenêtre du bout de son nez. Deux secondes plus tard, le hurlement le plus épouvantable qui ait jamais déchiré Rosedale Street ébranla la nuit et les nerfs des habitants du quartier. Je battis en retraite par-dessus la clôture au moment où plusieurs lumières s'allumaient des deux côtés de la rue et m'engouffrai dans la cave. J'embrassai Grand-Père avant de le ranger sous son dessus-de-lit et remontai dare-dare au rez-de-chaussée, où mes parents, surgissant de la cuisine, me trouvèrent sagement assise sur le canapé en train de lire *L'Ile au Trésor* — à l'envers.

Mon père s'élança dehors, bondit par-dessus la grille qui séparait notre véranda de celle des Casey et se précipita à l'intérieur de leur maison. Je restai dans la véranda à côté de Maman et écoutai les hurlements de Bridget, qui ne se calmèrent pas avant que Papa lui eût administré une bonne dose de whisky.

— Elle affirme avoir vu un fantôme derrière la fenêtre de la salle à manger, nous dit Papa à son retour.

— Probablement un voyeur, suggéra Maman.

***

Bridget Casey n'alla pas travailler le lendemain.

Je tentai d'entraîner Kathleen dans une partie de Monopoly, chez elle évidemment, pour pouvoir observer de près l'étendue des dégâts, mais elle avait reçu ordre de ne laisser entrer personne. Après une journée de repos seulement, Bridget Casey retourna travailler. Ayant consulté Grand-Père dans la cave, je me convainquis de la nécessité d'une deuxième apparition. C'était la seule manière de la plonger dans un état de choc suffisamment grave pour qu'elle s'installe dans un fauteuil et attende le visiteur qu'elle avait envoyé à Grand-Père.

Trois soirs de suite, j'ai franchi la clôture d'un bond pour me retrouver devant la fenêtre obscure de la salle à manger. Ayant poliment demandé à Kathleen des nouvelles de sa tante, je finis par apprendre que celle-ci travaillait désormais dans sa chambre.

Le surlendemain, Papa et Maman étant partis voir un film où jouait Gregory Peck, je saisis Grand-Père dans mes bras et le portai au premier étage, dans la grande chambre à coucher donnant sur le toit de notre véranda, qui jouxtait celle des Casey. Ayant enjambé la fenêtre, je tirai Grand-Père à moi et rampai avec lui jusqu'à la fenêtre de la chambre de Bridget. Elle était assise devant son bureau, mais la radio diffusait de la musique et elle risquait de ne pas entendre Grand-Père quand il frapperait à la fenêtre.

Je restai longtemps agenouillée auprès de Grand-Père, attendant qu'elle regarde dans notre direction, mais elle ne leva jamais les yeux de son travail. J'étais sur le point de heurter la vitre de mon poing quand une lumière éblouissante me fit sursauter. Je me redressai d'un bond et lâchai Grand-Père, l'envoyant vers sa deuxième mort, en bas dans la rue. Je regagnai notre toit en rampant, cherchant mon chemin à tâtons tant la lumière m'aveuglait. Ayant enjambé la fenêtre dans l'autre sens, je me retrouvai dans les bras d'un type costaud qui m'emprisonna le bras sans ménagement. Des pas lourds martelèrent l'escalier et trois policiers firent irruption dans la pièce.

— Vous allez avoir beaucoup de choses à nous raconter, jeune personne, déclara celui qui me serrait le coude.

***

En voyant Kathleen Casey aujourd'hui dans l'immeuble où je travaille, je me suis souvenue d'un autre lieu, vingt ans plus tôt. C'était le commissariat de police où, au comble de l'humiliation, j'attendais Papa et Maman. Lorsqu'ils arrivèrent, le visage cireux et les mains tremblantes, je m'écriai : « Kathleen et sa tante Bridget ont tué Grand-Père. Ce sont elles qui devraient être ici, pas moi ! »

Un officier de police montra à mon père l'effigie de Grand-Père en papier mâché qui gisait misérablement sur un bureau. Mon père la considéra et expliqua humblement : « Elle adorait son grand-père qui est mort récemment. »

Aujourd'hui, observant Kathleen pendant qu'elle bavardait avec un membre de son entourage, toute la haine qu'elle m'avait inspirée le soir de mon humiliation m'est revenue d'un coup : j'ai effectivement appris ensuite qu'elle bavardait de l'autre côté de la rue avec Mary Devlin quand elle m'avait vue enjamber la fenêtre et ramper sur le toit de la véranda. C'était elle qui avait appelé la police. Le lendemain, se posant en vedette au centre de la cour de récréation, elle avait joué le rôle de la nièce dévouée qui avait démasqué le bourreau de sa tante. Comme il ne restait qu'une semaine avant la fin de l'année scolaire, je ne suis pas retournée au lycée.

C'est Kathleen en personne qui m'apporta mon

diplôme. Elle me supplia de lui pardonner, jouant le remords à la perfection. Puis, dans un élan de générosité, elle m'autorisa, privilège ultime, à la maquiller pour la soirée que Michael Lafferty donnait en l'honneur de son diplôme. Bien entendu, je n'y étais pas invitée.

— Tante Bridget a accepté que je porte un léger maquillage pour cette soirée, me dit-elle, et tu sais si bien utiliser tous ces produits. Lorsque tu nous maquilles pour les spectacles de fin d'année, cela fait toute la différence.

Elle me tendit la trousse de produits de beauté de tante Bridget, qui contenait du fond de teint, du rouge à lèvres, du fard à joues, du mascara et un crayon à sourcils tout neuf.

Je lui souris.

— Bien entendu, Kathleen, je te maquillerai. Je voulais justement essayer un nouvel effet sur ton visage.

***

Aujourd'hui, en voyant Kathleen Casey se contempler dans le miroir, j'ai été gagnée par une sérénité qui prenait sa source dans un épisode vieux de vingt ans. Ce fameux jour, j'appliquai soigneusement du fond de teint sur la peau sans défaut de cette adolescente de treize ans, puis fardai ses joues à la courbe idéale, dessinai sa bouche au rouge à lèvres et brossai ses cils avec le mascara. Ensuite, je lui permis d'admirer mon œuvre dans le miroir. Elle émit un petit gloussement de joie.

— Ferme les yeux, Kathleen. Je vais dessiner tes sourcils.

J'ôtai le capuchon du nouveau crayon à la mine effilée et achevai mon travail, deux traits bien fermes qui lui firent pousser un cri.

— Regarde-toi, maintenant, ordonnai-je en la poussant vers le miroir.

Un X marron foncé se détachait au milieu de son front blanc. Je glissai mon index droit dans un bigoudi métallique et la mis en joue, comme si je tenais un revolver.

— Le X désigne la cible, quand on abat les mouchards d'un coup de feu dans la tête. C'est ce qui va t'arriver dans un instant, conclus-je.

Heureusement qu'il n'y avait personne à la maison, car Kathleen avait une voix perçante, presque aussi forte que celle de sa tante Bridget. Je la laissai hurler pendant deux bonnes minutes avant de jeter le bigoudi métallique sur ses genoux et quitter la pièce.

J'étais assise sur le canapé, lisant *Les Quatre Filles du Dr. March,* quand ses pas retentirent dans l'escalier. Elle avait essayé d'effacer le X, réussissant à éliminer les traits de crayon marron, mais une vilaine marque rouge subsistait sur son front. Je ne sais comment elle l'a expliquée à sa tante et à ses amis, mais une chose est sûre — elle n'a pas dit la vérité. Sinon, je l'aurais su.

***

Il y a une demi-heure, Kathleen Casey — qui s'appelle désormais Karen Crawford — a renvoyé sa suite. Je l'ai observée pendant qu'elle s'admirait dans le miroir de sa loge avec une évidente satisfaction et me suis demandé si elle se souvenait encore du jour, vingt ans plus tôt, où un autre miroir lui avait renvoyé une image si désagréable. J'aurais aimé savoir s'il lui arrivait de repenser à l'épisode d'autrefois. Était-il possible de ressusciter sa souffrance d'adolescente avec autant de vigueur que la mienne ?

Kathleen ne m'a pas reconnue quand on m'a

présentée comme la maquilleuse en chef du studio B, où l'on tournera ce soir l'émission destinée à promouvoir le lancement de son dernier film. Vingt ans ont passé, et je ne ressemble plus du tout à l'adolescente banale qu'elle a connue.

En s'installant sur la chaise inclinée de la salle de maquillage, elle allongea ses jambes bien bronzées et, se plaignant de la fatigue causée par le décalage horaire, me demanda un massage et un masque. J'avais à peine commencé le traitement qu'elle dormait déjà.

Dès qu'elle fut réveillée, je lui tendis un miroir à main pour qu'elle examine le résultat de mon travail. Au moment précis où elle découvrait le X marron foncé qui barrait son front, je braquai vers elle mon index entouré d'un bigoudi métallique et lui dis « Bonjour, Kathleen ». Plus personne ne l'appelle ainsi, maintenant.

A l'occasion de ces retrouvailles avec Kathleen Casey, je me suis à nouveau émerveillée du formidable pouvoir que détiennent les mots. Je pense sincèrement que ces deux mots, « Bonjour, Kathleen », ont déclenché le processus mortel. Mais je dois tenir compte, il est vrai, de deux accessoires — le crayon à sourcils et le bigoudi métallique.

Et je dois également tenir compte du rôle joué par le petit cordon avec lequel j'avais attaché les orteils de Kathleen, ne voulant pas que son fantôme revienne me hanter si elle mourait de frayeur sur sa chaise. En m'entendant prononcer son véritable nom et en découvrant le X sur son front, elle resta bouche bée. Et à la vue de l'objet métallique que j'avais en main, elle se leva d'un bond. Ses pieds étant entravés par le cordon, elle trébucha et sa tempe droite alla heurter violemment le lavabo de la salle de maquillage. Je n'avais vraiment pas l'intention de la tuer. Je voulais simplement lui faire peur. Mais puisqu'elle est vraiment morte, mieux vaut effacer le X sur son front et détacher ses pieds.

Défaire ce cordon m'ennuie vraiment. D'un côté, si je ne l'enlève pas, je risque d'être accusée de meurtre. Tandis qu'en le détachant, je peux raconter que Kathleen, ou plutôt Karen, est tombée après avoir eu un étourdissement en se levant trop brusquement.

J'ai donc enlevé le cordon, cette petite corde d'apparence si innocente et pourtant fatale. Et je dois faire face aux éventuelles conséquences de mon acte : l'âme de Kathleen est certainement beaucoup plus vigoureuse que celle de mon pauvre grand-père. Il faut bien admettre qu'en rencontrant Kathleen Casey aujourd'hui je n'ai vu que la bande-annonce d'un film qui sortira bientôt, et risque d'être beaucoup plus spectaculaire.

Meeting Kathleen Casey.
Traduction de Marie-Caroline Aubert.

LA VOIX DU CRIME

par HERSCHEL COZINE

— Il s'agit d'une simple confusion d'identité, chef. Ce n'est pas plus compliqué que cela, affirma Lem en se dirigeant vers son bureau de sa démarche chaloupée et se laissant tomber dans son fauteuil en skaï avec un grognement de satisfaction.

— De quoi diable parles-tu, Lem ? questionna Cliff en levant vers lui un regard interrogateur.

— De la vieille Mme Jenkins. Elle prétend avoir vu Otis Miller sortir de la maison de M. Gardner hier soir.

— Et tu penses qu'elle l'a confondu avec quelqu'un d'autre ?

— Oui, acquiesça Lem. Elle ne peut pas l'avoir vu, puisque Otis affirme qu'il était chez lui à cette heure-là.

— Ah bon ?

Lem cligna des yeux et se caressa le menton dubitativement. S'il avait été élu vice-shérif de « Watson Corners », une petite bourgade du nord de la Californie, ce n'était sûrement pas en raison de sa vivacité d'esprit.

— Comment aurait-elle pu le voir entrer chez M. Gardner, alors qu'il était chez lui ? s'étonna-t-il.

Cliff soupira et se pencha en arrière dans son fauteuil.

— As-tu envisagé l'éventualité que Otis Miller ait pu te mentir ?

Lem cligna à nouveau des yeux et son regard exprima une profonde stupéfaction.

— Euh, non... avoua-t-il. Pourquoi m'aurait-il menti ?

— Jerry Gardner a été assassiné hier soir, expliqua Cliff avec la patience d'un professeur s'adressant à une classe de sixième. Or, si l'on s'en tient au témoignage de Mme Jenkins, Otis se trouvait sur les lieux du crime au moment où il a été commis.

— Oui, bien sûr. Je sais.

— Alors, mets-toi à sa place, Lem. N'aurais-tu pas quelque peine à admettre que tu te trouvais dans la maison de Gardner précisément au moment où il a été poignardé ?

— Absurde, chef, répondit l'autre avec conviction. Jamais je ne tuerais quelqu'un. C'est défendu par la loi.

Cliff Eldridge ferma les yeux et maudit la force occulte qui avait lié son destin à celui d'un adjoint aussi balourd. Mais, depuis le temps qu'il travaillait avec Lem, il avait appris à se maîtriser et il se contenta donc de changer de sujet.

Le meurtre de Jerry Gardner avait eu l'effet d'une bombe dans la petite communauté de « Watson Corners » où tout le monde se connaissait et s'appelait par son prénom. L'un des citoyens les plus en vue de la ville, Gardner avait tout acquis dans sa vie — succès, richesse et même une certaine célébrité. Il avait côtoyé de nombreuses stars du cinéma et avait également des relations dans les plus hautes sphères politiques. La plupart des résidents de « Watson Corners » n'avaient, eux, jamais quitté leur ville natale et ne connaissaient les vedettes que par la télévision et par les journaux.

Otis Miller, pour sa part, était à l'autre bout de l'échelle sociale. C'était un ivrogne invétéré, demi vagabond, qui vivait de petits boulots et qui, régulièrement, avait eu maille à partir avec les autorités. C'était à la fois l'« original » et le mauvais sujet de « Watson Corners », toléré ou même pris en pitié par la plupart des gens, bien qu'il y en eût quelques-uns qui l'auraient volontiers chassé de la ville au moindre prétexte.

Et, bien entendu, le meurtre de Gardner ne manquerait pas d'apporter de l'eau au moulin de tous les détracteurs du pauvre bougre. La veille au soir, Jerry Gardner avait été trouvé mort, un couteau en plein cœur, allongé sur le tapis du bureau de sa luxueuse villa. Son meurtrier avait vidé son portefeuille, avant de le jeter au milieu de la pièce, et fouillé sans aucune précaution les tiroirs de son bureau et ses classeurs.

Dans un coin, à côté du téléphone, Cliff avait découvert un magnétophone toujours en marche, bien que la bande fût arrivée au bout. L'ayant rembobinée, il l'avait écoutée.

Après un silence assez long, la voix frêle de Gardner, affaiblie par l'âge et par la maladie, s'était élevée, presque irréelle, au milieu du désordre environnant.

« Mémo pour Nora. Concernant ma propriété de San Rafael, je voudrais que vous écriviez une lettre expliquant mes intentions et... Otis ! Que fais-tu ? Pose cela immédiatement ! »

Ensuite, il y avait eu un bruit de lutte, suivi d'un grognement étouffé et d'un choc sourd, ressemblant à celui d'un corps qui tombe sur le sol. Des tiroirs ouverts violemment, un bruissement de papiers, puis une porte qui claque et des pas qui s'éloignent. Le reste de la bande était vierge.

L'affaire était entendue. Des paroles accusatrices venues d'outre-tombe, pour parler poétiquement.

Plus prosaïquement, un témoignage accablant qui suffirait à convaincre n'importe quel jury d'assises.

Cet enregistrement sur bande magnétique n'était, en outre, qu'un élément du faisceau de présomptions accusant Otis Miller. Thelma Jenkins, la voisine la plus proche de Gardner, avait affirmé l'avoir vu sortir en courant de la maison de Gardner peu de temps avant la découverte du crime.

En tant que shérif de « Watson Corners », Cliff Eldridge avait donc dû procéder à l'arrestation d'Otis Miller. Abruti par une nuit d'excessives libations, le malheureux n'avait offert aucune résistance. Mais, pendant le trajet jusqu'à la prison, il avait suffisamment repris ses esprits pour se rendre compte de ce qu'il lui arrivait et protester avec véhémence de son innocence. Des protestations qui avaient au moins réussi à convaincre Lem.

Une fois Otis derrière les barreaux, Cliff s'était accordé un rapide petit déjeuner, avant d'entamer la procédure d'enquête prévue par le règlement. Sur ces entrefaites, Lem étant revenu au bureau, il l'avait envoyé recueillir le témoignage de Thelma Jenkins. Une tâche dont il s'était acquitté d'une façon pour le moins superficielle.

La maison de Thelma — petit chalet en bois, repeint à neuf et soigneusement entretenu — était sise sur une petite colline qui dominait la propriété de Gardner et possédait une grande baie vitrée d'où l'on avait une vue panoramique sur tout le voisinage. C'était de cette baie vitrée que Thelma enregistrait les allées et venues de ses voisins avec une constance et une précision qui irritaient certains, mais que la plupart d'entre eux toléraient avec bonne humeur. Quelques-uns lui adressaient même un petit signe aimable quand ils s'en allaient le matin et, le soir, quand ils revenaient de leur bureau.

En gravissant les marches de pierre conduisant

au perron du chalet, Cliff se demanda comment Thelma Jenkins pouvait se permettre de vivre dans un quartier aussi luxueux et résidentiel. La plupart des maisons dans le voisinage étaient d'un prix inabordable — du moins pour un simple shérif comme lui — sans parler de la villa de Gardner qui était une véritable résidence de milliardaire. Enfin, cela n'était pas son affaire, se dit-il en haussant les épaules et levant la main pour appuyer sur le bouton de sonnette.

Avant qu'il ait eu le temps de sonner, la porte s'ouvrit et Mme Jenkins apparut. Petite et maigre, ses frêles épaules enveloppées dans un châle tricoté, elle avait un peu l'air d'un oiseau de proie avec son grand nez recourbé et son visage chafouin.

Elle lui fit signe d'entrer et déclara d'une voix légèrement dédaigneuse :

— Je suppose que vous venez enregistrer mon témoignage, afin de pouvoir le consigner de façon officielle dans vos dossiers, shérif.

— Si cela ne vous dérange pas trop..., acquiesça Cliff en souriant. Vous connaissez les exigences de l'Administration.

— J'ai déjà tout dit à votre adjoint, M. Blimpo, objecta-t-elle, toujours sur la défensive.

— Wimpole, corrigea Cliff. Je sais que c'est fastidieux, madame Jenkins, mais la loi m'oblige à vous poser certaines questions. Votre témoignage est absolument crucial dans cette affaire.

Mme Jenkins se détendit, visiblement flattée qu'un serviteur de l'État accorde autant d'importance à ses dires, et regarda le shérif avec des yeux brillant tant de curiosité que d'excitation.

— Otis Miller a-t-il été la seule personne à rendre visite à M. Gardner hier ? questionna Cliff d'une voix très professionnelle, tout en sortant de sa poche un stylo et un calepin.

— Oh, Seigneur Dieu, non, répondit la vieille

dame en commençant à compter sur ses doigts avec complaisance. Il y a eu d'abord Nora Winston, sa secrétaire. Puis, ce charmant M. Vandermeer. Vous savez, le neveu de M. Gardner. Et ensuite, il y a eu cette Stevenson...

Elle prononça ce dernier nom avec une moue désapprobatrice et une lueur méprisante passa fugitivement dans son regard.

— Est-ce tout ?

— Du moins, ce sont les personnes que j'ai reconnues, déclara Mme Jenkins. Il y a eu un autre gentleman que je n'avais jamais vu auparavant. Quelqu'un qui, j'en suis sûre, n'est pas d'ici.

— Pouvez-vous me dire, approximativement au moins, à quelle heure ces visiteurs sont arrivés chez M. Gardner et combien de temps ils sont restés chez lui ?

Mme Jenkins hésita.

— Je ne suis pas du genre à espionner mes voisins, murmura-t-elle. Vous comprenez, j'ai du travail dans cette maison. La vaisselle, le ménage, on n'en finit jamais...

— Certes, certes, acquiesça Cliff en souriant. Mais hier il faisait beau et personne ne pourrait vous reprocher d'avoir passé un peu de temps à votre fenêtre. Et puis, cela aiderait tellement la Justice !

Vaincue, Mme Jenkins soupira, fouilla dans son sac à tricot, en exhuma un petit carnet, le posa sur ses genoux et se mit à le feuilleter.

— Nora Winston est arrivée à dix heures trente. Elle est restée environ une demi-heure chez M. Gardner.

Cliff griffonna le renseignement sur son calepin.

— Puis il y a eu M. Vandermeer. Je me souviens d'avoir regardé ma montre. Il était midi trente-cinq précises.

— Quand est-il parti ?

— A une heure dix environ.

— Et Mme Stevenson ?

— A quatre heures vingt, répondit Mme Jenkins avec une nouvelle moue méprisante. Elle a remonté l'allée en se dandinant et est entrée sans même avoir sonné. Elle portait une robe aux couleurs criardes et était maquillée, comme une gourgandine. Et avec ses grands airs... Parce qu'elle connaît un peu M. Gardner, elle s'imagine être la maîtresse des lieux !

Cliff sourit en essayant d'imaginer Betty Stevenson, une charmante veuve de soixante-dix printemps, en entraîneuse du night-club. Il pensait que Mme Jenkins allait continuer, mais contrairement à son attente, elle resta silencieuse et se mit à regarder par la fenêtre en secouant la tête.

— Quand est-elle partie ? questionna-t-il.

— Quelques minutes seulement plus tard, murmura-t-elle d'une voix acide. C'était même à se demander pourquoi elle s'était donné la peine de venir. Il était évident que M. Gardner n'avait aucune envie de la voir.

— Et l'autre gentleman que vous avez aperçu ? s'enquit Cliff. Quand est-il arrivé ?

— Oh, il est descendu de voiture au moment où cette Stevenson s'en allait. Ils se sont croisés dans l'allée et ont échangé quelques paroles, puis il est entré chez M. Gardner, tandis qu'elle rejoignait sa Buick.

Elle se croisa les bras sur la poitrine et regarda Cliff.

— Je suppose que vous voudriez savoir quand il est parti ?

Le shérif hocha la tête.

Elle renifla, visiblement dépitée de ne pouvoir lui donner un tel renseignement.

— Je n'en sais rien, avoua-t-elle, les lèvres pincées. Comme je vous l'ai déjà dit, j'ai autre chose à faire de plus intéressant que d'espionner mes voisins !

Cliff lui sourit aussi aimablement que possible. Ce n'était pas le moment de la braquer.

— Veuillez excuser mon insistance, madame Jenkins. Je sais que vous êtes très occupée et si je vous pose des questions, c'est seulement parce que mon devoir m'y oblige. Vous avez dit à mon adjoint, M. Wimpole, que vous aviez vu Otis Miller entrer chez M. Gardner. A-t-il sonné ou bien simplement frappé à la porte ?

— Ni l'un, ni l'autre, affirma-t-elle. Je suppose que la porte était entrouverte. Il est entré directement et il est resté environ cinq minutes à l'intérieur. Puis il est ressorti et s'est enfui en courant comme s'il avait le diable à ses trousses.

— Quelle heure était-il ?

— Cinq heures et demie. Mais j'ai déjà dit tout cela à votre adjoint.

Cliff se gratta la tête.

— Il commençait à faire noir à cette heure-là. Êtes-vous absolument certaine que c'est bien Otis Miller que vous avez vu ?

— Absolument. Je reconnaîtrais sa démarche entre mille. Il boite légèrement de la jambe droite. Et puis, il y a ses vêtements. De véritables haillons ! Le malheureux aurait bien besoin que quelqu'un s'occupe de lui, ajouta-t-elle avec un gloussement significatif.

— Pourquoi ne m'avez-vous pas appelé quand vous avez vu Otis s'enfuir en courant ? s'étonna Cliff. N'avez-vous pas soupçonné que quelque chose d'anormal s'était passé chez M. Gardner ?

— Oh, mon Dieu, non, avoua-t-elle. Vous connaissez Otis. Il n'a jamais eu toute sa tête et quand il a bu, il fait les choses les plus bizarres. Mais tuer ce pauvre M. Gardner... Ça, jamais je n'aurais imaginé qu'il puisse en être capable !

Cliff referma son calepin, le remit dans sa poche et se leva.

— Bon, je vous remercie de votre compréhension, madame Jenkins, déclara-t-il. Votre témoignage nous a été très précieux et, surtout, si vous pensez à quoi que ce soit d'autre, n'hésitez pas à m'appeler, je vous en prie. Dans une affaire criminelle, même le détail apparemment le plus futile peut avoir son importance.

Sur ces mots, il prit congé et sortit du chalet. Dehors, le soleil de novembre jetait une lueur pâle sur un paysage qui avait déjà revêtu sa parure d'hiver. La brise du Pacifique faisait doucement bruire les frondaisons des séquoias géants ; tout était calme et paisible, comme si la nature avait décidé d'ignorer superbement la tragédie qui venait de secouer la petite communauté de « Watson Corners ».

***

Nora Winston entrouvrit sa porte et jeta un coup d'œil par l'entrebâillement. En découvrant le visage de Cliff, elle sourit timidement, enleva la chaîne et ouvrit.

Nora était une femme séduisante, mais elle avait les yeux gonflés et il était visible qu'elle n'avait pas dormi de la nuit. Elle était encore en peignoir de bain, bien qu'il fût près de onze heures du matin.

— Excuse-moi de te recevoir dans cette tenue, Cliff, murmura-t-elle. Cette histoire m'a terriblement secouée.

Il prit sa main dans les siennes et hocha la tête avec compréhension.

— Ne t'inquiète pas, Nora, la rassura-t-il. Je serai bref.

A une époque, il était sorti avec elle de temps à autre, et bien que leurs chemins se fussent ensuite séparés, ils étaient restés bons amis. Devant le visible désarroi de la jeune femme, Cliff sentit une vague de tendresse monter en lui et posa la main amicalement sur l'épaule de Nora, tandis qu'elle le conduisait jusqu'au petit salon de son appartement.

Nora avait été la secrétaire de Jerry Gardner depuis qu'il avait pris sa retraite quelques années plus tôt, après avoir occupé un poste de Président-Directeur Général dans une grande entreprise de San Francisco. Il ne l'avait jamais employée à plein temps, mais lui avait toujours donné assez de travail pour qu'elle puisse vivre décemment.

— On m'a dit que tu étais allée voir Jerry, hier matin, déclara Cliff.

La jeune femme soupira et leva les yeux au ciel.

— C'est Thelma Jenkins qui te l'a dit, n'est-ce pas ? questionna-t-elle. Quelle satanée pipelette ! Rien de ce qui se passe dans le quartier ne lui échappe.

— Rien, effectivement, acquiesça Cliff en souriant. Mais pour un policier, les gens comme elle sont plus une bénédiction qu'une malédiction. As-tu remarqué quelque chose à propos de Jerry ? Était-il tendu ou inquiet ?

Elle secoua la tête, tout en s'asseyant dans un fauteuil et repliant soigneusement son peignoir sur ses genoux.

— Au contraire, il était d'excellente humeur, car il allait conclure une transaction immobilière très intéressante pour lui sur le plan financier. A San Rafael. Tu sais sans doute qu'il avait des propriétés là-bas ?

Cliff hocha la tête. La famille Gardner s'était établie dans le comté de Marin à une époque où il n'était pas relié à San Francisco par le pont du Golden Gate et où la terre se vendait à trois ou quatre dollars l'hectare. Jerry préférait la vie paisible de « Watson Corners » au rythme effréné de la « Civilisation », mais il avait néanmoins conservé les terres qu'il avait héritées de ses parents à San Rafael. Il n'y avait pas besoin d'être prophète pour savoir qu'une telle propriété prendrait beaucoup de valeur à terme vu le développement de San Francisco.

— Avait-il rendez-vous avec quelqu'un hier soir au sujet de cette transaction immobilière ? questionna Cliff.

— Pas que je sache. Il n'avait pas encore pris une décision ferme et définitive, car il avait également d'autres projets pour ses terrains. Des projets au sujet desquels il ne m'a donné aucune précision.

— Thelma m'a dit qu'un inconnu — quelqu'un qui n'était pas de « Watson Corners » — lui a rendu visite hier après-midi. As-tu une idée de qui il pourrait s'agir ?

— Non, avoua-t-elle, mais cela n'a rien de surprenant. Je m'occupais de ses affaires, pas de sa vie privée.

Elle se mordit les lèvres. Visiblement, elle était encore en état de choc et Cliff détourna les yeux pour ne pas ajouter encore à son trouble.

— Quand tu m'as appelé à mon bureau, hier soir, tu m'as dit avoir peur qu'il soit arrivé quelque chose à Jerry. Y avait-il une raison particulière pour que tu sois inquiète ?

— Oui, acquiesça-t-elle. Il devait m'appeler à cinq heures pour me dire s'il aurait besoin de moi aujourd'hui. Jusque-là, il n'avait jamais oublié de m'appeler et il était toujours très ponctuel. A six heures moins le quart, j'ai composé son numéro ; comme personne ne décrochait, je t'ai alerté. Il avait déjà eu plusieurs accidents cardiaques, tu sais. Je... je ne me doutais pas qu'il avait été...

Sa voix se brisa et elle s'essuya les yeux discrètement avec son mouchoir.

Cliff griffonna deux ou trois mots sur son calepin.

— Tu es sûre de l'heure ?

Nora hocha la tête.

— J'avais un rendez-vous à six heures et je voulais savoir avant de sortir si je travaillerais le lendemain. Est-ce donc important ? questionna-t-elle en le regardant d'un air interrogateur.

— Je ne sais pas, répondit Cliff. Essaie de te reposer, maintenant, Nora, lui suggéra-t-il en posant sa main sur la sienne. Et n'hésite pas à me téléphoner si tu as besoin de quoi que ce soit.

Impulsivement, la jeune femme lui entoura le cou de ses bras et se blottit contre sa poitrine.

— Oh, Cliff, murmura-t-elle avec des larmes dans la voix, qui a bien pu faire une chose pareille à Jerry ? C'était un homme si attentionné et si gentil avec tout le monde... Je ne comprends pas.

Cliff lui caressa doucement les cheveux et déposa un baiser plein de tendresse sur son front.

— Ne t'inquiète pas, la rassura-t-il. Nous le retrouverons et il paiera pour ce crime affreux.

Il ne lui parla pas d'Otis Miller et de la bande magnétique. L'enquête n'en était encore qu'à son début et il n'avait pas le droit de divulguer ce qu'il savait.

***

Pendant qu'il retournait en voiture à son bureau, Cliff se souvint du temps où il n'était qu'un simple policier en tenue arpentant les rues de San Francisco. A cette époque-là, il avait acquis une sorte de sixième sens qui le mettait en alerte lorsqu'un danger l'attendait au coin de la rue. Une prémonition qui s'était presque toujours révélée exacte, mais dont il n'avait jamais pu expliquer la cause ou le mécanisme qui la déclenchait. Physiquement, elle se traduisait par une sorte de blocage à la base du cou, accompagné par une sensation de froid. Depuis lors, chaque fois qu'il éprouvait ces symptômes, il savait qu'il lui fallait être prudent et surtout ne pas s'arrêter aux apparences. C'était ce qu'il ressentait maintenant et cela ne lui plaisait pas du tout.

En le voyant entrer, Lem posa le prospectus qu'il était en train de lire et son visage s'éclaira.

— Alors, chef, questionna-t-il, Mme Jenkins est-elle revenue sur sa déclaration ? Elle n'a pas vu Otis entrer chez Gardner hier, n'est-ce pas ?

— Si, elle l'a vu et elle est prête à jurer que c'était bien lui.

Lem secoua la tête.

— Je ne comprends pas, marmonna-t-il entre ses dents. Il est impossible qu'un type soit à deux endroits différents en même temps.

Levant lourdement sa masse de son fauteuil, il se mit debout et prit une feuille de papier sur son bureau.

— J'ai reçu ce rapport tout à l'heure, déclara-t-il en le tendant à Cliff. C'est le compte rendu de l'autopsie que Sam Nichols a pratiquée sur M. Gardner.

Cliff prit la feuille et y jeta un coup d'œil superficiel. Sam Nichols était l'un des élus de « Watson Corners » et à peu près aussi incompétent que Lem pour remplir la plupart des fonctions qui lui avaient été confiées. Médecin de formation, il avait été chargé d'effectuer l'autopsie de Jerry Gardner, bien qu'il n'exerçât plus son art en raison de son incapacité à diagnostiquer — pour ne pas parler de guérir — les maux de ses patients.

Décidant de remettre à plus tard la lecture du rapport, s'il le lisait jamais, Cliff le jeta sur son bureau et envoya Lem chercher des hamburgers.

— Sans cornichons pour moi, recommanda-t-il.

— Entendu, chef, acquiesça l'autre par-dessus son épaule.

***

Tout en mangeant son hamburger — après en avoir retiré les cornichons — et en buvant sa boîte de bière, Cliff mit en ordre les informations qu'il avait rassemblées. Pas plus Nora que Thelma ne lui avaient donné la moindre raison de croire autre chose que l'évidence — c'est-à-dire que Otis Miller avait tué Jerry Gardner. Mais la scène enregistrée sur la bande magnétique conduisait à une conclusion inévitable : le meurtrier avait agi de sang-froid, avec préméditation. Or, Cliff connaissait bien Otis. C'était un homme impulsif, qui sortait facilement de ses gonds, mais ce n'était pas un être rancunier. Dans le passé, Cliff avait eu souvent l'occasion de le boucler, mais toujours pour des délits mineurs : ivresse sur la voie publique, mendicité, vagabondage. Il n'avait jamais commis le moindre vol ou la moindre agression. Ce n'était pas son genre.

Enfin, peut-être que Betty Stevenson et Kirby Vandermeer pourraient lever quelques-uns des doutes qui l'assaillaient.

Reprenant sa voiture, il se dirigea vers un petit lotissement récent qui ne comptait guère plus d'une dizaine de villas et portait le nom pompeux de « Domaine des chênes millénaires ». En s'arrêtant le long du trottoir devant la maison de Mme Stevenson, Cliff se demanda pourquoi on donnait toujours à un lotissement le nom des beautés naturelles qui avaient été détruites pour permettre son implantation. Le chêne qui ornait la petite cour devant la maison était tout, sauf millénaire. Son tronc grêle était enserré dans le béton et l'asphalte ; ses trois malheureuses branches offraient au ciel lourd chargé de pluie une poignée de feuilles poussiéreuses et tachetées de brun autant par la maladie que par l'approche de l'hiver.

Betty Stevenson était une vieille dame élégante, aux cheveux presque blancs, mais avec des traits encore fins et un regard vif et moqueur qui ne manquait pas d'une certaine séduction. Elle sourit à Cliff et s'effaça pour le laisser entrer.

— Bonjour, shérif, minauda-t-elle. Ce n'est pas souvent que j'ai le plaisir d'avoir votre visite.

— Tout le plaisir est pour moi, répondit Cliff aimablement. Mais, en l'occurrence, le motif de ma venue n'a rien de réjouissant.

Les yeux de Mme Stevenson s'embuèrent et, sortant un mouchoir de sa poche, elle essuya furtivement une larme.

— Vous êtes là pour Jerry...

— Oui, acquiesça-t-il. Vous êtes allée chez lui hier soir, n'est-ce pas ?

C'était plus une affirmation qu'une question et Betty Stevenson se contenta de hocher la tête, comme si elle avait deviné immédiatement d'où il tenait une telle information.

— Comment vous a-t-il semblé ?

— Bien. Égal à lui-même. Mais, vous savez, je ne suis restée que quelques minutes chez lui.

Cliff haussa un sourcil étonné.

— Ah bon ?

— Il attendait quelqu'un, expliqua-t-elle. Nous nous sommes simplement dit bonjour et il a proposé que nous déjeunions ensemble aujourd'hui.

— Ce visiteur qu'il attendait... Était-ce le gentleman avec lequel vous avez échangé quelques mots en partant ?

— Oui, répondit-elle sans hésiter. Il m'a dit s'appeler Root — Harold ou Howard, je ne me souviens plus très bien. Il venait d'arriver de San Rafael et m'a demandé si c'était bien là qu'habitait M. Jerry Gardner, ce que je lui ai confirmé, bien entendu.

Cliff nota le nom sur son calepin.

— Que pouvez-vous me dire au sujet des propriétés que M. Gardner possédait à San Rafael ?

— Très peu de chose, avoua-t-elle. Quand nous

étions ensemble, nous ne parlions pour ainsi dire jamais d'affaires.

— Quelles étaient vos relations exactes avec lui ? questionna Cliff. Euh... Vous n'êtes pas obligée de me répondre, ajouta-t-il aussitôt avec précipitation. Du moins, pour le moment.

Betty Stevenson éclata de rire.

— Je n'ai rien à cacher, au contraire. Nous étions d'excellents amis et, comme nous avions été à l'école ensemble, nous avions beaucoup de souvenirs en commun. En dépit de tous les ragots qui courent en ville, il n'y a jamais rien eu d'autre entre nous.

— Avait-il l'habitude de garder de grosses sommes en liquide chez lui ?

Mme Stevenson secoua la tête.

— Comme je vous l'ai déjà dit, il n'était jamais question de ses affaires ou même d'argent dans nos conversations. Mais, cependant, cela m'étonnerait qu'il ait eu une somme importante chez lui. Quand nous sortions, au restaurant ou ailleurs, il payait toujours avec des cartes de crédit.

— Une dernière question, madame Stevenson, murmura Cliff. A quelle heure êtes-vous allée chez M. Gardner ?

— Il devait être environ quatre heures et demie, répondit-elle. Mais sans doute le savez-vous déjà, shérif ? ajouta-t-elle avec un sourire entendu. Le précieux journal que tient Mme Jenkins a dû vous renseigner sur ce point, à la minute près.

Cliff lui rendit son sourire, non sans un certain embarras, et la remercia pour son aide.

***

Après avoir quitté Mme Stevenson, Cliff remonta dans sa voiture et prit la route de la station de radio locale, située sur une colline à trois kilomètres environ du centre de « Watson Corners ». Le petit bâtiment était dissimulé par un bouquet d'arbres et seule la tour de transmission était visible de la route. Kirby Vandermeer, copropriétaire et directeur général de « Radio Watson », attendait sa visite.

Vandermeer était un solide quadragénaire, grand et large d'épaules, avec des cheveux gris coupés en brosse et une petite moustache soignée. Le col de sa chemise était ouvert et il avait roulé ses manches sur ses bras. A l'entrée de Cliff, il leva les yeux et lui fit un signe de la main, tout en continuant de parler dans son micro.

Patiemment, Cliff attendit qu'il eût terminé son spot publicitaire. Quand ce fut fini, Vandermeer but une gorgée de café et pivota sur sa chaise.

— J'ai entendu dire que vous aviez arrêté Otis Miller ?

Cliff hocha la tête.

— Les nouvelles vont vite dans cette ville...

— C'est mon travail de les faire circuler, répondit Vandermeer en souriant. Et puis, vous avez un adjoint qui aime bien entendre son nom à la radio. Mais ne vous inquiétez pas, je n'ai pas encore annoncé l'arrestation de Miller et je ne l'annoncerai que lorsque vous m'aurez donné le feu vert.

Cliff accepta la tasse de café que lui proposait Vandermeer et s'assit dans l'un des fauteuils de la cabine d'enregistrement.

— Vous pouvez donner la nouvelle quand vous voulez, déclara-t-il. De toute façon, cela doit déjà commencer à se savoir en ville.

Le visage de Vandermeer s'assombrit légèrement.

— En tant que journaliste je suis supposé être objectif, dit-il en grimaçant, mais j'avoue que c'est dur lorsqu'une chose aussi horrible arrive à un être qui vous est cher.

— Je comprends vos sentiments, acquiesça Cliff. Si cela peut vous aider, votre oncle était très apprécié à « Watson Corners » et tout le monde le regrettera.

Vandermeer sourit tristement.

— Je lui devais tout ou presque, murmura-t-il. S'il n'avait pas été là, je serais encore à faire des sketches ou de mauvaises imitations dans des cabarets de troisième ordre à Tombouktou ou Trifouillis-les-Oies. C'est lui qui m'a prêté l'argent dont j'avais besoin pour lancer cette station de radio.

Cliff ouvrit la bouche pour dire quelque chose, mais Vandermeer l'arrêta d'un signe de la main.

— Juste une minute, Cliff. J'ai un autre spot publicitaire à passer. Ensuite, je mettrai un disque et nous aurons tout notre temps pour parler.

Il tapota sur son micro et lut une brève annonce pour l'un des marchands locaux de voitures d'occasion. Puis il tourna deux ou trois boutons sur sa table d'enregistrement, régla le volume et posa un 33 tours sur la platine.

— Bon, maintenant je suis vraiment à vous, déclara-t-il en se rasseyant sur une chaise.

— Vous avez rendu visite à votre oncle dans la journée d'hier, dit Cliff après avoir consulté son calepin. A-t-il été question d'Otis dans le courant de votre conversation ?

— Non, pas une seule fois, répondit Vandermeer en secouant la tête. Mais je savais qu'Otis faisait des petits boulots pour lui de temps à autre. A ce sujet, d'ailleurs, j'avais dit à mon oncle qu'il avait tort de l'employer. Ce type ne m'a jamais été sympathique et l'argent qu'il lui donnait ne servait qu'à entretenir son ivrognerie.

— Que savez-vous au sujet de la propriété que votre oncle possédait à San Rafael ? questionna Cliff.

Vandermeer se renversa sur son siège et mit ses mains derrière la tête.

— Pas grand-chose. Récemment, il m'a dit qu'il

envisageait de la vendre. Mais je n'y ai pas prêté beaucoup d'attention, car, depuis des années, il parlait régulièrement de s'en défaire.

Il fronça les sourcils et leva vers Cliff un regard interrogateur.

— Quel rapport avec son meurtre ?

— Aucun, probablement, concéda Cliff. Mais je suis obligé de suivre toutes les pistes. Pour le moment, je n'ai rien qui puisse expliquer ce meurtre. Il y a le vol, certes, mais cela ne me satisfait pas entièrement.

Vandermeer haussa les épaules.

— De nos jours, des gens se font tuer pour beaucoup moins. Tenez...

Il fouilla dans une pile de télex, en sortit un et le tendit à Cliff.

— Lisez. C'est une dépêche d'agence, arrivée ce matin. Un homme a été battu à mort dans l'Illinois. Pour bénéfice de son forfait, le meurtrier a empoché en tout et pour tout trente-huit cents.

— Sans doute, acquiesça Cliff. Mais, dans le cas de votre oncle, j'ai acquis la certitude qu'il s'est agi d'un acte prémédité.

Vandermeer s'esclaffa.

— Un meurtrier qui tue à coups de couteau prémédite rarement la chose ! Otis a dû voir Oncle Jerry sortir une liasse de billets de sa poche et n'a pas résisté à la tentation. C'est un impulsif, il n'a pensé qu'au profit immédiat et aux bouteilles de gin qu'il allait pouvoir acheter avec son butin.

— Aviez-vous une raison particulière pour rendre visite à votre oncle hier ? s'enquit Jerry en changeant délibérément de sujet.

— Non, il s'agissait d'une simple visite de politesse. En dehors de moi, il n'avait pas d'autre famille et, comme je l'aimais bien, j'allais lui dire bonjour de temps à autre.

— Quelle heure était-il quand vous l'avez quitté ?

Vandermeer se caressa les moustaches et réfléchit.

— Une heure et quart environ, à deux ou trois minutes près. Il fallait que je sois de retour à la station à une heure et demie. Danny, mon disc-jockey qui normalement assure l'après-midi, était malade et j'étais le seul à pouvoir le remplacer.

Cliff hocha la tête. La veille, il avait téléphoné lui-même à la station de radio pour annoncer à Vandermeer le meurtre de son oncle.

Il lui demanda s'il connaissait un certain Root, Harold ou Howard Root, mais Vandermeer lui affirma ne l'avoir jamais rencontré et ignorer absolument la raison pour laquelle il avait rendu visite à son oncle.

Vandermeer finit son café et jeta le gobelet en plastique dans une corbeille à papiers.

— Je ne voudrais pas me mêler de ce qui ne me regarde pas, shérif, déclara-t-il, mais j'ai l'impression que vous passez beaucoup de temps sur cette affaire. Pour autant que je sache, vous tenez déjà le coupable.

— Certes, admit Cliff, mais je suis un homme prudent. Avant de l'inculper, je veux avoir un dossier solide.

— Sans doute avez-vous raison, acquiesça Vandermeer, mais, à votre place, je n'attendrais pas trop longtemps. Les gens d'ici ont la tête près du bonnet et s'ils apprennent que c'est lui qui a fait le coup, il y aura du lynchage dans l'air.

La musique s'arrêta et Vandermeer saisit son micro.

Cliff lui adressa un signe de la main et sortit silencieusement de la cabine d'enregistrement.

Le moment était venu, décida-t-il, d'aller voir Otis Miller et de l'interroger sérieusement. Lorsqu'il l'avait arrêté, il n'avait pas réussi à en tirer autre chose qu'un discours confus parsemé de gémissements et de protestations d'innocence. La matinée qu'il venait de passer au frais devrait lui avoir donné le loisir de réfléchir et de mettre au moins un peu d'ordre dans son esprit.

*
* *

Otis n'avait pas touché à son déjeuner. Il était assis sur le rebord de son bat-flanc et ses yeux injectés de sang regardaient fixement ses pieds. Lem déverrouilla la lourde porte en barreaux métalliques et Cliff entra dans la cellule, suivi de son adjoint qui, avant qu'il ait eu le temps de dire un mot, sortit une carte de sa poche et commença à lire d'une voix monocorde :

— Tout ce que vous direz dorénavant pourra être retenu contre vous. Vous avez le droit de ne pas...

Immédiatement, Cliff l'arrêta d'un geste de la main.

— Je lui ai déjà lu ses droits quand je l'ai arrêté, Lem.

— Mais, c'était ce matin, chef...

— Ils sont encore valables, répliqua Cliff péremptoirement avant de se retourner vers Miller. Otis, je sais que tu es allé chez M. Gardner hier après-midi. Un témoin t'a vu et il est prêt à le jurer. Pour quelle raison es-tu allé là-bas ?

Otis déglutit avec peine. Prenant une cigarette dans sa poche, il essaya de l'allumer avec une allumette, mais sa main tremblait tellement qu'il ne réussit qu'à se brûler les doigts. Voyant ses efforts infructueux, Cliff sortit son briquet et lui donna du feu.

— Merci, murmura Otis après avoir tiré longuement sur la cigarette. Je ne l'ai pas tué, shérif. Il vous faut me croire.

— Je ne demande qu'à te croire. Explique-toi.

— Il était mort quand je suis arrivé là-bas, affirma

l'homme en frissonnant. Il était allongé sur le tapis, au milieu d'une mare de sang. Je me souviendrai toujours de ses yeux... C'était horrible ! Vous ne pourriez pas me donner quelque chose à boire ? J'ai soif.

— Va chercher du café, Lem, ordonna Cliff. Deux tasses. J'en prendrai moi aussi.

Otis grimaça — il aurait sans doute préféré un verre de gin — et essuya sa bouche avec le revers de sa manche.

— Pourquoi es-tu allé là-bas ? insista Cliff.

— M. Gardner m'avait téléphoné et demandé de venir tout de suite chez lui. Il avait un travail à me faire faire ; il m'avait promis dix dollars de plus si je me dépêchais et si j'arrivais à effectuer le boulot le soir même.

— Quelle sorte de boulot ?

— Je ne sais pas. Il ne me l'a pas dit au téléphone.

— A quelle heure t'a-t-il appelé ?

Otis haussa les épaules.

— Je n'ai pas regardé ma montre. Cinq heures, peut-être. Ou cinq heures et quart.

— Tu es allé là-bas directement ?

— Bien sûr ! Dix dollars, c'est dix dollars. En ce moment, je suis plutôt fauché et je n'ai pas traîné en route, croyez-moi !

— Comment es-tu entré dans la maison ?

— La porte n'était pas fermée. M. Gardner m'avait dit au téléphone qu'il m'attendrait dans son bureau.

— Raconte-moi exactement ce que tu as vu en entrant dans le bureau de M. Gardner.

Otis regarda Cliff d'un air perplexe.

— Je... je n'ai rien vu de plus que ce que je vous ai dit. Il était allongé au milieu du tapis, un couteau planté au milieu de la poitrine. Ses yeux me regardaient... J'ai eu si peur que je me suis enfui. Vous... Je vous en prie, shérif... Vous n'auriez pas un peu de gin ? Juste un verre ?

Cliff secoua la tête.

— Pourquoi n'as-tu pas appelé la police ?

— J'étais terrorisé, shérif. Je me suis tout de suite imaginé que les gens croiraient que c'était moi qui avais tué M. Gardner. Je suis un bon à rien et je le sais.

Cliff hocha la tête silencieusement. Otis disait peut-être la vérité, mais le fait de s'enfuir n'avait pas arrangé ses affaires. Maintenant, tout ou presque l'accusait et il aurait bien du mal à persuader un jury de son innocence si l'enquête n'apportait aucun élément nouveau.

— Boucle-le pour non-dénonciation de crime, ordonna-t-il à Lem. Pour le moment, ça suffira.

Cela garderait Otis en sécurité derrière les barreaux et lui laisserait à lui le temps de poursuivre son enquête. Il avait de plus en plus le sentiment que cette affaire n'était pas aussi simple qu'elle paraissait et qu'il y avait un coup fourré quelque part. En tout cas, s'il y avait une chose qu'il fallait éviter, c'était le lynchage d'Otis Miller, et le meilleur moyen de l'éviter était encore de le garder en prison.

***

De retour dans son bureau, il composa le numéro de Nora.

— Allô ?

La voix de Nora Winston était lasse, fatiguée.

— Nora, c'est Cliff. J'ai besoin de ton aide.

— Pour quoi faire ?

— As-tu une idée du prix que Jerry demandait pour sa propriété de San Rafael ?

— Je ne connais pas la somme exacte, mais je crois que c'était sur la base de vingt mille dollars l'hectare.

— Pour combien d'hectares ?

— Une cinquantaine.

Cliff émit un sifflement admiratif.

— Cela fait pas loin d'un million de dollars ! Avec qui était-il en pourparlers ?

— Avec l'Agence de Développement de San Rafael. Un gros promoteur immobilier local. J'ai son adresse sur la bande magnétique que Jerry m'a donnée hier. Si tu veux bien attendre une minute ou deux...

— Non, je vais plutôt passer chez toi et t'emprunter cette bande. Cela ne t'ennuie pas de me la prêter, n'est-ce pas ?

— Pas du tout.

— Bon, à tout de suite, alors.

Il raccrocha et saisit son pardessus. Quelques instants plus tard, il s'arrêtait brièvement à l'appartement de Nora, prenait la bande magnétique et remontait dans sa voiture pour se rendre au petit aéroport de « Watson Corners ».

Heureusement, il avait ses licences de pilotage et possédait un petit avion de tourisme. Autrement, il aurait dû se rendre à San Francisco par la route, car cela aurait été beaucoup trop compliqué en empruntant les lignes aériennes régulières.

Deux heures après avoir décollé, il entra en contact radio avec la tour de contrôle de l'aéroport international de San Francisco et atterrit sans problème sur la piste réservée aux avions de tourisme. Une fois dans l'aérogare, il loua une voiture et il lui fallut encore une bonne demi-heure pour parcourir les vingt-cinq kilomètres d'autoroute qui séparent l'aéroport du centre ville.

A l'Hôtel de Police, heureusement, il n'eut aucune peine à trouver Kevin Bell, l'un de ses anciens collègues qui travaillait maintenant dans les laboratoires de la police criminelle. Il lui donna les bandes magnétiques qu'il avait apportées avec lui et lui expliqua ce qu'il voulait qu'il fasse.

— Cela ne devrait pas être trop difficile à vérifier,

affirma Bell. Nous avons les instruments qu'il faut pour cela. Je t'appellerai demain matin pour te donner le résultat.

En le quittant, Cliff jeta un coup d'œil à sa montre. Il était cinq heures et demie, l'heure de la sortie des bureaux et des embouteillages. Espérant que Root n'était pas un de ces bureaucrates casaniers qui arrivent à leur travail à neuf heures pour en repartir à cinq heures précises, il entra dans la première cabine téléphonique qu'il trouva avenue Van Ness et composa le numéro de l'Agence de Développement de San Rafael. A l'autre bout du fil, ce fut Howard Root lui-même qui décrocha. Cliff se présenta et expliqua la raison de son appel.

— Je suis désolé d'apprendre la mort de M. Gardner dans des circonstances aussi horribles, déclara Howard Root d'une voix sincèrement attristée. Avez-vous réussi à identifier son meurtrier ?

— Nous avons un suspect en garde à vue.

— Alors, en quoi puis-je vous aider ?

— Vous avez rendu visite à M. Gardner hier après-midi et, hormis le meurtrier, vous êtes sans doute la dernière personne à avoir vu M. Gardner vivant. Je sais que vous étiez en pourparlers avec lui pour l'achat d'une propriété et je cherche à savoir s'il y a un rapport entre sa mort et cette transaction.

— Il ne voulait plus vendre.

— Ah bon ? s'étonna Cliff, bien qu'en fait il ne fût qu'à demi surpris par une telle nouvelle.

— M. Gardner m'a appelé hier pour me dire qu'il avait décidé de donner sa propriété à une œuvre charitable, le « Young World Christian Center », afin qu'elle serve à la création d'un institut d'éducation pour enfants abandonnés. Il connaissait et soutenait cette association depuis un certain temps déjà et sa conscience lui avait dicté de faire ce geste en sa faveur.

— Vous avez dû être très déçu, non ?

— Très, acquiesça Howard Root. Nous avions un grand projet et nous lui avions proposé une somme assez considérable pour ces terrains.

— Est-ce pour le faire changer d'avis que vous êtes allé le voir ?

— Oui. Je me suis dit qu'une discussion en tête à tête serait plus efficace qu'un coup de téléphone et j'ai pris l'avion pour « Watson Corners ». En pure perte, car mes arguments n'ont pas réussi à le convaincre.

— A quelle heure M. Gardner vous a-t-il appelé hier ?

— A une heure et demie environ. Je venais tout juste de rentrer de la cafétéria où j'ai l'habitude d'aller déjeuner.

— Avez-vous une idée du moment où il a pris la décision de donner la propriété à cette œuvre charitable ?

— Quand il me l'a annoncée, j'ai été stupéfait. Je ne m'y attendais pas du tout. Je savais qu'il hésitait à vendre, car il s'agissait d'une propriété de famille à laquelle il était attaché sentimentalement, mais nos propositions avaient semblé réellement l'intéresser. Je pense qu'il a pris sa décision peu de temps avant de m'appeler, car, autrement, il n'aurait eu aucune raison de rester en pourparlers avec nous.

— Combien de temps êtes-vous resté chez M. Gardner, hier ?

— Pas longtemps, répondit Root. Il devait être cinq heures quand je suis parti.

— Savez-vous s'il attendait quelqu'un d'autre ce soir-là ?

— Je n'en ai pas la moindre idée. Notre conversation s'est limitée strictement à la vente de sa propriété et, étant donné les circonstances, notre dialogue a été forcément un peu tendu.

— Vous aviez des arguments solides à faire valoir pour l'inciter à revenir sur sa décision ?

— Pas vraiment, avoua Root. J'ai bien laissé entendre que nous pourrions entreprendre une action en justice, mais comme nous n'avions rien d'écrit, je savais que ce n'était qu'un coup d'épée dans l'eau et il le savait aussi.

***

Trois heures et demie plus tard, Cliff était de retour chez lui, dans une maison vide et un peu triste. Il se versa un verre de lait, le but et posa ensuite le verre sur la pile de vaisselle sale qui s'accumulait depuis plusieurs jours dans l'évier. Ensuite, il ôta ses chaussures et se rendit directement à sa chambre. Il était tard et il n'avait pas mangé depuis midi, mais il était trop fatigué pour avoir envie de se préparer à dîner. Être célibataire avait ses inconvénients dans ces moments-là et, fugitivement, il se demanda s'il arrivait aussi à Nora de sentir parfois le poids de la solitude.

Le lendemain matin, quand Cliff arriva à son bureau une heure plus tôt que d'habitude, Lem était déjà là. S'il y avait une qualité que Cliff ne pouvait dénier à son adjoint, c'était la ponctualité. Et, en outre, il faisait du bon café. Cliff accepta la tasse qu'il lui tendait, s'assit dans son fauteuil et savoura la première gorgée.

Il avait passé une bonne partie de la nuit à essayer de rendre cohérent l'ensemble d'indices dont il disposait. Finalement, il était arrivé à une conclusion tout à fait satisfaisante du point de vue de la logique, mais une conclusion qui dépendait étroitement de la réponse que Kevin Bell allait lui donner.

Quand le téléphone sonna, il éprouva donc un peu d'appréhension et ce n'est qu'après une légère hésitation qu'il décrocha le combiné pour le porter à son oreille.

— Shérif Eldridge à l'appareil.

— Cliff ?

C'était Kevin et il y avait une note d'excitation dans sa voix.

— Tu avais raison...

Cliff se détendit et écouta avec un intérêt croissant ce que son collègue avait à lui dire. Décidément, toutes ces nouvelles méthodes scientifiques transformaient les enquêtes les plus compliquées en un véritable jeu d'enfant !

— Tu en es absolument sûr, Kevin ? Il faudra que j'en apporte la preuve devant le tribunal.

— Il n'y a aucun doute possible, affirma Kevin sans la moindre hésitation.

Cliff prit bonne note des renseignements, remercia son collègue et raccrocha.

— Viens avec moi, Lem, déclara-t-il en se levant. J'ai besoin de ton aide pour mettre un meurtrier sous les verrous.

***

Les yeux encore endormis, les cheveux en bataille et les joues mangées par un début de barbe poivre et sel, Kirby Vandermeer les accueillit avec une grimace ennuyée.

— Savez-vous quelle heure il est, shérif ?

— Suffisamment tard pour la Justice, répondit Cliff.

Visiblement rendu de mauvaise humeur par cette intrusion matinale, Vandermeer fit un pas de côté pour les laisser passer.

— Vous ne pourriez pas revenir dans une heure ou deux ? questionna-t-il. Je me suis couché très tard la nuit dernière et...

— Nous venons vous voir à propos du meurtre de votre oncle, l'interrompit Cliff.

— Ah bon ?

— Des éléments nouveaux m'ont convaincu que le coupable n'était pas Otis Miller.

Vandermeer se passa la main dans les cheveux et s'assit.

— Je vous écoute.

— Saviez-vous que votre oncle avait l'intention de donner sa propriété de San Rafael à une œuvre charitable ? questionna Cliff d'une voix faussement nonchalante.

Vandermeer ouvrit la bouche et écarquilla les yeux. C'était bien joué, mais Cliff aurait, néanmoins, volontiers parié que la nouvelle n'en était pas une pour lui.

— Je... je... bredouilla Vandermeer. Il ne m'a jamais parlé d'un tel projet !

— Je pense, au contraire, qu'il vous en a longuement parlé, rétorqua Cliff sèchement.

— Que voulez-vous dire par là ?

— Simplement que, comme vous êtes son seul héritier, vous auriez hérité un jour de beaucoup d'argent si la vente s'était faite. Quand vous avez rendu visite à Jerry, avant-hier, il vous a fait part de sa décision de donner cette propriété et vous avez dû en éprouver un grand dépit.

Vandermeer regarda Cliff d'un œil noir et agressif.

— Il s'agissait de ses biens personnels, objecta-t-il. Ce qu'il avait l'intention d'en faire ne me concernait en rien.

— Quand vous avez quitté votre oncle, poursuivit Cliff, vous vous êtes rendu directement à la station de radio.

Vandermeer sourit triomphalement.

— Exactement, shérif. J'ai passé tout l'après-midi et toute la soirée devant mon micro ; des centaines de personnes m'ont écouté et pourront donc le confirmer.

— Oui, acquiesça Cliff, c'était un bon alibi et, au début, je m'y suis laissé prendre. Mais hier, quand je suis venu vous voir, vous avez mis un disque afin que nous puissions parler tranquillement. Il y a des trente-trois tours qui durent une bonne demi-heure, ce qui vous laissait tout le temps de quitter la station et de vous rendre chez votre oncle sans qu'aucun de vos auditeurs s'aperçoive de votre absence. C'est ce que vous avez fait avant-hier après-midi, en passant par l'arrière de la maison afin d'éviter le regard par trop perçant de Thelma Jenkins.

Au fur et à mesure que Cliff parlait, le sourire de triomphe de Vandermeer s'était peu à peu effacé.

— Vous oubliez Otis, fit-il observer sur un ton défensif. Il était présent quand Jerry a été poignardé.

— Pas au moment même où il a été poignardé, corrigea Cliff. Quand il est arrivé sur les lieux, Jerry était déjà mort. Vous m'avez dit vous-même que vous aviez été un imitateur. Après avoir tué votre oncle, vous avez appelé Otis en vous faisant passer pour Jerry et vous lui avez demandé de venir immédiatement. Vous saviez qu'il viendrait, surtout après lui avoir promis dix dollars de prime pour sa célérité. Vous saviez également que Thelma noterait scrupuleusement sa visite dans son carnet et ne manquerait pas de nous en parler. Bien entendu, le petit sketch sur bande magnétique, c'était également vous...

Vandermeer se leva nerveusement, le visage rouge de colère.

— Vous regardez trop la télévision, shérif Eldridge ! s'exclama-t-il. Toutes ces accusations ne sont que des conjectures sans aucun fondement !

— Je n'ai pas terminé, murmura Cliff. Il y a

quelque chose qui m'a troublé dès le début dans la bande magnétique que j'ai trouvée sur le bureau de Jerry.

— Qu'a-t-elle donc d'anormal ?

— Oh, rien. La voix et les bruits sont tout à fait convaincants. C'est ce qui n'est pas enregistré qui m'a fait me rendre compte que c'était un faux. Nora Winston m'a dit qu'elle avait appelé Jerry à six heures moins le quart. Il n'a pas décroché, bien sûr, puisqu'il était mort. Or, d'après le témoignage de Mme Jenkins, Otis était chez Jerry à cinq heures et demie. Si c'est lui qui a tué Jerry, comme la bande le laisse entendre, le facteur temps prend une importance considérable.

— Comment cela ? Je ne vous suis pas.

— J'ai écouté toute la bande et je l'ai minutée. Il s'est écoulé vingt-sept minutes entre le moment où aurait eu lieu le meurtre et celui où la bande est arrivée au bout. Le claquement de porte qui a suivi la fuite supposée d'Otis est le dernier bruit enregistré. Et pourtant, le téléphone était posé juste à côté du magnétophone... Bizarre, non ?

— L'appareil peut avoir mal fonctionné, suggéra Vandermeer. Ou Thelma s'être trompée sur l'heure d'arrivée d'Otis.

— Thelma est une véritable horloge et elle note absolument tout, fit observer Cliff. Une erreur de sa part n'est pas envisageable.

— Nora aussi peut s'être trompée, déclara Vandermeer d'une voix blanche. A moins qu'elle n'ait même pas appelé ! Pour autant que je sache, elle pourrait être elle-même la meurtrière ! A une époque, vous avez eu un faible pour elle, shérif, mais ce n'est pas une raison pour négliger cette piste. Après tout, elle était la secrétaire de mon oncle et connaissait mieux ses affaires que moi !

Cliff sourit.

— Vous vous donnez de la peine inutilement.

Hier, je suis allé à San Francisco et j'ai confié à l'un de mes collègues de la Brigade Criminelle la bande magnétique du meurtre et une autre bande enregistrée par votre oncle à l'intention de Nora. Le laboratoire a été formel. Les deux bandes n'ont pas été enregistrées sur le même appareil.

— En quoi cela prouve-t-il que j'ai tué mon oncle ?

— Si c'est nécessaire, répondit Cliff inexorablement, nous identifierons la deuxième voix en utilisant les empreintes vocales. Vous savez, elles sont aussi caractéristiques que les empreintes digitales. Même lorsqu'on déguise sa voix, il y a des sonorités fondamentales qui restent. Mais, de toute façon, je ne pense pas que nous serons obligés de recourir à une telle expertise. Vous avez vous-même tout à l'heure admis votre culpabilité.

Vandermeer sursauta.

— Comment cela ? Je n'ai rien admis du tout !

Cliff haussa les épaules.

— Quand je vous ai parlé de la bande magnétique, vous n'avez même pas feint la surprise. Vous connaissiez donc son existence. Or, jusqu'à présent, je n'en avais parlé à personne, même pas à Lem. Kerby Vandermeer, je vous arrête pour le meurtre de votre oncle, Jerry Gardner. Lem, tu peux lui lire ses droits, ajouta-t-il en se tournant vers son adjoint.

Les yeux de Lem se mirent à briller et il tira sa carte de sa poche.

— Dorénavant, tout ce que vous direz pourra être retenu contre vous. Vous avez le droit de ne pas...

Murder on tape.
Traduction de L. de Pierrefeu.

MOINS PAR MOINS DONNE PLUS

par JOHN LUTZ

— Monsieur Nudger ? s'enquit-elle.

— Oui, dis-je.

— Ça n'est pas tous les jours qu'un détective privé reçoit dans une caravane ; assez humide, en plus. (Elle referma son parapluie et pénétra dans sa demeure-bureau sur roues.)

— J'aime ça, répliquai-je. J'ai un faible pour la mousse et les champignons.

C'était une blonde à l'air las, abattu, d'environ quarante ans, aux yeux bruns, au visage plutôt carré, peu attrayant, mais dotée d'une jolie silhouette ; chevilles épaisses mises à part.

— Je voudrais louer vos services pour que vous retrouviez Harry Beal, déclara-t-elle.

— Qui est-ce ?

— Mon ami. Plus qu'un ami — mon amant depuis un an.

— Et vous l'avez perdu ; comment ça ?

— La police a trouvé sa veste, ses chaussures et sa cravate sur le pont Jefferson la semaine dernière.

— Il semble apparemment perdu pour de bon, dis-je en invitant du geste la dame à s'asseoir sur mon mini-canapé. Vous ne m'avez pas dit votre nom.

— Helen Farrow. Je sers des cocktails au Blue Bull dans la Septième Avenue.

Je me versai une autre tasse de café matinal et en proposai une à Helen Farrow, qui la refusa.

— Ainsi donc, vous êtes allée trouver la police ?

— Ils pensent que Harry s'est suicidé.

— Et vous, vous ne le pensez pas. Pourquoi ?

— Le soir de sa disparition, la police a reçu un appel provenant d'une cabine publique près du pont. C'était Harry, disant qu'on avait menacé de le tuer et qu'on était en train de le filer. Une voiture de police s'est rendue à la cabine ; les policiers n'ont trouvé personne dans les parages, mais ils ont découvert ses effets sur le pont.

— A première vue, on ne voit pas bien pourquoi on lui aurait enlevé sa veste, ses chaussures et sa cravate pour l'assassiner. Est-ce pour cela que les policiers croient au suicide ?

— C'est ce qu'ils prétendent.

Mais je savais, moi, qu'avant tout, ils s'empressaient de conclure au suicide parce que la police, submergée, surmenée, manque de moyens et d'effectifs. Le lieutenant Catlin s'était maintes fois plaint de cet état de choses devant moi.

— Avez-vous une photo de Beal ?

Elle fit non de la tête.

— Si c'est un meurtre, Beal est tout autant mort que si c'était un suicide, lui assenai-je. Dans un cas comme dans l'autre, si le corps n'a pas reparu, c'est que le fleuve l'a gardé — ou peut-être bien l'océan. Pas mal de gens ont sauté de ce pont et n'ont jamais été retrouvés.

— Je ne crois pas que ce soit un meurtre ou un suicide, dit-elle avec une expression butée. Pour moi, ça n'a pas de sens. J'ai rassemblé toutes mes économies. Je veux que vous essayiez de retrouver Harry — vivant.

— Ça me paraît presque impossible.

— Je sais ; mais je vous paierai à votre tarif et avec une bonne rallonge.

Une vive lueur traversa les yeux tristes et fatigués, révélant une ténacité farouche, une fermeté de caractère inattendue qui contrebalançait sa détresse et son désarroi. Elle faisait partie de ces êtres qui refusent d'admettre l'irréparable tant qu'ils n'y sont pas absolument contraints.

— Harry a été en quelque sorte ma dernière chance, monsieur Nudger. Et vous êtes ma dernière chance de le retrouver.

Je poussai un soupir et ouvris un tiroir, peu profond, où je pêchai un de mes formulaires de contrat ; je le fis signer à Helen Farrow, tout en me disant que c'était là le genre d'affaire qui me faisait inévitablement souffrir et qui finirait peut-être par me tuer. N'empêche, je m'y lançais quand même.

— Ne soyez pas trop optimiste, dis-je, pour tempérer ses espoirs.

Mais elle l'était. Ça sautait aux yeux. Qu'y faire ? Les humains sont ainsi parfois.

*
* *

Au siège central de la police, le lieutenant Charles Catlin leva les yeux de derrière son bureau, dans son local austère et fonctionnel, d'un classique vert pâle, délavé, défraîchi, réclamant de longue date une nouvelle couche de peinture. Quelque part dans un proche voisinage, une voix, bourdonnante, assourdie, diffusait par haut-parleur des instructions destinées aux voitures en patrouille. Sur le mur, derrière le bureau, un portrait du Commissaire Divisionnaire dardait sur moi, par-dessus l'épaule de Catlin, un regard sévère, désapprobateur.

— Salut Nudger, émit Catlin d'un ton morose.

C'était un homme massif dont la rudesse de traits masquait un esprit délié.

— Qu'est-ce qui vous amène dans cet antre de l'anticrime ?

— Je démarre une enquête.

— Je vois ; quelqu'un a encore consulté les pages jaunes.

Je m'assis sur la peu confortable chaise en bois flanquant le bureau de Catlin.

— Harry Beal, énonçai-je.

— J'ai parlé à la fille qu'il a laissé derrière lui. Elle refuse de nous croire.

— Elle a besoin de certitude, dans un sens ou dans l'autre. Éclairez-moi un peu sur l'affaire.

Je savais que Catlin accéderait à ma requête. Nous échangeons des petites faveurs comme on échange de l'argent au Monopoly. Nous savons tous deux qu'en ce bas monde nous ne deviendrons riches ni l'un ni l'autre.

Catlin me répéta grosso modo le maigre et triste topo d'Helen Farrow sur le soir de la disparition de Beal.

— Alors, pourquoi ce verdict de suicide ? m'enquis-je.

— Parce qu'on estime avoir plus d'éléments à l'appui du suicide qu'à celui du meurtre ou de la mort accidentelle — compte tenu du budget dont on dispose pour cette année.

— Et sur Beal lui-même, que savez-vous ?

— Quarante-huit ans, race blanche, représentant en matériel de bureau, pas de parents vivants.

— Ses vêtements ne vous ont rien appris ?

— Vérifiez auprès de Denning au labo si ça vous chante. J'ai des choses plus importantes à régler.

Il me congédia d'un léger revers de main et se mit à noircir du papier sur son bureau. L'affabilité n'est pas son fort.

Je le quittai et pris l'ascenseur pour descendre au labo.

Denning me reconnut et fit de la tête un amical salut. Nous cassâmes de concert un peu de sucre sur le dos de Catlin, puis je lui demandai ce qu'il pouvait me révéler sur Harry Beal.

— Il chaussait du quarante-quatre, portait une veste sobre et classique, mais appréciait les cravates voyantes.

Il me conduisit là où l'on conservait les effets de Beal et ouvrit un tiroir métallique à glissière suffisamment long pour contenir un corps.

Les chaussures étaient noires, à bouts pointus, la veste de complet bleue, en tissu de qualité moyenne, la cravate un mélange de rouge vif, de jaune et de gris. Les semelles des souliers étaient à moitié usées ; dans les poches de la veste, on n'avait rien trouvé.

— A part ça, rien de particulier ? demandai-je.

— Il y avait quelques cheveux roux sur la veste, répondit Denning. Teints, je pense.

— Les cheveux d'Helen Farrow sont teints, mais en blond.

— Qui est Helen Farrow ?

— La petite amie de Beal. Ma cliente.

— Pauvre femme, fit-il en me gratifiant d'un regard myope et blasé d'homme de labo.

Je le quittai sans juger bon de le remercier et me dirigeai vers l'appartement d'Helen Farrow dans ma Volkswagen brune et cabossée. En cours de route, je passai en revue avec quelque amertume le peu que je savais sur l'affaire, réussis à réveiller les aigreurs de mon estomac nerveusement détraqué, et m'introduisis une pastille calmante dans la bouche. Pour ma profession, j'ai les dons requis mais pas les nerfs.

L'appartement d'Helen Farrow se situait dans une partie de la ville en déclin, au troisième étage d'un morne et terne immeuble en brique agrémenté d'une gargouille effritée de chaque côté de l'entrée. L'appartement lui-même, petit et garni d'un mobilier bon marché, était d'une propreté quasi aseptique et méticuleusement ordonné. Helen Farrow devait être de ces personnes qui ont besoin de savoir où chaque chose se trouve, et pour quelle raison précise. Elle me fit entrer et je l'informai que je venais des locaux de la police.

— Qu'avez-vous appris ? demanda-t-elle aussitôt.

— Que Beal portait des chaussures à bouts pointus. C'est un début.

Je m'assis dans un petit fauteuil en vinyl et la regardai arpenter nerveusement son parquet. Elle fit halte près d'une fenêtre donnant sur la rue et alluma une cigarette.

— Où Beal travaillait-il ? demandai-je.

— A l'entreprise Gavner, dans le centre. La police a interrogé Mr. Gavner, et je lui ai parlé au téléphone. Il dit que Harry semblait déprimé avant sa disparition.

— Je vais aller voir Gavner, déclarai-je, mais il me fournira très probablement les mêmes réponses qu'à la police.

Elle se retourna et, tirant sur sa cigarette, me fixa douloureusement, comme si la fumée qu'elle venait d'avaler la faisait souffrir. Je savais qu'elle espérait quelques paroles d'encouragement, de réconfort. Moi, pour l'heure, je pensais que Harry Beal était quelque part sous l'eau, en train de se faire mordiller par les poissons. Pour Helen, entendre pareil point de vue n'eût guère été réconfortant ; aussi quittai-je son appartement sans rien ajouter.

***

L'entreprise Gavner occupait une modeste suite de bureaux dans un modeste immeuble du centreville. Il n'y avait pas de réceptionniste dans le moderne petit bureau de l'entrée ; je suivis donc les instructions, inscrites sur une pancarte, invitant les visiteurs à appuyer sur un bouton et attendre.

Peu après, dans la pièce adjacente, une voix sonore me pria d'entrer. J'estimai le procédé assez peu commercial mais n'en pénétrai pas moins dans le saint des saints.

L'homme un peu voûté et grisonnant assis derrière le bureau encombré me confirma qu'il était Gerald P. Gavner sans daigner se lever, mais il me tendit la main. Il paraissait avoir nettement dépassé la cinquantaine, toutefois l'acuité et la vitalité de ses yeux laissaient supposer qu'il pouvait bien être un Roméo sur le retour, harcelant secrétaires et autres employées de ses importunes assiduités.

Je découvris vite que j'avais tendancieusement interprété le pétillement de ses prunelles.

— Que Beal vive avec cette femme, c'est une chose que je n'approuvais pas, me déclara Gavner d'une voix sèche, à la diction mordante. C'est peut-être vieux jeu,. mais j'estime que ce genre de comportement peut nuire à la réputation de la compagnie. Néanmoins, Beal était mon meilleur représentant et j'attribue son concubinage avec cette femme à l'état dépressif dans lequel il semblait être tombé tout au long de l'année précédant son suicide.

— Un état dépressif ?

— Oh ! nombre de gens ne l'auraient sans doute pas discerné. Mais Beal avait une personnalité si débordante, si enthousiaste, que, de sa part, un comportement normal traduisait un état dépressif. Cette femme ne l'a probablement jamais connu sous son vrai jour et n'a pas réalisé qu'il était dans cet état.

— Rester déprimé toute une année, c'est long, dis-je.

— Il aurait pu en sortir s'il n'y avait eu le meurtre de Farnworth.

Au mot « meurtre », mon estomac eut un soubresaut.

— Je ne suis pas au courant de cette affaire.

— Farnworth, c'était l'homme qui fut jugé et acquitté il y a six ans au Texas pour le meurtre de la femme et de la fille de Beal. Selon le sentiment général, il était coupable mais avait réussi à éviter la condamnation en achetant certaines personnes. Alors, quand Farnworth a été tué le mois dernier, la police a tout naturellement soupçonné Beal. Celui-ci possédait un alibi en béton armé — il se trouvait à plus de quinze cents kilomètres de l'endroit du crime — mais il fut quand même soumis à un interrogatoire serré. Les vieilles plaies ont dû se rouvrir, et je pense que c'est ce qui l'a conduit à ce qu'il avait plus ou moins menacé de faire.

— Beal avait menacé de se suicider ?

— Il y avait fait allusion à mots couverts. (Gavner croisa ses mains cireuses, faisant miroiter une bague à diamant rose, et, légèrement perplexe, haussa les sourcils.) La police ne vous l'a pas dit ?

— Nos rapports sont tels qu'elle entre rarement dans les détails.

***

Quittant Gavner, je gagnai derechef le siège central de la police, où, par chance, Catlin était encore à son poste.

— Parlez-moi un peu du meurtre de la femme et de la fille de Beal, lui dis-je.

— Je n'y vois aucun inconvénient, d'autant que ça n'a aucun rapport, répondit-il.

Il se renversa dans son fauteuil pivotant, le faisant grincer, et joignit les mains derrière sa nuque.

— Il y a six ans, un nommé Farnworth, une

espèce d'homme à femmes plein aux as, s'offrit une liaison avec l'épouse de Beal. Et s'avéra être plus qu'un peu tordu. Il étrangla l'épouse et sa fille de quatorze ans — ou tout au moins fut arrêté et jugé pour ces meurtres. L'argent étant ici-bas de toute première importance, certains témoins à charge, des témoins essentiels, modifièrent leurs déclarations antérieures, et Farnworth se retrouva acquitté.

— Comment Beal a-t-il réagi ?

— Il toucha l'argent de l'assurance et partit dans le nord faire un nouveau départ.

— Et sur le meurtre de Farnworth, que pouvez-vous dire ?

— Ça s'est passé il y a deux mois, à Galveston. Son corps a été découvert dans un hôtel. On l'avait torturé avant de le tuer.

— Les représentants de la loi se sont donc tournés vers le suspect logique, c'est-à-dire Beal.

Catlin opina du chef.

— Seulement Beal ne pouvait pas avoir tué Farnworth. Il se trouvait alors à New York, à une réunion de la compagnie. Son patron, Gavner, et William Davis, directeur de la filiale de New York, l'ont tous deux certifié. Au moment de la mort de Farnworth, Beal était en conférence à New York, en train de discuter d'un nouveau modèle de classeur. Je peux vous montrer la déclaration de Gavner et la déposition signée que la police de New York a obtenue de Davis. (Il me décocha un méchant sourire.) Comme je vous l'ai dit — ça n'a pas de rapport.

J'étais plus ou moins disposé à admettre que l'affaire Farnworth n'avait rien à voir avec la disparition de Beal, mais mon estomac, lui, n'était pas d'accord et me le faisait savoir. Je décortiquai un rouleau de petits disques blancs, en extirpai un, l'expédiai dans ma bouche et le mastiquai pensivement.

— Je parie que vous couvez un ulcère, émit Catlin d'un air apitoyé. Pour votre plus grand bien, je vous conseillerais de choisir une autre branche d'activité et de ne plus jamais remettre les pieds ici.

— C'est tentant, ponctuai-je, et j'étais sincère.

Ayant pris congé de Catlin, je décidai de rendre une autre visite à Gavner ; je voulais savoir ce que Beal avait éventuellement pu lui dire à propos de l'affaire du Texas, et aussi connaître la réaction de Beal quand on l'avait informé de la mort de Farnworth. J'appelai l'entreprise Gavner d'une cabine téléphonique de la Douzième rue, mais une voix enregistrée me déclara que Mr. Gavner était absent et me demanda si je désirais laisser un message. J'attendis le signal, informai le répondeur que je n'avais pas de message à transmettre et raccrochai. Apparemment, Gavner était rentré chez lui après une rude journée de labeur.

Je stoppai devant un grill-room, y fis un repas rapide, ingurgitai deux pastilles calmantes, regagnai ma caravane, et me couchai.

***

Après avoir dormi assez tard le lendemain matin, je mis le cap sur l'entreprise Gavner et trouvai porte close. Le gérant de l'immeuble m'apprit que Gavner avait déménagé la veille. Il avait loué les locaux au mois — et omis de laisser une nouvelle adresse. Je baratinai le gérant et réussis à le persuader de me laisser pénétrer dans la place, avec l'espoir d'y trouver quelque indice me révélant où Gavner avait émigré ; mais ladite place était complètement vide, nue, comme lavée à grande eau.

Je téléphonai à Catlin pour l'informer du brusque départ de Gavner ; il sembla surpris mais pas spécialement alarmé.

— Déménager n'est pas un crime, commenta-t-il, même si, en l'occurrence c'est plutôt précipité.

— Peut-être pourriez-vous quand même me dire ce que votre petite enquête vous a appris sur Gerald Gavner, insinuai-je.

— Bon, je vais vous satisfaire, dit-il (et me pria de patienter un instant, le temps de mettre la main sur la fiche Gavner). Voilà. Gavner, né à Plinton, en Georgie, le 20 août 1929. A passé la majeure partie de son existence en Georgie, puis est parti dans le nord, où il a fondé l'entreprise Gavner, qui vend du matériel de bureau à diverses compagnies sur l'ensemble du territoire national.

Gavner avait de plus déclaré à la police qu'il était célibataire et donné comme adresse les « Hawthorn Arms », un immeuble résidentiel d'appartements de luxe dans le secteur ouest de la ville.

— Si vous dénichez quoi que ce soit, faites-m'en part, m'enjoignit Catlin.

— Vous estimeriez probablement que c'est sans rapport, répliquai-je, et je raccrochai.

Je transpirais, et mon estomac faisait des siennes, comme s'il tentait de digérer de la limaille de fer. Cette affaire ne me plaisait pas ; pas du tout ma tasse de thé. Quand on a maille à partir avec des assassins, la violence peut surgir à tout instant. La dernière fois qu'une de mes enquêtes avait débouché sur la violence, j'avais été grièvement blessé. Tout en voulant éviter que pareille chose se reproduise, je me sentais entraîné par des courants dont j'aurais peine à me dépêtrer. Je roulai donc jusqu'à la somptueuse résidence des Hawthorn Arms, où je demandai Gerald P. Gavner.

On me déclara — comme je m'y attendais — que Gerald P. Gavner avait déménagé. Il avait réglé la veille les deux derniers mois du bail pour son appartement meublé, et le portier l'avait aidé à porter ses deux grosses valises avant de héler un taxi.

Du hall, je téléphonai à Helen Farrow et la mis au courant. Elle me pria de venir la rejoindre.

*
* *

— Je veux que vous enquêtiez pour moi sur Gavner, dit-elle, à peine avais-je franchi le seuil de son appartement. Quoi qu'il ait pu arriver à Harry, Gavner doit le savoir.

— Pas nécessairement, l'avertis-je, tempérant à nouveau son ardeur. Il n'y a pas forcément un lien direct entre les deux disparitions. Gavner peut avoir quelque chose à cacher, et le simple fait d'être interrogé par la police, à propos de Beal, a pu l'inciter à la prudence et le déterminer à prendre le large. On pourrait en effet, en enquêtant plus à fond sur la disparition de Beal, tomber éventuellement sur quelque combine illégale dans laquelle l'entreprise Gavner a pu être impliquée.

— De toute façon, je veux que vous enquêtiez sur Gavner, insista-t-elle. (Elle fumait une autre cigarette, toujours avec cet air de surmonter une pénible épreuve.) Allez dans son patelin d'origine, peu importe où ça se trouve — découvrez tout ce qui peut le concerner.

— Là, vous faites intervenir l'argent, Helen. Pas mal d'argent, plus que je ne veux vous demander et plus que vous ne pouvez payer.

Elle sourit et me tendit quelque chose de petit, de soigneusement plié et de faiblement odorant. C'était un billet de mille dollars.

— J'en ai reçu dix comme ça au courrier d'hier, dit-elle. L'enveloppe ne contenait rien d'autre, pas de mot — rien que les dix billets. (Ses yeux ternes s'illuminaient ; son espoir se réveillait, se renforçait.) Ça signifie que Harry est en vie. Je crois que par Gavner vous pourrez le retrouver.

Je lui demandai de me montrer l'enveloppe ayant

acheminé l'argent. C'était une enveloppe de papier bon marché, couleur tabac, portant son nom et son adresse tapés à la machine ; pas d'adresse d'expéditeur.

— Si ça vient de Beal, ce pourrait être sa façon de dire au revoir et merci, lui déclarai-je sans ambages. (Pareille pensée lui était venue, à en juger par son expression mitigée et ses yeux qui s'embuaient.) Mais pour ma part, voici ce que je pense, poursuivis-je. Nous avons fait peur à quelqu'un. Et cet argent représente une tentative de ce quelqu'un pour vous acheter et vous faire cesser de rechercher Beal.

— Moi, je veux utiliser cet argent pour le retrouver, dit-elle, ardente et combative.

— Je ne sais pas si c'est très avisé, Helen. Si on essaie de vous faire renoncer en vous achetant, on pourrait aussi essayer de vous réduire à l'inaction par un autre moyen.

En guise de réponse elle me tendit un autre billet de mille dollars.

— Dépensez autant qu'il faudra, dit-elle. Achetez tous les renseignements dont vous aurez besoin. Je ne vois pas de meilleur usage à faire de cet argent. (Elle me dévisagea, farouche et résolue.) Je n'ai pas peur. Et vous ?

— Moi, si. Mais je me rendrai à la ville natale de Gavner et me mettrai à fouiller son passé et son présent si vous me promettez de déposer le reste de l'argent à la banque et de veiller à bien verrouiller vos portes.

Elle sourit à nouveau. La lumière tamisée de la fenêtre voilée adoucissait ses traits, et je me dis que vingt ans plus tôt elle avait dû être passable.

— Marché conclu, dit-elle.

***

Je pris le vol de l'après-midi à destination d'Atlanta ; à l'aéroport d'Atlanta, je louai une voiture pour gagner Plinton, en Georgie. Plinton était une petite ville, et il ne me fallut pas longtemps pour découvrir que la famille Gavner, comprenant le jeune Gerald, était partie en 1930 s'installer à Carver, à quelque cent cinquante kilomètres au sud.

Dans la modeste agglomération rurale de Carver, je découvris que certains membres de la famille Gavner y habitaient encore. Ils m'apprirent que Gerald Gavner avait succombé à des lésions internes après avoir été renversé par une auto. Ils m'indiquèrent l'emplacement de sa tombe, et dans le petit cimetière, joliment entretenu, je pus lire, gravé sur la pierre tombale patinée : 20 août 1929 — 12 juin 1933.

Je savais désormais à quoi m'en tenir. Quelqu'un s'était approprié l'identité de Gerald Gavner, en obtenant d'abord à Plinton un extrait de son acte de naissance, puis en s'en servant pour se procurer progressivement diverses pièces d'identité, allant de la carte de bibliothèque au permis de conduire en passant par la carte de crédit-essence, et pouvant même éventuellement inclure une carte de Sécurité Sociale. C'est une pratique fréquente dans la pègre ; la pseudo-identité résiste en général à un examen sommaire. Le nom porté sur chaque pièce d'identité appartient à une personne décédée à une date relativement reculée, mais ayant néanmoins vécu suffisamment longtemps pour fournir une base plausible à l'édification de l'identité bidon. C'est un procédé fort utile lorsque le détenteur de tous ces faux papiers désire se livrer à une activité illégale — comme par exemple la création d'une compagnie factice destinée à servir de paravent pour masquer quelque trafic lucratif mais répréhensible et risqué.

Il me fallait en apprendre davantage sur l'entreprise Gavner, et je savais qui pourrait me renseigner. Après avoir retenu une chambre dans un motel aux abords de Carver, je téléphonai à Helen et l'avertis que j'allais m'envoler le lendemain pour New York.

***

William Davis avait évacué la filiale new-yorkaise de l'entreprise Gavner avec autant d'empressement que Gavner en personne en avait mis à évacuer la maison-mère. Donc, si Gavner était impliqué dans quelque chose de louche, Davis l'était aussi.

Les locaux de New York, situés dans un building plutôt médiocre de la Cinquante-Troisième Rue Est, étaient aussi radicalement vides que ceux de Gavner ; à un détail près : une fille maigrichonne débarrassait d'un air dépité les tiroirs de la réceptionniste.

Elle me déclara s'appeler Millie Ann et que Mr. Davis, après lui avoir signifié son congé la veille, était parti sur-le-champ.

— Parti pour où ? m'enquis-je.

Elle secoua sa blonde tête frisée.

— Je ne sais pas. Je n'ai pas cru pouvoir le demander. Ça ne faisait que quelques mois que je travaillais ici, à temps partiel.

— Vous n'en avez aucune idée ? C'est important, et je sais qu'il voudrait me voir.

Elle interrompit ses efforts pour caser plusieurs magazines et des flacons de vernis à ongles dans un modeste sac en papier. Je sentais qu'elle s'interrogeait, hésitait — et qu'elle était passablement vexée d'avoir aussi brutalement perdu son boulot, sans le moindre préavis.

— Vous pourriez essayer le *Hangout*. C'est un bar sur la Cinquante-Deuxième Rue. Mr. Davis y allait parfois. Parlez à Frank, le barman.

— Frank et Mr. Davis étaient-ils assez liés ; y

avait-il entre eux plus qu'un simple rapport amical de barman à client ?

— Je ne sais pas. (Elle s'appliquait à transformer un magazine du cœur en un rouleau étroitement serré.) Mais j'y suis passée hier soir avec un ami et j'ai vu Mr. Davis entrer, parler à Frank, et lui remettre une grosse enveloppe jaune ainsi que de l'argent. Il paraissait pas mal nerveux et tendu. La peau, sous un de ses yeux, n'arrêtait pas de tressauter.

— Il vous a vue ?

— Non.

— De quoi a-t-il l'air, Mr. Davis ? Pouvez-vous me le décrire ?

Elle fronça les sourcils pour réfléchir.

— De taille moyenne, je dirais. Dans les quarante-cinq ans, peut-être un peu plus. Pas trop désagréable à regarder — des cheveux roux, un joli sourire. Bien habillé, avec assez de chic.

Je remerciai Millie Ann, lui dis espérer qu'elle retrouve bientôt du travail, et m'en fus.

Le *Hangout* était un bar-salon à l'éclairage parcimonieux, très tamisé, mais cependant d'aspect respectable, nanti d'un long comptoir capitonné, où officiait un grand homme maigre, chauve, au crâne luisant, et doté d'une moustache tombante.

— Frank le barman, je présume, dis-je en m'asseyant près de l'extrémité du comptoir où il était occupé à ranger des verres.

Il hocha la tête et me sourit, un peu intrigué. Je commandai une bière.

Quand il me l'eut apportée, je lui demandai s'il savait où je pourrais trouver Bill Davis.

Il ne fit pas semblant de ne pas connaître Davis, mais haussa les épaules et secoua la tête.

— C'est important que je le joigne, à la fois pour Davis et pour moi, dis-je en déposant un billet de cent dollars sur le comptoir.

Frank fixa gravement les cent dollars.

— Je ne sais pas où il est. Si je le savais, je ne manquerais pas de vous le dire.

— Et cette enveloppe qu'il vous a remise ?

Frank parut surpris.

— Ça ne vous apprendra pas où il est allé.

— Davis vous a-t-il dit ce qu'il y avait dans cette enveloppe ?

Ma main s'avançait, comme pour retirer du comptoir le billet froissé.

— Bien sûr, s'empressa de répondre Frank, et ma main s'immobilisa. (Il gardait l'œil sur ma main.) Tout ce qu'il y a dedans, c'est d'autres enveloppes plus petites, adressées à quelqu'un dont je n'ai jamais entendu parler. Je suis censé en expédier une chaque premier du mois tout au long de l'année qui vient.

— Laissez-moi voir une de ces enveloppes, dis-je. Mr. Davis tiendrait sûrement à ce que vous me les montriez — croyez-moi.

Je tirai de ma poche un autre billet de cent dollars et l'exhibai discrètement.

Frank haussa les épaules, comme si tout cela n'avait guère d'importance, puis se dirigea vers un meuble de rangement, derrière le comptoir, et se pencha quelques instants sur un petit coffre logé à l'intérieur. Après quoi il revint, tenant à la main une enveloppe blanche. Lorsque j'eus relâché ma prise sur le second billet et laissé choir sur le premier, il posa l'enveloppe devant moi pour me permettre de lire l'adresse : « Mr. Norman Llewelyn, Hill Manor, Hillsboro, Missouri. »

***

Le lendemain après-midi, au volant de ma Chevrolet de location, je virai dans une allée d'accès, passant devant un panneau métallique fraîchement repeint qui portait en grosses lettres : HILL MANOR — MAISON DE REPOS. Bien que Hillsboro ne fût qu'à environ quatre-vingts kilomètres des limites urbaines de St. Louis, c'était vraiment la pleine campagne, et de plus Hill Manor se situait nettement à l'écart de la nationale, au sein de collines basses et très boisées.

L'allée d'accès, étroite et asphaltée, s'incurvait ; ayant dépassé le sommet de la courbe, je vis apparaître la maison de repos. C'était une espèce de structure blanche à charpente de bois, de trois étages, plutôt biscornue, qui avait un peu l'air d'une ferme modernisée et très agrandie. Le terrain alentour était soigneusement entretenu, l'herbe bien verte et bien tondue sous les deux grands ormes qui flanquaient les marches menant à une vaste plate-forme de pierre grise. En bordure de la plate-forme, assises dans des rocking-chairs, quelques personnes lisaient. Elles ne me prêtèrent aucune attention, tandis que je garais la voiture et franchissais les doubles portes de l'entrée.

Je me retrouvai dans un hall de réception spacieux et frais. D'une salle de télévision, sur la gauche, parvenaient les sons d'un feuilleton à l'eau de rose. Sous un grand lustre en cuivre, s'étalait un comptoir, derrière lequel trônait une dame à lunettes, d'un certain âge, en uniforme blanc.

— Je viens voir Mr. Norman Llewelyn, lui dis-je en arborant un de mes plus séduisants sourires.

— Il est au 326, au bout du couloir, au troisième étage, débita la femme. Je vais sonner là-haut pour qu'on l'avertisse que vous allez monter. Qui dois-je annoncer ?

— Je préférerais lui faire la surprise, dis-je (et avant qu'elle n'ait pu répliquer, je me penchai pardessus le comptoir et pris un ton confidentiel). Je suis un vieil ami, et je viens ici avant tout pour m'assurer que toutes ses notes sont bien réglées.

— Oh, il n'y a aucun problème de ce côté, m'assura-t-elle. Mr. Llewelyn a une tante fortunée qui envoie chaque mois de quoi couvrir ses dépenses.

Je lui adressai un petit salut complice et me dirigeai vers le vaste escalier.

Lorsque je pénétrai sans frapper dans la chambre 326, Llewelyn était assis dans un fauteuil en osier près d'une grande et haute fenêtre, en train d'observer quelque chose en bas. Il me tournait le dos et je ne voyais que des cheveux grisonnants et une forme tassée, vaguement éclairée par la lumière déclinante de fin d'après-midi. Un de ses doigts tapotait rythmiquement le bras du fauteuil.

— Salut, Harry Beal, lançai-je.

Il se retourna brusquement et se dressa à demi hors de son fauteuil, puis se laissa retomber. Son visage mobile passa par une série d'expressions fugaces avant de se figer en un sourire mou et résigné.

— Je ne sais qui vous êtes ni de quoi vous parlez, dit-il d'une voix calme, mais sans réelle conviction. Je m'appelle Norman Llewelyn. Je fais ici une cure de repos.

— Vous auriez réussi s'il n'y avait pas eu Helen Farrow, son attachement et son acharnement à vous retrouver, lui décochai-je d'emblée. Vous teniez absolument à exécuter Farnworth, vous avez voué votre vie à sa mort, vous avez combiné sa perte pendant six ans. Mais en ayant un mobile aussi puissant pour le supprimer, vous saviez que, même si sa mort paraissait accidentelle, la police vous soupçonnerait de l'avoir tué. Vous vous êtes donc fabriqué un alibi parfait. Vous avez utilisé les noms de personnes décédées ainsi que leurs actes de naissance pour vous façonner progressivement plusieurs identités — en prenant des mois, voire des années pour leur donner consistance. Vous avez créé des existences synthétiques — des témoins destinés à vous fournir un alibi à toute épreuve au moment du meurtre de Farnworth.

— J'ignore qui est ou était ce Farnworth, je n'en ai jamais entendu parler.

Le fauteuil en osier grinça doucement.

— Vous vous trouviez à New York, a déclaré Gavner — seulement, Gavner, c'était vous. Davis a confirmé votre présence là-bas — seulement, Davis, c'était vous. Vous saviez que le témoignage de Davis serait obtenu par déposition écrite, et que ce ne seraient pas les mêmes enquêteurs qui verraient Gavner et Davis. Mais vous avez quand même tenu à modifier légèrement votre apparence pour différencier vos signalements. En tant que Davis, vous portiez une perruque rousse, et en tant que Gavner, dans le bureau de votre entreprise bidon, vous avez pris soin de ne pas vous lever afin de me dissimuler votre taille ou votre silhouette.

Il commençait à se tortiller ; un tic se déclenchait sous son œil droit.

— Vous êtes complètement fou ! proféra-t-il (avec l'intonation et l'articulation sèches et incisives de Gavner). Je vous prie de sortir — immédiatement ! (avec une autre expression, un autre ton, une autre voix ; il semblait passer d'une personnalité à l'autre, incarner tour à tour un des personnages qu'il avait créés, comme si le véritable Harry Beal s'était dissous, était vraiment défunt.)

— Je n'imaginais pas qu'elle m'aimait autant, finit-il par dire, cette fois d'une voix lente et naturelle qui devait sans doute être la sienne.

— Vous aviez besoin de quelqu'un comme Helen pour crédibiliser votre mort, dis-je. Vous lui avez téléphoné pour étayer la possibilité d'un assassinat, tout en laissant vos effets sur le pont afin de suggérer le suicide. De cette façon, si la police venait à soupçonner quelque chose, ce serait votre assassinat — et non pas un suicide maquillé vous permettant de disparaître après avoir tué Farnworth. Au cas où la police se montrerait disposée à enquêter plus à fond sur votre disparition, Helen ne manquerait pas d'intervenir et d'insister pour que les recherches s'orientent dans cette direction.

— Je n'imaginais pas qu'elle m'aimait autant, répéta Beal d'une voix rauque. Pas à ce point-là...

Je ne savais trop s'il était mentalement dérangé ou non. Le malade Llewelyn n'était qu'une autre de ses fausses identités, celle qu'il avait gardée en réserve pour l'assumer quand sa tâche serait achevée. Il projetait de demeurer au Hill Manor jusqu'au moment où il se sentirait suffisamment en sécurité afin de regagner New York, pour y récupérer ce qui resterait de l'argent destiné à son rétablissement et qu'il se faisait régulièrement expédier du *Hangout*.

Le laissant effondré dans le fauteuil d'osier, je quittai la chambre, à l'atmosphère soudain oppressante, et descendis utiliser le téléphone de la réception.

Mais cet appel téléphonique fut interrompu et n'eut jamais lieu.

J'entendis des cris, puis le bruit d'un choc sourd au-delà des portes-fenêtres tout au fond du hall. Je reposai le combiné et suivis la préposée en uniforme blanc qui abandonna son comptoir et courut ouvrir les fenêtres.

Beal gisait sur les dalles du patio, où il avait atterri en plongeant de sa fenêtre.

Cette fois, il était mort pour de bon.

Devant le pathétique spectacle qu'offrait ce cadavre disloqué, il m'apparut inutile de contacter la justice. Il était préférable pour tout le monde — et plus commode — de s'en tenir à la mort de Beal par suicide sur le pont Jefferson — à une autre date, en un autre lieu.

Au sein de la confusion ambiante, au milieu de clameurs étouffées et de sanglots réprimés, j'effectuai une sortie discrète, contournai le bâtiment, regagnai ma voiture de location et partis.

J'allais rentrer et expliquer à Helen Farrow que Beal était mort, ce qui, au fond, valait mieux pour lui ; et qu'à présent elle devrait tenter de recoller les morceaux, refaire sa vie tant bien que mal et l'oublier. La perspective de cette entrevue avec elle m'était fort pénible — mais enfin, quand j'avais accepté l'affaire, ne l'avais-je pas avertie qu'elle pourrait être déçue ?

Ainsi que Beal l'avait découvert à ses dépens, il est parfois impossible de convaincre les Helen Farrow de ce monde d'une chose qu'elles se refusent à croire.

Je stoppai à un feu rouge et mâchonnai une pastille calmante en attendant qu'il passe au vert.

Where is Harry Beal ?
Traduction de Philippe Kellerson.

QUAND TANTINE DISPARAÎTRA

par JOHN H. DIRCKX

Je crois que mon souvenir d'enfance le plus ancien doit être l'image du soleil éclaboussant de lumière les vitres colorées de la Pièce Orientale chez ma grand-tante Susannah Blandy. Bien que mes sœurs et moi l'ayons toujours appelée « Tantine », nous prenions grand soin d'expliquer à nos camarades de classe qu'il s'agissait en fait de la tante de notre père, et non de la nôtre.

Pour mes sœurs et moi, Tantine avait toujours représenté un personnage plus grand que nature : se tenant très droite, sa prestance imposante n'avait pas été altérée par l'accumulation des ans et elle avait su conserver le port majestueux et la langueur sereine généralement associées aux souveraines de théâtre. Son monde — un énorme logis aux allures de château comptant une multitude de pièces remplies d'œuvres d'art et d'antiquités et entouré de vastes jardins d'ornement — était pour nous un royaume enchanté où la limite entre le réel et l'imaginaire était si infime qu'il semblait possible aux contes de fées de devenir facilement réalité.

Quatre ou cinq fois par an, toute la famille

parcourait en voiture les soixante-cinq kilomètres nous séparant des collines boisées du comté de Leacock où, passé un portail en fer forgé accroché à des piliers de pierre rouge, s'étendait le domaine de Tantine : Maple Ridge. Dès l'instant où nous franchissions le portail, le monde ennuyeux de l'arithmétique et des galoches, celui des visites chez le médecin, tout restait derrière nous : nous avions pénétré dans une autre dimension.

Chez Tantine, rien n'était tout à fait comme à la maison. Le moindre objet couramment utilisé était sculpté, doré, laqué, broché ou même enveloppé de soie. Lorsqu'elle sortait pour une promenade, Tantine s'appuyait sur une canne en ivoire incrustée de pierreries, tel le spectre d'une maharani. Son parfum avait une senteur entêtante que je n'ai jamais retrouvée ailleurs qu'à Maple Ridge, une odeur de citron, délicieusement, indescriptiblement douce. Quand Tantine vous prenait dans ses bras, c'en était presque suffocant, comme la bouffée de gaz qui vous est administrée avant de vous arracher une dent. Sa chambre à coucher ressemblait aux illustrations des contes d'Andersen. Ses téléphones étaient en argent et ses objets de toilette en or.

Malgré cela et en dépit de la profusion d'objets d'art comme de l'élégance de la décoration, Maple Ridge n'était pas ce qu'on peut appeler un endroit plaisant. Pour une enfant, il y avait quelque chose de sinistre et de menaçant dans l'ombre silencieuse des charmilles, dans la serre à l'odeur de terre humide mélangée au parfum des plantes exotiques, dans les longues allées désertes du parc où les abeilles bourdonnaient en été et les vents mugissaient en hiver, dans le tic-tac discret et mortellement lent de la comtoise sur le palier. Quand j'y repense à présent, il me semble que la sensation de macabre qui me faisait frissonner dans cette Pièce Orientale — en présence des dragons aux rangées de dents acérées et des démons au regard maléfique d'émail rouge et noir — était en quelque sorte prémonitoire de la mort tragique de Tantine à cet endroit précis, et des révélations choquantes qui allaient s'ensuivre.

L'une des curiosités, et non des moindres, qu'elle ramena d'un de ses voyages fut son mari, Oncle Troy. Tantine devait bien avoir quarante ans lorsqu'ils s'épousèrent. Tous deux étaient déjà d'un âge avancé lorsque je les ai connus mais Oncle Troy était, sans aucun doute possible, plus jeune qu'elle. Il offrait un aspect débonnaire quelque peu décadent, portait la moustache recourbée et avait un œil de verre, ou tout au moins un œil qui regardait au-delà de votre épaule lorsqu'il vous parlait. Sa voix possédait l'onctueuse cordialité des professionnels de la radio. Ma mère n'appréciait pas Oncle Troy outre mesure et jamais, pour quelque raison que ce fût, elle ne nous laissa, mes sœurs et moi, seules en sa compagnie. Il semblait avoir une grande connaissance des choses de la vie sans avoir pour autant jamais eu à souffrir l'ignominie de devoir travailler pour subvenir à ses besoins. Je me souviens de mon père le décrivant un jour comme un « raconteur accompli » et, à partir de ce moment-là, dans notre famille, il devint le « rat-conteur ».

L'histoire de Tantine était encore plus romantique et mystérieuse que celle d'Oncle Troy. Jeune femme sur le point de se marier, son fiancé l'avait abandonnée pour ainsi dire sur les marches de l'église. L'histoire était évidemment bien plus compliquée et, nul doute, avait un rapport avec la fortune de Tantine, qui semblait inépuisable. Mais nos parents n'en parlaient jamais devant nous. Maman nous expliqua seulement que la tragédie qui avait bouleversé la jeunesse de Tantine l'avait plongée dans une infinie tristesse qu'elle avait tenté, sans succès, de surmonter en faisant plusieurs fois le tour du monde et s'entourant de choses précieuses.

Pendant toutes ces années, je ne me rappelle pas l'avoir jamais vue quitter Maple Ridge mais, à mes yeux d'enfant, elle me semblait mener là-bas une vie tout à fait satisfaisante dans un calme et une tranquillité idylliques. Sans enfant, peu sociable et sans grande instruction, l'entretien de la propriété devint pour elle une occupation à plein temps. Le domaine était tenu en état par une armée de jardiniers, mais la seule domestique admise à l'intérieur de la maison était une femme à l'aspect rébarbatif et parlant peu. A la fois cuisinière et gouvernante, elle s'appelait Mme Rathke et « n'aimait pas les enfants » — un état d'esprit que mes sœurs et moi trouvions parfaitement incompréhensible.

Je me souviens très bien du jour où, toutes les trois, nous avons joué pour la première fois à « Quand Tantine Mourra ». Nous étions venues à Maple Ridge pour y passer un de ces longs dimanches d'été. L'occasion était sans doute un peu spéciale car nos cousins du Delaware étaient aussi présents — les quatre : deux filles et deux garçons, tous avec la même frange et les mêmes dents de lapin. Plus âgés que mes sœurs et moi, les cousins s'amusaient beaucoup à nous apprendre de vilains mots et à nous envoyer chiper dans la cuisine des choses défendues, sous peine, si nous refusions, de nous faire avaler du verre pilé ou de mettre le feu à nos cheveux.

Mais ce jour-là, tout allait à peu près bien entre nous. A l'arrière de la maison, une large pelouse en terrasse descendait jusqu'à un cours d'eau agrémenté de plusieurs ponts charmants et de quelques chutes d'eau. Tournant sur nous-mêmes, nous avions plusieurs fois descendu et remonté la pente en courant et, finalement, fatigués, nous nous étions tous laissés tomber sur l'herbe tiède. Les yeux perdus dans l'immensité du ciel parcouru de nuages, la tête nous tournait encore. Immédiatement, les cousins inventèrent un jeu innocent et tout à fait irrévérencieux : trouvant dans les formations nuageuses la silhouette d'objets familiers, ils les identifièrent comme appartenant aux occupants célestes :

— Je vois la pompe à vélo du Seigneur.

— Je vois l'éléphant du Seigneur.

— Je vois le chapeau de pluie du Seigneur.

Afin de ne pas être en reste, mes sœurs et moi entamèrent un jeu de notre cru :

— Quand Tantine mourra, commença Crissy, j'aurai sa canne.

— Et j'aurai le piano mécanique, continua Mattie, qui était la seule d'entre nous suffisamment sportive pour être capable de tourner la manivelle.

Je choisis une pagode d'environ 1,25 mètre de haut, sculptée dans du teck, richement décorée et incrustée de cuivre, de corail et de jade.

Mais les cousins dégradèrent le jeu et révélèrent de ce fait une goujaterie qui n'avait jamais été vraiment bien loin de la surface. Clark voulait « la maison et tout son contenu » et Craig surenchérit en déclarant qu'il avait envie de « tout le bazar que Tantine a et aura ».

Après cela, avec mes sœurs, nous nous sommes souvent amusées à ce jeu chaque fois que nous allions en visite à Maple Ridge, de temps à autre à la maison quand nous ne pouvions pas nous endormir ; jamais toutefois à proximité des adultes qui n'auraient peut-être pas compris notre cupidité aussi naïve que cruelle. Mais en fait, c'est Tantine elle-même qui nous avait entraînées à penser de la sorte. Par exemple, il arrivait que nous soyons tous assis au salon en train de boire de la citronnade dans des gobelets en cristal d'une valeur inestimable

— l'angoisse de ma mère nous surveillant était presque palpable — et Tantine me disait :

— Steffie, veux-tu aller chercher cette figurine derrière toi... Fais bien attention et apporte-la-moi, s'il te plaît...

Le visage ne laissant paraître aucune émotion, j'obéissais, mais la peur de m'empêtrer les pieds dans l'épaisseur de la moquette me faisait battre le cœur d'une façon insensée. Tantine nous racontait alors d'où provenait la statuette — Prague, peut-être, ou Genève — et nous admirions la grâce du mouvement, les couleurs, l'émaillage. Ensuite, après avoir relevé les cheveux qui avaient glissé sur ma joue, elle me demandait :

— Ça te plairait de l'avoir ? Eh bien, un jour, quand Tantine ne sera plus là, elle t'appartiendra...

Il nous avait toujours semblé significatif que Tantine n'ait jamais exprimé ce genre d'idée en présence d'Oncle Troy. (Quand nous allions à Maple Ridge, mon père et Oncle Troy passaient leur temps ensemble dans la salle de billard à examiner les trophées militaires et à boire du soda. Il m'a fallu bien des années pour comprendre que « soda » ne donnait qu'une description partielle de ce que leurs verres contenaient...) Nous avions toujours considéré comme admis le fait qu'Oncle Troy survivrait à Tantine, sans doute parce qu'elle avait depuis longtemps les cheveux argentés alors que ceux d'Oncle Troy étaient toujours noirs — bien que leur couleur ait plutôt rappelé le lustre bleu-noir de l'encre que l'on pouvait se procurer sous forme de tablette au bureau de poste. Nous en avions donc déduit que Tantine avait dû rédiger un testament secret par lequel elle nous léguait tous ses trésors.

J'étais pensionnaire quand je reçus une lettre de maman à laquelle était jointe un petit mot m'annonçant que l'Oncle Troy était mort dans son sommeil des suites d'un malaise cardiaque. J'étais bien trop occupée à essayer de retenir mes verbes irréguliers français et à feindre l'indifférence face à l'admiration muette d'un certain demi-de-mêlée pour réaliser que mon principal rival pour la possession de la pagode en teck venait d'être éliminé.

***

Tantine vécut les dernières années de sa vie dans une réclusion de plus en plus farouche, négligeant toute correspondance et n'encourageant pas les visites. Son âge était un secret des mieux gardés mais nous savions qu'elle était plus près de quatre-vingt-dix que de quatre-vingts ans. Lorsque sa mort survint, ce fut dans des circonstances qui ébranlèrent la vie de chacun d'entre nous. C'était peu de temps avant Noël et toute la famille s'était retrouvée chez Tantine pour la durée d'un week-end prolongé. Les cousins du Delaware étaient également présents, de même que mon demi-de-mêlée que j'avais fini par intercepter. Bien que la maison de Tantine comportât de nombreuses chambres à coucher, nous n'avions encore jamais dormi chez elle qu'une seule fois, en été, bien des années auparavant : papa ayant été opéré du dos, les vacances habituelles n'avaient pu être organisées.

Je me rappelle avoir éprouvé beaucoup de peine en revoyant Tantine. Elle me sembla être devenue taciturne, ne prenant plus grand soin d'elle-même, et me parut complètement désorientée par la soudaine incursion de toute cette famille. Elle n'en finissait pas de s'excuser auprès de Tom, mon mari, de ne pas être capable de retenir son nom. Outre que sa santé déclinait, elle refusait de consulter un médecin, quel qu'il fût. De plus, les dispositions de Mme Rathke ne s'étaient pas améliorées avec le temps et toutes deux semblaient engagées dans une sorte de guerre froide qui menaçait, à tout moment, de se transformer en conflit ouvert.

Vue avec le regard d'un adulte après un intervalle de plusieurs années, l'accumulation de merveilles de Maple Ridge fut un profond désappointement. J'étais obligée de reconnaître que la plus grande partie de ce qui m'avait autrefois semblé être élégant ou artistique, était sans aucun goût, et même du plus mauvais goût. Néanmoins, il y avait quelques belles pièces ; certains tableaux étaient d'authentiques chefs-d'œuvre et l'argent ne perd pas sa valeur pour avoir été employé à la réalisation d'un service à thé dont tous les éléments ressemblent à des baquets miniatures, tout comme l'or reste de l'or même s'il a été malmené pour prendre la forme d'une nymphe bouffie à l'air stupide. Mais la pagode en teck, fût-elle très poussiéreuse dans le soleil d'hiver, me plaisait toujours.

Nous avons dîné dans la salle à manger de gala. Le feu de bois crépitait dans la cheminée pendant que, de l'autre côté des portes-fenêtres lui faisant face, soufflait un violent blizzard. Maman et moi nous étant occupées de toute la préparation du repas, mes deux cousines, sans doute un peu honteuses, s'étaient senties obligées d'entreprendre la vaisselle. Un peu plus tard, ne sachant trop quoi faire, nous nous sommes tous retrouvés assis au salon, mal à l'aise dans notre application à faire semblant de ne pas remarquer la décrépitude de tout ce qui nous entourait. Tantine avait fait quelques vagues allusions au sujet d'un départ éventuel de Maple Ridge et de son intention, à cette occasion, de se séparer de ses trésors en les partageant entre tous les membres de la famille. C'est donc ce qui nous avait réunis, pleins d'espoirs pour lesquels, j'en suis certaine, nous éprouvions tous la honte qu'il convient... Lorsque, vers huit heures, Tantine se mit à bâiller en nous disant de rester aussi tard que nous le désirions mais qu'elle partait se coucher, la déception de chacun d'entre nous fut presque audible.

Pendant la nuit, quelque chose m'a réveillée. Tom et moi avions une chambre donnant sur le devant de la maison, juste au-dessus de la porte d'entrée, et je m'étais endormie au son étouffé des accords mélancoliques de plusieurs carillons suspendus sous le porche et qui s'entrechoquaient au souffle du vent. Ma montre indiquait quelques minutes après deux heures, lorsqu'un bruit que je fus incapable d'identifier à nouveau par la suite, me réveilla en sursaut. Allongée immobile, je me souviens d'avoir attendu qu'il se reproduise mais j'avais dû me rendormir lorsque retentit le cri qui réveilla toute la maisonnée.

Sans prendre le temps d'allumer la lumière, Tom et moi avons bondi dans le couloir obscur où nous sommes entrés en collision avec mes sœurs. Le hurlement strident avait fait place à un gémissement rauque amplifié par la montée de la cage d'escalier et qui nous glaçait d'effroi. Au bas des marches, livide et dans un état proche de l'hystérie, nous avons trouvé Mme Rathke.

— Elle est morte, balbutia-t-elle.

Elle tremblait si fort qu'elle avait peine à contrôler le volume de sa voix :

— J'ai entendu du bruit... Je suis allée dans sa chambre. Elle n'y était pas, alors je me suis mise à la chercher... et je l'ai trouvée là...

Elle tendait la main vers le rideau de perles qui ornait la porte de la Pièce Orientale. Les membres les plus âgés de la famille étaient maintenant tous rassemblés sur le palier du premier étage.

Nous nous sommes engouffrés dans la Pièce Orientale dont toutes les lampes étaient allumées : Tantine gisait sur la moquette devant la pagode en teck. Une plaie ouverte au front, il était évident qu'elle était morte. Trois figurines en porcelaine habituellement placées dans des niches de la pagode avaient dû être renversées : elles n'étaient pas cassées mais se trouvaient par terre.

Tom s'informa auprès de Mme Rathke du nom du médecin et de son numéro de téléphone afin de lui demander la marche à suivre en pareil cas. A notre surprise, et bien que Tom lui eût expliqué qu'on ne pouvait plus rien faire pour Tantine, le médecin arriva dans les minutes qui suivirent notre appel. Il était assez jeune et mon père laissa cyniquement entendre que son excès de zèle était l'excuse rêvée pour l'envoi prochain d'un relevé d'honoraires en conséquence. Ce qui se révéla être faux. Au lieu de cela, le jeune médecin fit vaillamment face à l'indignation générale et appela la police.

Depuis presque deux ans, il suivait Tantine pour une insuffisance coronarienne et de l'arthrite. Il n'était pas convaincu qu'elle soit morte d'une crise cardiaque ainsi que nous l'avions supposé. S'appuyant sur le fait qu'une personne frappée d'une crise cardiaque dans une maison pleine de monde sort rarement de son lit pour aller se promener, seule, au rez-de-chaussée, il considérait tout à fait possible le fait que quelqu'un ait pu lui assener un coup mortel. Seule une autopsie pourrait déterminer ce qui avait tué Tantine et le jeune praticien voulait que l'examen fût pratiqué par le médecin légiste du comté.

L'arrivée de la police provoqua une nouvelle crise d'hystérie chez Mme Rathke et beaucoup de mouvement de la part d'Oncle Gordon, le père de nos cousins.

Ébahis à la vue du musée dans lequel vivait Tantine, les policiers firent le tour de la maison, examinant et répertoriant une succession qui semblait inépuisable de massues, coutelas, candélabres et autres pique-feu en cuivre. Quand le jour se leva, ils avaient pris des douzaines de photos, confisqué neuf armes potentielles, enregistré la déposition de chacun d'entre nous et emmené Tantine à la morgue.

Le verdict du coroner déclarant que Tantine était décédée d'une simple crise cardiaque fit perdre à l'événement l'importance qu'il avait acquise dans la presse. Organisé par ses notaires, l'enterrement fut des plus lugubres, suivi seulement par les membres de la famille et Mme Rathke. Un peu plus tard, deux des hommes de loi — cupides, impersonnels mais efficaces — vinrent jusqu'à la propriété afin d'y rencontrer mon père et Oncle Gordon, co-exécuteurs du testament. Il s'agissait d'une réunion privée mais la voiture des notaires n'avait pas eu le temps de descendre l'allée que nous savions tous que Tantine n'avait pour ainsi dire pas laissé un sou. La maison et son contenu allaient être mis en vente et le produit de cette vente serait réparti à parts égales entre nous tous et Mme Rathke. Avant la vente, on nous donnait la possibilité d'examiner les biens de Tantine et de nous les partager, après accord mutuel.

Un samedi d'été, les formalités légales étant accomplies, il nous fut donc possible d'avoir accès à la propriété de Tantine. Dissimulant à peine notre joie quelque peu morbide à l'idée de pouvoir enfin nous servir parmi les trésors que nous convoitions depuis si longtemps et partir en emportant tout ce qu'il nous était possible de prendre — après accord mutuel ! — nous étions, une fois de plus, tous rassemblés dans la vieille maison. La famille du Delaware était arrivée avant nous. A en juger par la taille du camion de location, ils avaient l'intention de rafler pas mal de choses. A sa demande, Mme Rathke était restée sur place pour garder la propriété avec l'aide d'un de ses petits-fils de dix-sept ans qui avait l'habitude d'y venir du vivant de Tantine.

Entourés d'un bric-à-brac apparemment inépuisable de fanfreluches, de babioles et d'objets de pacotille plus fascinants les uns que les autres, nous avons vécu hors du temps les deux ou trois jours qui suivirent. Il y avait des enfilades de pièces entièrement garnies de meubles robustes et démodés, de pleins coffrets débordant de bijoux fantaisie retraçant l'évolution de la mode sur plus d'un demi-siècle et les combles, dont nous soupçonnions, sans plus, l'existence, regorgeaient jusqu'aux chevrons des acquisitions de toute une vie. Cinquante boîtes remplies de souvenirs de voyages furent redescendues du grenier — étiquettes de bagages, billets de bateaux à vapeur, menus, programmes de concerts, papeterie d'hôtels, pochettes d'allumettes, cotillons — et bien que fané, décoloré et fragile, l'ensemble exhalait le parfum poussiéreux de places lointaines à une époque depuis longtemps révolue. Il nous fallut peu de temps pour découvrir ce que même nos parents n'avaient jamais réalisé : Tantine était affligée d'un besoin maladif d'accumuler. Nous avons trouvé, roulés, des tapis persans d'une valeur inestimable et qui n'avaient pas vu la lumière du jour depuis plus de quarante ans. Il y avait des souliers, des bottes, des gants, des sacs à main en charpie, des fourrures mangées aux mites et, en lambeaux, des robes du soir de toute beauté qui, à l'évidence, n'avaient jamais été sorties de leur emballage d'origine. Dans la cave on trouva trente caisses de champagne qui avait sans aucun doute déjà tourné au vinaigre bien des années avant ma naissance.

N'étant pas héritier, Tom fut chargé d'enregistrer par écrit ce que chacun voulait emporter. Pendant que nous nous amusions au milieu de toutes ces trouvailles, ou que nous nous querellions sur le partage du butin, mon père et Oncle Gordon s'étaient attaqués à un énorme secrétaire rempli de vieux papiers, de lettres, de coupures de presse, de reçus de toute sorte et de livres de comptes. Au cours du déjeuner, ils nous firent part du fruit de leurs investigations. Ils nous montrèrent d'abord un article très ancien qui relatait une agression à main armée dans une rue de Montréal. La victime avait survécu et son assaillant — notre grand-oncle Troy Blandy — avait été remis en liberté grâce à l'appui d'amis influents, après seulement quelques heures passées en prison.

Les deux autres articles étaient encore plus dramatiques. L'un rendait compte de la mystérieuse disparition d'Osmond Templeton, de Philadelphie, la veille de son mariage avec Mlle Susannah Baldrige. Templeton avait disparu de l'endroit où il allait habituellement se reposer, sans laisser aucune trace, abandonnant une fiancée inconsolable et laissant la police confondue. On avait cru à un crime mais une enquête approfondie n'avait pas permis de découvrir le moindre indice valable. L'article était accompagné de la photo d'un jeune homme portant un col droit ; le nez retroussé, le personnage dégageait une certaine suffisance.

La même photo apparaissait dans le troisième article qui avait été publié près de deux ans plus tard. Il révélait, dans un style haché, la découverte accidentelle du corps d'Osmond Templeton dans un placard inutilisé des combles de la demeure familiale à Merton Park. Dans ses poches on avait trouvé une alliance et deux billets de train pour Chicago. Apparemment, il s'était dissimulé dans le placard au cours de l'après-midi, ou dans la soirée du jour précédant le mariage, il s'y était trouvé enfermé par inadvertance et l'asphyxie l'avait terrassé malgré les efforts désespérés qu'il avait faits pour sortir, ou peut-être à cause d'eux. Ses coups sur la porte et ses appels avaient été étouffés par la robustesse et l'épaisseur des cloisons du placard qui se trouvait dans un endroit reculé du grenier. Je fus tellement bouleversée par ce récit que je ne pus terminer mon repas.

— Ce que je n'ai jamais compris, commenta ma cousine Mary Clare, est la provenance de tout cet argent.

— C'était l'argent de Templeton, expliqua mon père. Il n'avait pas laissé de testament mais, à l'époque, il était courant de rédiger et signer un contrat de mariage un jour ou deux avant que la cérémonie ait effectivement lieu. Dans le cas de Susannah, un jugement a été rendu, signifiant que le contrat tenait lieu de testament. Elle a dû toucher une fortune car, à peine deux ans auparavant, Templeton avait hérité de plusieurs mines de charbon. Il lui a fallu une soixantaine d'années pour en venir à bout...

Les disputes qui nous opposèrent à nos cousins concernant la répartition entre nous des biens de Tantine nous amenèrent à une rupture pour ainsi dire définitive de toute relation avec eux. N'étant pas particulièrement intéressés par les affaires personnelles de Tantine, et aussi à cause des liens fraternels qui les unissaient, nos pères respectifs se refusèrent absolument à toute contestation. Dans cette affaire, ce fut Mme Rathke la grande gagnante car, pour nous contrarier les uns les autres, nous avons fini par lui donner ce qu'il y avait de mieux. Mais, je dois dire que je n'eus besoin de me battre avec personne au sujet de la pagode. Tout le monde savait que j'avais toujours souhaité l'avoir et, de toute façon, elle était maintenant bien trop liée à la mort de Tantine pour que quiconque eût envie de se l'approprier.

Tom et moi plaçâmes la pagode près de la fenêtre du living, là où j'avais toujours imaginé qu'elle serait le mieux en valeur le jour où elle me reviendrait. Tom voulait qu'on la décape mais j'eus peur de l'abîmer. La solution de compromis fut donc de la nettoyer à fond avec un produit recommandé par un antiquaire. Tom était en train de s'appliquer à la « frotter doucement d'un mouvement circulaire » quand, brusquement, elle s'ouvrit en deux parties inégales, révélant à la base une cavité contenant un épais rouleau de billets.

— J'apprécie déjà beaucoup plus les mérites artistiques de ta pièce d'ébénisterie chinoise ! plaisanta Tom. Je parie que ta tante essayait de sortir ces billets quand elle est morte.

— Ce qui expliquerait les figurines trouvées par terre sans avoir été cassées. Elle a dû les déposer elle-même avant de tenter d'ouvrir le compartiment secret.

Le cœur battant, je me saisis des billets. Il s'agissait d'obligations-or d'une valeur de cinq cents dollars chacune et il y en avait cinquante. En dessous, se trouvait un petit sachet de toile rempli de poussière d'or et aussi un morceau de papier jauni qu'on faillit ne pas voir. Le lendemain, nous portions au notaire les valeurs et l'or mais le papier jauni fut brûlé le soir même. Je me souviens parfaitement du message qu'il contenait :

« Ma chérie,

Demain, nous ne serons plus qu'un. Ce soir, avant que la fête commence et dès que tu auras pu te libérer de ma sœur, viens me retrouver au grenier. Je t'attendrai dans le placard.

Osmond. »

Quand j'étais très jeune, je me rappelle avoir entendu mon père dire qu'il ne pensait pas que Tantine ait jamais appartenu à une religion quelconque mais que, si c'était le cas, ce serait sans doute une religion où l'enfer n'existe pas. J'ai toujours beaucoup aimé Tantine ; j'espère que les rigueurs du Code pénal divin sont parfois clémentes aux personnes qui font preuve d'une telle conviction.

When Auntie dies.
Traduction de Christiane Aubert.

DRÔLE DE SOSIE

par KEVIN O'DONNELL, JR.

Elle avait de la chance qu'il fût auteur de science-fiction, car de ce fait il était nettement plus crédule que la moyenne des hommes. Il écrivait des histoires invraisemblables depuis déjà plus de dix ans et ne s'étonnait donc plus de rien. Il finissait même par croire aux aberrations de ses récits. Or, une femme en difficulté a besoin qu'on la croie, aussi inouïe sa situation puisse-t-elle paraître.

Quand elle entra dans le bureau de l'écrivain, où régnait un désordre indescriptible, et qu'elle lui annonça d'emblée n'être pas celle qu'il croyait mais une exilée d'un autre monde, il ne se renversa pas dans son vieux fauteuil en éclatant de rire. Au contraire, il haussa légèrement les sourcils et, sans quitter des yeux l'intruse, chercha en tâtonnant son paquet de cigarettes.

— Asseyez vous, dit-il enfin en indiquant le fauteuil devant son bureau, le seul rembourré, celui qu'il avait acheté à une vente de charité de l'Armée du Salut.

A travers la flamme de son allumette, il observa

les mouvements de la jeune femme, conscient d'une différence qu'il n'arrivait cependant pas à établir.

— C'est assez... inhabituel, remarqua-t-il, navré de la pauvreté de son propos. Je veux dire... Oh ! qu'importe... Vous venez donc d'un autre monde. Est-il très semblable à celui-ci ?

Elle haussa les épaules.

— Comment le savoir ?

Il eut le regard attiré par la longue chevelure blonde de la jeune femme. Quelque chose dans le mouvement de la coiffure l'intriguait ; c'était là peut-être que résidait la différence ? Et, en effet, après avoir longuement examiné son interlocutrice, il s'aperçut qu'elle portait la raie à gauche alors que sa femme la portait à droite.

— Je viens juste d'arriver, George, expliqua-t-elle, puis, fronçant les sourcils d'une façon qui était familière à ce dernier : Vous vous appelez bien George, n'est-ce pas ?

— Oui, et vous c'est Ellen ?

— Exactement.

Elle s'adossa au fauteuil et remua pour ne plus sentir le ressort sous ses fesses. Elle plissa le nez en reconnaissant l'odeur refroidie du haschisch.

— Tu m'as dit... je veux dire... Oh ! Zut ! George, le mien, s'est arrêté de fumer ce poison quand je le lui ai demandé. Votre Ellen ne s'en plaint-elle pas ?

— Si, un peu, mais elle évite de m'en parler depuis que je lui ai dit ne pouvoir écrire sans fumer. Elle sait que la science-fiction est une œuvre de pure imagination et qu'il faut alimenter cette dernière. C'est grâce au produit de mon écriture que nous payons le loyer...

— Parce que vous écrivez toujours ces inepties ? s'écria-t-elle avec une inflexion méprisante dans la voix qu'il reconnut aussitôt. Il y a des années que mon George n'en écrit plus ! Nous vivons beaucoup mieux depuis qu'il a renoncé à ce genre littéraire.

Une main sur son collier de perles, elle tourna lentement la tête à droite puis à gauche, scrutant du regard chaque aspect de la pièce, sans doute à la recherche de menues différences. Elle ne semblait pas apprécier ce cadre, mais faisait un effort pour ne point le laisser paraître. De son côté, George l'observait et ne tarda pas à remarquer que, contrairement à sa femme, elle ne portait pas d'alliance. En revanche, elle avait une émeraude au majeur de la main droite. De toute évidence, les deux Ellen n'avaient pas les mêmes goûts en matière de bijoux. La sienne n'aimait pas les perles.

— Ne porte-t-on pas d'alliance dans votre monde ?

Le regard bleu glacial de la jeune femme s'arrêta sur l'anneau de platine à la main gauche de son interlocuteur.

— Si, bien sûr. Pourquoi ?

— Eh bien, parce que vous ne portez pas la vôtre.

— Je n'en ai pas.

— Ne vous en ai-je... euh, votre George ne vous en a-t-il pas donné une ?

— Non, pourquoi l'aurait-il fait ? En avez-vous offert une à votre Ellen ?

— Évidemment, rétorqua-t-il, offensé, puis, avec dignité : J'étais peut-être fauché à l'époque, mais, en grattant les fonds de tiroirs, j'ai pu réunir une somme suffisante.

Elle sembla perplexe.

— Mais... vous êtes marié avec elle ?

— Bien entendu.

Un silence pesant s'abattit sur le bureau.

— Sommes-nous... reprit-il. Euh... êtes-vous mariée avec George ?

— Non, répondit-elle en relevant le menton, mais une larme brillait entre ses cils. Il dit qu'elle refuse le divorce.

— Elle ?

— Barbie ! s'exclama la jeune femme avec un tremblement de colère dans la voix.

— Oh !...

Il se souvenait vaguement de Barbie. Une passion qui avait duré quelques semaines à l'époque où il était étudiant et qui s'était arrêtée brutalement. Ainsi, il aurait pu se marier avec cette fille...

— Mais vous et lui ?

— Je suis sa maîtresse, répondit-elle, sur la défensive. Et si... — son menton tremblait — j'arrive à retourner là-bas, je deviendrai peut-être sa femme.

— Retourner là-bas ?

Cette pensée ne lui était pas encore venue à l'esprit, mais, bien sûr, il était normal qu'elle espérât retourner d'où elle venait. Elle était une étrangère en ce monde, même si elle y avait un double qui avait mené une vie presque identique, nourri sans doute les mêmes pensées...

Il la regarda se lever avec le même mouvement gracieux que son Ellen. Elle lui tourna le dos et marcha jusqu'à la fenêtre où elle leva les yeux vers un petit rectangle de ciel bleu. Tandis qu'il observait les courbes de ses hanches et la finesse de sa taille, il eut à nouveau conscience d'une différence. Son Ellen avait le même pull, mais bleu marine et non bleu royal, tout comme elle portait un pantalon de velours côtelé beige et non blanc.

— Croyez-vous que vous puissiez y retourner ?

— Oui, répondit-elle doucement. Si je me rends au bon endroit au bon moment.

— Savez-vous où se trouve ce lieu ?

— Bien sûr.

Elle se retourna. A contre-jour, les traits de son visage étaient à peine visibles.

— George a fait maintes recherches sur la question, autrefois, lorsqu'il écrivait de la science-fiction.

— Ah ! bon, dit-il avec intérêt, visiblement désireux d'en savoir davantage.

— Il a déterminé de nombreux emplacements où des personnes de notre monde ont disparu, et d'autres lieux où des étrangers sont arrivés. Il en a même établi des cartes très précises. Selon lui, en ces lieux, quand certaines conditions météorologiques sont réunies, une sorte de porte s'ouvre sur l'autre monde. Mais elle ne peut être franchie que dans un seul sens. Il ne faut donc pas se tromper de porte, autrement dit d'emplacement.

George hocha la tête.

— Excusez-moi, mais je suis un peu perdu.

Elle lui jeta un regard hautain, semblant dire que ça ne l'étonnait pas.

— Il y a une porte ici, à New Haven, qui donne sur la pelouse de la grande place, mais elle ne peut être franchie qu'en venant de notre monde vers le vôtre et seulement pendant un grand orage.

— Comment se fait-il que vous l'ayez franchie ?

— C'est à cause d'elle ! cria la jeune femme, les traits déformés par la colère. Barbie ! Elle est au courant de tout. Elle sait que George veut demander le divorce pour m'épouser. Elle m'a invitée à déjeuner en ville. Je ne me méfiais pas d'elle, alors j'ai accepté. Soudain, dans la rue, elle a sorti une arme qu'elle cachait dans son sac et, sous la menace, m'a conduite au milieu de la pelouse sur la grande place. Le tonnerre grondait, le ciel était zébré d'éclairs, la pluie tombait à verse. Il n'y avait aucun témoin. Elle me tenait en respect, à distance, avec son arme. Nous avons attendu ainsi pendant une ou deux minutes, le temps nécessaire pour que le soleil soit au zénith puis, comme elle l'avait prévu, je me suis retrouvée sur votre pelouse, au milieu de votre place.

Épuisée, elle se laissa aller en arrière contre le dossier du fauteuil :

— Aidez-moi, je vous en supplie !

— Volontiers, répondit-il en hochant la tête d'un air important, extrêmement flatté qu'on s'adressât ainsi à lui pour quérir son aide, puis, prenant conscience de son impuissance, il ajouta : Mais comment ?

Pour la première fois, la jeune femme parut incertaine.

— Si vous ressemblez à mon George, vous n'allez pas aimer cette information. Je dois me rendre dans la péninsule du Yucatan. C'est là que je trouverai la porte donnant sur l'autre monde.

— Ah ?

Elle ne s'était pas trompée, l'information lui déplaisait. Bien que son Ellen travaillât et qu'il écrivît du matin au soir, il manquait sérieusement d'argent. Après règlement de la note du dentiste, son compte en banque était au plus bas. Il ne s'y trouvait que quelques centaines de dollars. Et puis Ellen, la veille, avait vidé leur compte-joint pour s'acheter des vêtements parce que son patron lui reprochait de n'être pas assez élégante pour travailler dans la bijouterie.

— Le Yucatan, si loin ?

— Hélas, oui, répondit-elle baissant la tête comme un sujet devant son souverain.

L'instant après, elle se redressa brusquement et leva sa main droite :

— Regardez ! lança-t-elle, joyeuse. Ma bague ! Je vais vous la donner. Elle a coûté à George quatre cents dollars, et il y a de cela déjà plusieurs années. Donnez-moi en échange tout l'argent que vous pourrez rassembler, mais, disons, pas plus de cinq cents dollars. Ainsi nous serons quittes. D'accord ?

Le parfum de la jeune femme — qui n'était pas non plus le même que celui de son Ellen —, tournoyait autour de lui. Grisé par les effluves capiteux, il répondit d'une voix hésitante :

— Je... je ne puis vous donner qu'environ cent cinquante dollars. Pourquoi ne vendez-vous pas la bague ? Ainsi...

Il s'interrompit devant le regard étincelant de fureur de la jeune femme.

— George, dit-elle avec fermeté, je veux me rendre dans le Yucatan le plus tôt possible. Je voudrais partir immédiatement.

— C'est impossible. Je n'ai aucun argent liquide ici. Il faut aller à la banque. Cela ne prendrait pas plus de temps de vendre la bague.

Il remarqua qu'elle serrait les dents exactement comme son Ellen. Étrange de voir combien les deux mondes se ressemblaient...

— D'ailleurs, poursuivit-il, quelques centaines de dollars en sus feraient toute la différence.

— Je vous en prie, George ! interrompit-elle en soupirant. Une bague ne se vend pas en deux minutes. Il faudra du temps pour trouver un acheteur sérieux. Nous multiplierons ainsi les risques de rencontrer votre Ellen. Or, mon George m'a souvent mise en garde contre ce danger. Il m'a toujours dit que si, par malheur, je rencontrais mon double, je risquais de devenir folle, voire de connaître un sort plus dramatique encore. Et ceci est valable aussi pour votre femme. De grâce, George, prenez cette bague et donnez-moi ce que vous pourrez, même si ce n'est qu'une faible somme. Il me tarde tant de partir ! ajouta-t-elle, levant sur son interlocuteur un regard implorant.

— D'accord, dit enfin George, ému, en ouvrant un tiroir qu'il fouilla à la recherche de son carnet de chèques. Je vais prendre l'argent sur mon compte. La banque est de l'autre côté de la rue. Mais que ferez-vous avec une somme aussi faible ? Vous ne pourrez pas vous acheter un billet d'avion.

— Sans doute, mais je prendrai le car pour New York où je me rendrai directement chez un bijoutier pour lui vendre mon collier de perles. Je filerai ensuite à Idlewild afin d'y prendre l'avion.

— Idlewild ? Vous voulez dire Kennedy ?

— Vous l'appelez Kennedy ici ? demanda-t-elle innocemment. Pourquoi ?

Il ouvrit la bouche pour répondre, mais son regard fut attiré par la pendule : 14 h 45. Dans un quart d'heure les banques fermaient.

— C'est sans importance, répondit-il en marchant vers la porte. Ce serait une trop longue histoire. Je serai de retour dans un instant.

Dix minutes plus tard, il revenait, le portefeuille gonflé de billets de dix dollars.

— Voilà cent soixante-dix dollars, dit-il en tendant une liasse de billets à la jeune femme. C'est tout ce que j'avais sur mon compte. Heureusement, Ellen, mon Ellen, touche sa paye aujourd'hui. Êtes-vous certaine de ne pas vouloir la rencontrer ? Elle serait si surprise...

— Non, répondit la jeune femme en se levant. Je regrette beaucoup, mais il y aurait trop de danger. Pendant votre absence, je me suis renseignée sur les horaires des cars. Il y a un départ dans vingt minutes. J'ai donc appelé un taxi. Merci, George, merci beaucoup. Impulsivement elle se pencha et l'embrassa sur les lèvres :

— Vous êtes presque aussi gentil que mon George, savez-vous ?

Un klaxon de voiture l'empêcha de donner un autre baiser à son bienfaiteur.

— C'est le taxi !

Elle lança un dernier regard à la fois mélancolique et reconnaissant à George puis se dirigea vers la porte d'entrée. En traversant la salle à manger, elle ramassa un imperméable que George n'avait encore jamais vu et le parapluie contre le mur.

— Euh..., fit George dans son dos, je vais vendre votre bague et si j'en tire un prix plus élevé...

— Gardez l'argent, c'est promis ?

Elle commençait déjà de descendre l'escalier.

— Merci, mais si vous avez besoin d'aide, n'hésitez pas à m'écrire, d'accord ?... je vous enverrai ce que je pourrai.

— Merci, George.

Elle s'arrêta en bas de l'escalier et lui envoya un dernier baiser :

— Prenez bien soin de vous !

***

A sept heures du soir, Ellen n'était toujours pas de retour. Pour la quatrième fois, il appela la bijouterie, et pour la quatrième fois n'obtint aucune réponse. L'angoisse prenait lentement possession de lui. Souvent, Ellen rentrait en stop pour économiser le prix du ticket de bus, et elle riait de ses craintes. Mais il y avait des fous qui...

Dès que retentit la sonnerie du téléphone, il courut décrocher le combiné. C'était Ida Jenkins, la femme du patron d'Ellen.

— Bonjour, George ! Je voulais prendre des nouvelles d'Ellen. Va-t-elle mieux ?

— Mieux ? répéta-t-il, ahuri. Que lui est-il arrivé ?

— Elle s'est trouvée mal au magasin, répondit la voix haute et métallique. Vous étiez donc cloîtré dans votre bureau pour ne l'avoir pas vue rentrer en début d'après-midi ?

— Euh..., fit-il en roulant des yeux hagards et tendant l'oreille pour déceler le moindre bruit dans l'appartement. Je ne pense pas...

— Écoutez, il faut que je raccroche. J'attends un appel de Tom qui est parti à New York aujourd'hui pour acheter des bijoux. Dites à Ellen qu'elle n'a pas besoin de venir demain ni vendredi si elle ne se sent pas bien. Demandez-lui seulement de me donner un coup de fil demain soir.

— Entendu.

— Ah ! autre chose, George. Ellen était si mal qu'elle n'a pas remarqué qu'elle portait à son doigt une de nos bagues en toc. Il s'agit d'une grosse bague verte. On croirait une émeraude. Elle saura de quoi je veux parler. Bonne nuit !

Ida raccrocha sans laisser le temps à George de répondre.

Le lendemain, il reçut une carte postale dont il reconnut aussitôt l'écriture. Le cœur douloureux, il la lut avec peine : « George, je suis désolée, mais j'avais besoin de ton argent. Même avec Tom, un nouveau départ dans la vie n'est pas facile et, comme tu l'as si justement dit, quelques centaines de dollars font toute la différence. Il vaudrait mieux que tu expliques la situation à Ida. Et puis, je t'en prie, cesse d'écrire de la science-fiction. Tu finiras par en perdre le sens commun. »

Alternate.
Traduction de Philippe Barbier.

A PIED, EN VOITURE... ET EN BATEAU

par Jack Ritchie

— Joey Lee mesure — ou mesurait — environ un mètre soixante-dix-sept, avait des cheveux bruns coupés court, une petite cicatrice sous le lobe de l'oreille gauche et pesait un bon poids : dans les quatre-vingt-cinq kilos.

Un bon poids ? A mes yeux, quatre-vingt-cinq kilos, cela n'avait rien d'impressionnant. Le barman poursuivit :

— Mais L.K. vous a certainement donné une photo ?

— Non, répondis-je. A vrai dire, je ne sais même pas qui est L.K.

Il eut un sourire entendu.

— L.K. Williams, le père de Joey Lee.

Ainsi, le véritable nom de Joey Lee était Williams ? J'avais cru que c'était Lee.

Il me resservit de café.

— L.K. est le patron du *New South Cafe,* à Cumberdale. Ça se trouve à une centaine de kilomètres d'ici, à l'est ; Joey Lee était originaire de ce patelin.

Derrière moi, la porte de la taverne s'ouvrit. Le

barman leva la tête, donna un rapide coup de torchon sur le comptoir et s'éloigna.

Le shérif de Staceyville était un petit homme vêtu d'un uniforme immaculé et portant un chapeau blanc. Il s'installa sur le tabouret voisin du mien.

— Il paraît que vous posez beaucoup de questions, notamment sur Joey Lee.

— Je n'ai interrogé personne sur Joey Lee. Au contraire : c'est *moi* qu'on interroge sans arrêt depuis mon arrivée dans cette ville.

Il me considéra d'un œil froid.

— Vous ne seriez pas un détective privé, des fois ?

— Ai-je l'air d'un détective privé ?

— De nos jours, c'est difficile à dire. On voit aussi bien des Mannix que des Cannon... Quelle est votre profession, au juste, m'sieur ?

Quand on me harcèle, j'ai tendance à me rebiffer.

— Je suis un avocat spécialisé dans le droit maritime.

Il ne sembla pas du tout convaincu.

— Nous n'avons pas d'eau par ici, à part le lac Jubal A. Early qui ne fait pas plus de treize hectares quand il pleut. Que venez-vous faire à Staceyville, m'sieur ?

— J'estime que c'est mon affaire, et rien — hormis une citation à comparaître — ne me contraindra à parler. Suis-je donc le premier étranger à m'arrêter dans cette délicieuse bourgade ?

— A peu près. Le premier depuis deux ans, en tout cas. Nous sommes très isolés depuis qu'Amtrak nous a supprimé notre train quotidien.

Il rumina cette sombre pensée avant d'ajouter, le front soucieux :

— Cette situation ne fait pas grande différence pour les hommes, mais les femmes s'en plaignent beaucoup.

Il me dévisagea encore un moment, puis, tournant les talons, il sortit dans la nuit.

Le barman revint vers moi :

— Je dois être la dernière personne à avoir vu Joey Lee en vie. Exception faite, peut-être...

Il lança un coup d'œil éloquent dans la direction qu'avait prise le shérif.

— Voulez-vous dire que Joey Lee n'est plus de ce monde ? m'enquis-je.

Il eut un haussement d'épaules étudié.

— Nous sommes un certain nombre à le penser. Joey Lee a disparu voici une semaine sans laisser aucune trace... à part de la boue sur les pneus de la voiture de patrouille.

De la boue sur les pneus de la voiture de patrouille ? Je voulus lui demander des précisions sur ce point, mais il enchaîna :

— Dans un cas de ce genre, la ville se trouve divisée en deux camps. (Il ajouta d'un air songeur :) Remarquez, dans *tous* les cas, la ville se trouve divisée en deux camps. En l'occurrence, la moitié de la population souhaite étouffer l'affaire tandis que l'autre moitié voudrait l'étaler au grand jour.

— Qu'est-ce qui vous en empêche ?

— Le shérif a un caractère de cochon ; c'est le genre d'homme qu'on n'aime pas contrarier. Surtout dans une situation comme celle-ci. (Il se pencha vers moi.) Vous avez un insigne ?

Je fermai les yeux.

— Je suis un avocat spécialisé dans le droit maritime.

Il émit un petit rire.

— Et qu'est-ce que c'est censé faire, un avocat spécialisé dans le droit maritime ?

— En ce moment, je représente le dernier survivant du *Lady Diana*, un navire qui fit naufrage en 1893.

— En 1893 ? Vous voulez dire que le procès se traîne depuis quatre-vingt-un ans ?

Je souris.

— Cher monsieur, si vous aviez un tant soit peu de connaissances juridiques, surtout en matière de droit maritime, vous sauriez qu'on ne peut pas régler ces choses-là dans la précipitation.

Je consultai ma montre. Il était presque neuf heures du soir.

— Serait-ce faire preuve de trop d'optimisme que de demander s'il y a un hôtel dans cette ville ?

— *Le Beauregard*. Depuis deux ans, il a beaucoup de chambres disponibles. Le patron, Rafe Covert, est un cousin du shérif ; ne le laissez pas vous refiler la chambre Ulysse S. Grant. C'est le numéro 222.

J'allai chercher ma valise dans ma voiture et parcourus les deux cents mètres qui me séparaient du *Beauregard*. En entrant dans le hall, j'eus l'impression très nette que toutes les personnes présentes savaient qui j'étais — ou croyaient le savoir.

Le réceptionniste me regarda signer le registre d'un air qui me parut un brin hostile. Prenant une clef sur le tableau, il annonça :

— Chambre 222.

Je lui dédiai un sourire bienveillant.

— Je suis psychologiquement allergique au nombre 222. C'est une longue histoire ; je vous la raconterai un jour, quand j'aurai plus de temps. Une autre chambre, je vous prie.

A contrecœur, il me tendit une autre clef munie d'une plaque.

Ma chambre se révéla parfaitement propre et confortable. J'allumai la télévision et me couchai au bout d'une demi-heure.

Le lendemain matin, alors que je finissais de m'habiller, on frappa à la porte. J'allai ouvrir. Une petite boulotte d'un certain âge, en uniforme de femme de chambre, se tenait sur le seuil, des draps et des taies d'oreillers sous le bras.

— Je viens faire le lit.

Tout en dépouillant le matelas, elle reprit :

— Je parie que c'est L.K. qui vous a engagé.

— L.K. Williams ?

Elle inclina la tête.

— Pensez-vous que Joey Lee soit encore vivant ? interrogea-t-elle.

— Pourquoi tout le monde est-il convaincu de la mort de Joey Lee ?

Elle glissa un oreiller dans une taie toute propre.

— Nous sommes des citoyens responsables — du moins, la moitié d'entre nous — mais nous devons faire attention à ce que nous disons en présence du shérif et des membres de sa famille. Je crois être la dernière personne à avoir vu Joey Lee en vie.

— Je croyais que ce privilège revenait au barman du Café de Staceyville ?

Elle eut une moue dédaigneuse.

— Alex a vu Joey Lee pour la dernière fois lundi soir à neuf heures et demie. Moi, j'ai vu Joey Lee *avec* le shérif à dix heures moins le quart. Juste derrière la prison. Et ils se disputaient.

— A quel sujet ?

— Je ne saurais le dire exactement. Ils se sont interrompus en me voyant et ont attendu que j'aie passé mon chemin pour reprendre leur querelle. Comment trouvez-vous notre ville ?

— Charmante.

Elle déplia un drap.

— Staceyville est un paradis pour les hommes et les chiens, mais c'est un enfer pour les femmes et les chevaux. Depuis qu'on a supprimé notre train, nous autres femmes sommes coupées du monde extérieur.

— Aucune d'entre vous ne sait conduire ?

— Dans notre ville, il n'y a généralement qu'une

seule voiture par foyer. Avez-vous déjà essayé de persuader votre mari de vous prêter sa voiture pour aller faire des emplettes à Montgomery ?

— Vous êtes donc isolées et sans recours ?

— Sur le plan culturel, nous avons la télévision et la bibliothèque municipale, qui est ouverte tous les mardis et les jeudis après-midi. Mais nous sommes effectivement très isolées. Quand on ne voit pas de nouvelles têtes de temps à autre, on finit par acquérir une mentalité provinciale et étriquée.

Lorsqu'elle fut partie, je m'approchai de la fenêtre pour regarder la grand-rue. D'après les renseignements que j'avais glanés, Staceyville comportait — entre autres — deux drugstores, quatre cafés-restaurants, cinq églises, deux médecins, trois dentistes et un chiropracteur.

On frappa de nouveau à la porte.

Cette fois, c'était un jeune homme large d'épaules, vêtu d'un blue-jeans et d'un T-shirt. J'estimai qu'il devait avoir l'âge d'un lycéen de terminale.

Il me décocha un regard menaçant.

— Si vous voulez un bon conseil, m'sieur, prenez le premier car en partance.

— Il n'y a pas de car à Staceyville.

Ses joues s'empourprèrent légèrement.

— Je veux dire... prenez votre voiture. Arrangez-vous, mais quittez la ville.

— Et pourquoi cela ?

Il fléchit l'avant-bras, faisant saillir un impressionnant biceps.

— Parce que c'est un ordre.

Je montrai les dents.

— Je vous avertis que je suis ceinture marron de karaté.

En réalité, je suis incapable de distinguer une prise de karaté d'un lob lifté.

Il hésita.

— Je suis moi-même ceinture blanche. Mon prof de gym dit que je suis drôlement doué.

J'émis un petit rire.

— Quand on est seulement ceinture blanche, vous devriez savoir qu'on ne se frotte pas à des ceintures marron, à moins d'avoir une confortable assurance sur la vie. A quelle impulsion inconsidérée avez-vous obéi en venant ici ?

Il se dandina nerveusement d'un pied sur l'autre.

— Le shérif est mon oncle et il a toujours été généreux avec moi, à Noël et pour mes anniversaires. Alors, en cette période difficile pour lui, j'ai décidé — quoi qu'il ait pu faire — de lui rendre service en vous intimidant un peu.

— Est-ce lui qui vous a envoyé ?

— Non. Il n'est pas au courant de ma démarche.

Je secouai tristement la tête.

— Mon cher garçon, dans votre carrière de télé-spectateur assidu, avez-vous *jamais* vu un seul détective privé quitter la ville sous la pression de menaces, voire de violences physiques ?

Sourcils froncés, il fouilla dans les recoins de sa mémoire.

— En y réfléchissant... (Brusquement, il regarda sa montre.) Zut, vous avez vu l'heure ? Il faut que j'y aille, sinon je vais être en retard à mon cours de chimie.

Il ramassa une pile de livres qu'il avait manifestement déposée près de la porte avant de frapper, puis dévala l'escalier.

Je me rendis au café le plus proche pour mon petit déjeuner.

La serveuse qui vint prendre ma commande avait son nom brodé sur la poche de son uniforme : « Billie Gee ».

— Bonjour, monsieur Collins, me dit-elle en souriant.

C'était la première fois de ma vie que je la voyais.

— Nous ne rencontrons pas beaucoup d'avocats spécialisés dans le droit maritime, par ici, dit-elle avec un clin d'œil appuyé.

— Et je doute que vous en rencontriez d'autres à l'avenir.

— Comment trouvez-vous notre ville ?

— Intéressante.

Elle haussa les épaules.

— C'est un paradis pour les hommes et les chiens, mais un enfer pour les femmes et les chevaux.

Je la regardai, surpris.

— Vous avez donc beaucoup de chevaux par ici ?

— Ma foi, non. C'est juste une façon de parler. Des femmes, par contre, nous en avons des tas.

Je jetai un coup d'œil par la fenêtre. Le shérif avait garé sa voiture de patrouille de l'autre côté de la rue ; adossé à la portière, il inspectait son fusil avec ostentation.

— Le shérif adore chasser, commenta Billie Gee.

— Quel genre de gibier ?

— Surtout des lapins.

Ayant repéré un grain de poussière sur sa voiture par ailleurs immaculée, le shérif l'épousseta avec son mouchoir.

— La municipalité autorise le shérif à se servir de la voiture pour son usage personnel, expliqua Billie Gee. Il en prend extrêmement soin. (Elle eut un sourire sibyllin.) Sauf mardi dernier, où il a patrouillé dans la ville à pied.

Elle nota ma commande et s'en fut.

Mon petit déjeuner terminé, je sortis du café. Le shérif m'accosta :

— Qui vous a engagé ?

— L.K. Williams, ça vous va ?

— A d'autres ! Vous travaillez pour quelqu'un d'ici, pas vrai ? A moins qu'un groupe de citoyens n'ait formé un comité ?

Il foudroya du regard trois enfants d'âge préscolaire qui passaient craintivement devant lui.

— Je sais ce que pensent tous les habitants de cette ville. Mais pas un seul d'entre eux n'a eu le courage de venir me le dire en face.

— Vous dire quoi ?

— Peu importe. En tout cas, je ne veux pas qu'on se mêle de mes affaires.

Je poursuivis mon chemin jusqu'au drugstore, un peu plus loin. A mon entrée, le commerçant me regarda de travers.

— Je refuse de répondre à vos questions. Vous ne tirerez rien de moi.

Encore un parent du shérif ?

— Je voudrais juste des cigares.

Il m'observa froidement.

— Bon. Je veux bien vous dire ceci, mais rien de plus : interrogez Randolph.

Sur quoi, il tourna les talons et s'éloigna.

— Et mes cigares ? protestai-je.

Il disparut dans l'arrière-boutique.

Je soupirai et allai acheter des cigares au second drugstore de la ville, où je reçus un accueil cordial. En rebroussant chemin dans la grand-rue, je passai devant les jardins du Palais de Justice, où était exposé un canon de la guerre de Sécession pointé vers le nord. De retour à l'hôtel, je montai dans ma chambre.

Un homme joufflu et mal rasé était assis sur mon lit. Son costume avait perdu beaucoup de sa blancheur et son panama était quelque peu cabossé.

Il risqua un sourire.

— J'ai frappé sans obtenir de réponse ; alors, la porte n'étant pas fermée à clef, je me suis permis d'entrer. Je ne voulais pas être vu, vous comprenez. Comment savoir à qui se fier ?

— Qui diable êtes-vous ?

— Randolph Wister. (Il se passa la langue sur les

lèvres.) Vous n'auriez pas quelque chose à boire, par hasard ?

— Non. D'ailleurs, j'imagine que vous avez déjà cherché ?

Il acquiesça.

— Oui, mais j'espérais que vous auriez une flasque sur vous.

— Désolé.

Il accepta la situation avec philosophie.

— Vous êtes prêt à payer tout renseignement important, n'est-ce pas ?

— Je suppose que vous allez me dire être la dernière personne à avoir vu Joey Lee en vie ?

— Non. La dernière, c'est Mrs. Whittaker, l'une des femmes de chambre de l'hôtel. Mais moi, j'ai vu autre chose.

Je vérifiai le contenu de ma valise. Apparemment, rien ne manquait.

— J'étais en taule mardi soir, expliqua Randolph. Ça m'arrive de temps à autre... Toujours est-il que le shérif m'avait enfermé dans une cellule pour cuver mon whisky.

Je fermai ma valise à clef. Randolph poursuivit :

— Le mercredi matin, vers sept heures, j'ai été réveillé par le bruit d'un jet d'eau dehors, derrière la prison. J'ai regardé par la fenêtre de ma cellule et j'ai vu le shérif laver sa voiture à grande eau.

— C'était la première fois qu'il lavait sa voiture ?

— Le point important, c'est qu'il y avait de la *boue* sur les pneus de la voiture de patrouille. De la boue séchée. Comment expliquez-vous ça, alors qu'on n'a pas eu une goutte de pluie depuis deux semaines ?

Randolph goûta le verre d'eau posé sur la table de chevet.

— Lundi soir, à dix heures moins le quart, Mrs. Whittaker a vu le shérif se disputer avec Joey Lee. On n'a pas revu Joey Lee depuis ce moment-là. Et mercredi matin, de bonne heure, le shérif a lavé les pneus de la voiture de patrouille, qui étaient tout boueux.

— Vous n'avez pas dit un mot du mardi.

— Mardi, le shérif a passé toute la journée en ville. Il était à pied.

— Est-ce là un détail tellement significatif ?

— Quand le shérif m'a arrêté, mardi soir, il m'a conduit à la prison *à pied*. Quand je lui ai demandé pourquoi je n'avais pas droit à la voiture comme d'habitude, il s'est mis en colère et m'a dit de la boucler.

Il posa le verre vide.

— En sortant de prison, j'ai appris que Joey Lee avait disparu. J'ai aussi appris que, de tout le mardi, personne n'avait vu la voiture de patrouille. Le shérif était bien en ville, mais il vaquait à ses occupations à pied. Et chaque fois qu'on l'interrogeait sur sa voiture, il se mettait en rogne, affirmant qu'elle était en réparation au garage. Seulement voilà : il n'y a que deux garages en ville et aucun des deux n'a effectué le moindre travail sur la voiture du shérif ce mardi-là. Alors ? Pourquoi le shérif aurait-il raconté pareil bobard s'il n'avait rien à cacher ?

— Je n'en ai pas la moindre idée.

— Supposez que, lundi soir, le shérif ait tué Joey Lee pendant leur dispute. Sur le moment, ne sachant que faire du corps, il l'a caché dans le coffre de la voiture de police — qu'il a laissée dans son garage toute la journée de mardi, le temps de trouver une solution. Et puis, dans la nuit de mardi, il s'est débarrassé du corps. Pour ma part, si je cherchais un cadavre, je commencerais par les rives du lac Jubal A. Early. Le niveau d'eau a baissé à cause de la sécheresse et les rives sont boueuses.

— Si vous soupçonnez tous un meurtre, pourquoi

aucun d'entre vous n'est-il allé trouver les autorités de l'État ?

— Chacun attendait que le voisin fasse quelque chose, et finalement personne n'a rien fait. Vous travaillez pour L.K., je suppose ?

J'empoignai ma valise.

— Non.

Il fronça les sourcils.

— Vous quittez la ville ?

— Oui.

Sur un sourire, j'ouvris la porte et sortis.

En regagnant ma voiture, je rencontrai à nouveau le shérif. Son regard se posa sur ma valise.

— Vous quittez la ville ?

— Oui. J'ai apprécié votre hospitalité, mais le moment est venu pour moi de reprendre la route. Ma mission ici est terminée.

Je le laissai planté là, bouche bée.

Après avoir quitté Staceyville, je m'arrêtai un moment à Newcourt, puis à Portertown. En arrivant à Cumberdale, vers trois heures de l'après-midi, j'embrassai d'un coup d'œil les boutiques, les magasins... et l'enseigne du *New South Cafe* de L.K. Williams.

Après une brève hésitation, je me garai et entrai dans l'établissement. A cette heure-ci, j'étais le seul client. Je m'installai à l'une des tables, contre le mur.

La serveuse qui vint prendre ma commande était une grande femme apparemment en proie à une tragédie. Elle tamponnait ses yeux rougis à l'aide d'un mouchoir.

Elle mesurait environ un mètre soixante-dix-sept, avait des cheveux bruns coupés court et une petite cicatrice sous le lobe de l'oreille gauche. Et elle faisait un bon poids : dans les quatre-vingt-cinq kilos.

Oui, un bon poids.

Soudain, une pensée inouïe se présenta à mon esprit.

— C'est *vous*, Joey Lee Williams ?

Elle parut un peu surprise d'être reconnue.

— Joey est un diminutif de Josephine. Je l'ai emprunté à Joey Heatherton, la célèbre actrice que j'admire. Williams est mon nom de jeune fille, mais je suis maintenant mariée. Est-ce que je vous connais ?

— Vous avez mis Staceyville en effervescence, lui dis-je. Tout le monde se demande ce que vous êtes devenue.

La mention de Staceyville lui arracha de nouvelles larmes. Lorsqu'elle eut recouvré son sang-froid, elle se montra d'humeur loquace :

— Tout a commencé quand j'ai pris la voiture pour aller faire quelques courses à Montgomery...

— Je ne trouve pas que ce soit là un crime bien abominable.

— Moi non plus, et je ne sais pas pourquoi Clyde en a fait une telle histoire. Après tout, il a la permission de se servir de la voiture pour son usage personnel.

— Qui est Clyde ?

— Mon mari. Le shérif de Staceyville.

Je battis des paupières.

— Vous avez pris la voiture de police pour aller faire des emplettes à Montgomery ?

— Ça fait des mois que Clyde n'a pas pourchassé de bandits en voiture ; je pensais que ça ne poserait pas de problème si je l'empruntais juste une journée. Mais Clyde n'a rien voulu entendre et nous avons eu une grande dispute.

— Lundi soir ? Derrière la prison ?

— Oui. Du coup, mardi matin, pendant que Clyde dormait, je lui ai subtilisé les clefs et je suis partie. Je portais une de ses casquettes et une veste sombre, mais personne ne s'en est étonné : il faut dire qu'à Montgomery, ils ont une antenne du MLF.

Elle se tapota le nez avec son mouchoir.

— Mais au retour, j'ai eu des problèmes de carburateur, puis je suis restée un bon moment embourbée sur une petite route du comté d'Autauga. Bref, avec tout ça, je ne suis pas rentrée à la maison avant minuit et demi. Clyde était hors de lui.

On voyait qu'elle en gardait un souvenir très pénible.

— Il a dit à propos de mon intelligence des choses tout à fait intolérables. Alors, pour finir, j'ai téléphoné à papa, qui est venu me chercher à trois heures du matin.

— Votre mari *sait* donc que vous êtes ici ?

— Oui. Et il n'a pas téléphoné une seule fois pour me faire des excuses.

De toute évidence, le shérif était un homme qui avait trop d'amour-propre pour avouer à ses concitoyens que sa femme avait volé la voiture de patrouille, était allée à Montgomery faire des emplettes, puis l'avait quitté.

Il devait bien se douter que ses concitoyens savaient que sa femme était partie, mais imaginait-il que la moitié d'entre eux — sinon la totalité — le soupçonnait de l'avoir tuée ?

Je soupirai.

— Avez-vous songé à faire un beau geste en téléphonant à votre mari pour lui dire que vous lui pardonnez ?

Elle semblait n'avoir besoin que d'un tout petit encouragement.

— Vous pensez vraiment que je devrais l'appeler ?

— Bien sûr. Vous n'aurez qu'à raccrocher s'il recommence à être désagréable.

— Ça, vous pouvez compter sur moi ! dit-elle d'un air farouche.

Tournant les talons, elle se dirigea vers la cabine téléphonique, au fond de la salle.

Je la regardai parler dans le combiné. Elle utilisa abondamment son mouchoir mais, d'après son attitude générale, on pouvait prédire qu'elle retournerait bientôt à Staceyville auprès de Clyde — un mari disposé à pardonner sinon à oublier.

Je ne suis pas un avocat spécialisé dans le droit maritime. Pas plus que je ne suis détective, privé ou non.

Je travaille pour la Compagnie d'Autocars du Sud, et mon job consiste à étudier les nouvelles possibilités d'itinéraires pour les cars, surtout dans ces régions qui ne sont plus desservies par le chemin de fer.

Une autre serveuse vint prendre ma commande.

— Comment trouvez-vous Cumberdale ? s'enquit-elle.

— Amusant.

Elle soupira.

— C'est un paradis pour les hommes et les chiens, mais un enfer pour les femmes et les chevaux. Ça fait trois mois que je ne suis pas allée à Montgomery.

Je pris note du fait que, outre Staceyville, Newcourt et Portertown, je pourrais ajouter Cumberdale au nouvel itinéraire.

When the Sheriff Walked.
Traduction de Gérard de Chergé.

ÇA NE VAUT PAS UN CLOU

par ERNEST SAVAGE

Ce samedi-là, la fourgonnette de Charley Helms s'arrêta devant la maison d'Abe Kitchener à environ cinq heures de l'après-midi. Abe descendit du véhicule, se dirigea vers l'arrière et ouvrit le couvercle du coffre de camping, d'où il sortit son matériel de pêche, son sac de couchage et un bac à glace en plastique rempli aux trois quarts de truites bien nettoyées. Puis, ayant refermé le couvercle, il le frappa du plat de la main pour indiquer qu'il avait terminé et regarda Charley redémarrer en direction de sa propre maison qui se trouvait à quelques centaines de mètres plus haut sur la même route. Cela avait été une bonne expédition.

Abe s'engagea dans l'allée du gravier qui menait chez lui, s'immobilisa brusquement, revint sur ses pas et lut la pancarte accrochée à sa grille. Le texte suivant était inscrit au crayon marron :

A VENDRE - BONNE MACHINE A COUDRE,
BON ÉTAT. 90 $.

— Par exemple ! s'exclama-t-il, et il poursuivit son chemin vers la coquette petite maison que sa femme et lui n'avaient plus vraiment les moyens d'entretenir.

Dans la cuisine, Emma était en train de préparer le dîner. Abe lui demanda aussitôt :

— Qu'est-ce que c'est que cette pancarte, dehors, pour la machine à coudre ?

— Oh, s'exclama Emma en se tournant vers lui. J'ai oublié de l'enlever.

— Ce qui signifie ?

— Ce qui signifie que je l'ai vendue il y a une heure.

— Et pourquoi donc ? demanda Abe en repoussant le vase de roses vers le coin de la table pour pouvoir poser ses affaires.

— Parce que, répondit Emma avec raideur. J'ai ma fierté. D'ailleurs, j'ai aussi *ta* fierté, puisque tu n'en as aucune.

— Ce qui signifie ?

— Regarde ton sac de couchage. Je me suis juré de ne plus jamais te laisser sortir d'ici avec ce vieux tas de chiffons. Maintenant, je peux t'en acheter un neuf. D'ailleurs, tu as également besoin d'un nouveau moulinet.

— Ce dont j'ai besoin, madame Kitchener, c'est d'une chemise neuve. Cela fait deux ans que tu ne m'as pas fait de chemise. Ce dont j'ai besoin, c'est d'au moins cinq chemises. Avec quoi vas-tu les coudre, maintenant ?

— Tu auras aussi ta chemise neuve. J'irai au Thrift.

— Mais c'est de la charité publique !

— Ce n'est pas de la charité publique. Il faut les payer.

— Un demi-dollar la chemise ! Bonté divine, je me demande quel genre de chemises tu trouveras pour un demi-dollar.

Emma se détourna et commença à éplucher une pomme de terre. C'était fait. Il pouvait toujours tempêter, ce qui est fait est fait. Et maintenant, grâce au Ciel, elle allait pouvoir lui acheter un nouveau sac de couchage, d'aussi bonne qualité, sinon meilleure, que celui de Charley Helms. Elle continua de lui tourner le dos et il s'assit lourdement devant la table.

— Et combien en as-tu tiré ?

Elle haussa ses maigres épaules.

— Quatre-vingts dollars.

— Tu avais marqué quatre-vingt-dix sur la pancarte.

— Ils ont marchandé.

— Qui ça ?

— Les acheteurs, évidemment. Qui d'autre, à ton avis ?

— Ils ont payé en liquide ?

— Non, avec un chèque.

— Montre-moi ça.

— Il est juste sous ton nez. Si tu faisais attention.

Il y était effectivement, dépassant à peine du sac de couchage taché et rapiécé qu'il utilisait depuis vingt ans. Il l'examina d'un air soupçonneux. Il était tiré sur une des deux banques locales. Compte de M. et Mme Perkins, avec mention de leur adresse et de leur numéro de téléphone.

— Madame Kitchener, déclara-t-il avec fermeté, ce sac de couchage vivra aussi longtemps que moi. Quant à mon moulinet, il est capable d'accomplir des merveilles qu'aucun remplaçant ne saura jamais égaler.

— C'est une affaire conclue.

— Je veux qu'elle soit annulée.

Il se leva à moitié.

— Et comment se fait-il que tu ne m'aies pas dit que tu allais vendre la machine à coudre ? Dès que j'ai le dos tourné, tu te comportes comme une mauvaise épouse. Tu as cousu toute ta vie. Tu as cousu tout ce qui pouvait l'être dans cette maison, hormis peut-être mes pantalons et mes sous-vêtements.

— On trouve tout ça au Thrift, répondit-elle. Tu ne sortiras plus d'ici avec ce vieux truc plein de vermine. Charley Helms devrait avoir honte d'être vu en ta compagnie, même si cela se passe dans la montagne. C'est irréversible, Abe.

— Irréversible, ça alors !

Il se leva, sortit de la cuisine en tapant du pied et traversa l'arrière-cour pour aller chez les Evans. Lorsque c'était nécessaire, les Kitchener utilisaient le téléphone des Evans, qui n'y voyaient aucun inconvénient du moment que la communication était locale. Mme Kitchener donnait à Mme Evans des fleurs et des légumes de son jardin, et tout le monde était satisfait de l'arrangement. Ils entretenaient de bonnes relations de voisinage, survivant comme ils pouvaient les uns et les autres avec leurs allocations de sécurité sociale. Cependant, ils cédaient lentement du terrain.

Abe composa le numéro mentionné sur le chèque et entendit une voix féminine lui répondre qu'il avait fait erreur. Il recommença, et entendit la même voix, qui lui répéta la même chose.

Il raccrocha, remercia Mme Evans en lui promettant deux truites et rentra chez lui. Il ne dit rien à sa femme. Elle s'apprêtait à enfourner un gratin de pommes de terre, agrémenté, avec un peu de chance, de quelques morceaux de jambon. Le lendemain, ils feraient un bon repas de poisson.

— Tu avais l'intention d'aller quelque part ? lui demanda-t-elle en le voyant affairé.

— Cela ne te regarde pas, répondit-il.

— En tout cas, tu ne sortiras pas affublé comme ça.

— Évidemment, si j'avais une chemise convenable, je la mettrais volontiers, mais il semble que je n'en aurai plus jamais.

— Tu as encore la verte, lui dit-elle.

Mais sa phrase se perdit dans le vide : il était sorti

par la porte de devant et se dirigeait vers l'appentis où était garée leur vieille Coccinelle Volkswagen. Il tenait le chèque à la main et se sentait de très, très méchante humeur.

***

L'adresse mentionnée sur ce chèque était 743 Ponderosa Drive, l'une des meilleures avenues de la ville. Une fois rendu là, il dut bien constater que le numéro 743 n'existait pas, à moins qu'un bout de terrain planté de pins pût être considéré comme une résidence. Il l'aurait parié. Il en était sûr. Il le savait depuis que cette femme, au téléphone, lui avait dit qu'il avait fait un faux numéro. Il retourna chez lui d'encore plus méchante humeur, mais parvint à se contrôler avant d'entrer dans la maison. Ses affaires de pêche avaient disparu de la table, remplacées par les napperons et les assiettes. Le vase de roses avait réintégré son poste.

— Tu as pêché vingt-trois poissons, lui annonça-t-elle. Soit trois de plus qu'il n'est autorisé, même en comptant que tu es parti deux jours. Un de ces quatre, tu vas te faire prendre par le garde-champêtre et alors, que se passera-t-il ?

— A quoi ressemblait ce type ?

— Quel type ?

— Le type qui t'a acheté la machine à coudre.

— C'est elle qui l'a achetée. Lui, il est resté debout près du camion.

— A quoi ressemblait le camion ?

— Comment saurais-je à quoi ressemblait le camion ? C'était un camion comme les autres. Va te laver les mains, elles sont dégoûtantes. Le gratin sera prêt dans cinq minutes.

— Était-il vert, marron, rouge ? De quelle couleur était-il ?

— C'était un camion vert. Mais pourquoi ?

— Une fourgonnette, une camionnette à remorque, à plateau, quoi au juste ?

— C'était une camionnette avec une plate-forme arrière, recouverte d'une bâche. Mais pourquoi, Abe ?

Elle arrêta de préparer la salade et se retourna pour lui faire face.

— Parce que tu t'es fait rouler, madame Kitchener ! Ce chèque ne vaut pas un clou, déclara-t-il en l'agitant sous ses yeux.

Il était fou de rage. Il en voulait à la terre entière, à sa femme, à l'inflation, au président, aux compagnies pétrolières. Cela faisait trois ans maintenant qu'il avait pris sa retraite et acheté cette gentille petite maison, s'imaginant qu'ils pourraient, Emma et lui, vivre décemment le restant de leurs jours. Avec le produit de ses pêches, les légumes du jardin et les vêtements cousus par Emma, ils devaient s'en sortir. Qui aurait demandé davantage ? Mais qui aurait pu vivre avec moins ? Il était vraiment fou de rage.

— Et *elle*, reprit-il. A quoi ressemblait-elle ?

— Oh, ça. Elle était jeune — une trentaine d'années peut-être — et jolie. De longs cheveux noirs, des yeux sombres, de belles dents. Elle portait une espèce de chemise rose et un pantalon bleu. Des jeans.

— Et lui ?

— Il avait plein de cheveux, Abe. Une barbe. Très brun. Lui aussi portait un blue-jeans, et une chemise bleue, je crois bien. Abe...

— Garde le gratin au chaud, ordonna-t-il.

Il envisagea d'aller chercher Charley Helms, l'ancien shérif adjoint, qui était son ami et partenaire de pêche, mais à la réflexion, il jugea préférable de n'en rien faire. Il se retrouva au volant de la Coccinelle. La meilleure chose, c'était de partir à la recherche de la camionnette pendant qu'il faisait encore jour. Il était vraiment hors de lui. Dépouiller une vieille dame — quel genre de petits salopards pouvaient faire une chose pareille ? Il aimait Emma comme la prunelle de ses yeux. Ce n'était même plus pour la machine à coudre, ni pour les chemises qu'il n'aurait jamais, maintenant. Il s'agissait de quelque chose de plus essentiel, une question de principe. Faire ça à une vieille dame, vraiment. Sa propre femme. Il mit le contact, sortit la voiture en marche arrière, à toute allure, et prit la direction de Ridge Road, la route qui traversait la ville et reliait la vallée aux montagnes. Une idée fixe l'obsédait : une camionnette verte, avec une plate-forme recouverte d'une bâche.

Il la repéra en passant devant le motel « Au Paradis du pêcheur », dans Lower Ridge Road. Le Paradis, récemment ouvert, comportait un restaurant, une station-service et environ deux cents bungalows. Le genre d'endroit qu'il fuyait habituellement. C'était justement pour échapper à cela, ces grosses structures de la ville, qu'il était venu s'installer ici. Il passa devant à deux reprises pour être bien sûr de son coup, puis s'engagea dans le parking réservé à la clientèle.

La camionnette se trouvait devant le bungalow 33. Abe gara discrètement la Coccinelle sur l'emplacement le plus proche et entreprit son inspection. La bâche était solidement attachée sur le dessus et sur les côtés, mais en regardant par les interstices du hayon arrière, il put apercevoir clairement, à la lumière du couchant, la machine à coudre d'Emma. En compagnie de tout un matériel, y compris d'autres machines à coudre. La bâche était solidement arrimée, mais dépourvue de cadenas. Abe siffla doucement entre ses dents. Trois minutes tout au plus devraient lui suffire pour se glisser à l'intérieur et récupérer la machine, mais il n'avait pas l'étoffe d'un cambrioleur. Il jeta un coup d'œil à la plaque minéralogique de la camionnette — NBY 882. Puis, en l'examinant de plus près, il vit que ce n'était pas NBY 882 mais NRY 682. Quelques plaques de boue, habilement appliquées, permettaient d'induire en erreur un observateur peu attentif. « Des gitans ! » s'exclama-t-il à voix haute.

Il regarda du côté de la route, au cas où une voiture de la gendarmerie locale passerait par là. Personne, évidemment. D'ailleurs, en y réfléchissant bien, ce n'était pas plus mal. S'il attirait l'attention de la police sur cette aventure, la machine à coudre d'Emma serait immobilisée comme preuve à charge pendant des mois, voire des années, avant le jour du procès. Et quand on a soixante-huit ans, on ne calcule pas en années mais en jours. On pense pour le jour même, le lendemain au maximum.

Abe retourna à sa voiture et se glissa à l'intérieur sans quitter des yeux la fenêtre du 33 qui s'éclaira alors derrière les rideaux tirés. Une fois assis, tandis que ses doigts tambourinaient nerveusement le volant, il eut une idée. Au même moment, la porte du 33 s'ouvrit et le couple décrit par Emma apparut. Ils descendirent l'allée en direction du restaurant. Abe expira lentement, sortit la voiture du parking et fila chez lui aussi vite qu'il put.

— Où étais-tu donc ? lui demanda Emma d'un ton réprobateur. Le gratin est complètement refroidi.

— Remets-le au four, répondit Abe. Où est notre vieux chéquier ?

— Quel vieux chéquier ?

— Combien de vieux chéquiers avons-nous donc, pour l'amour du Ciel ? s'écria-t-il en fouillant frénétiquement les tiroirs du bureau d'Emma qui se trouvait dans leur petit salon douillet. Il le trouva enfin. Il restait une douzaine de chèques inutilisés, et ils avaient fermé leur compte l'année précédente, ne pouvant plus en payer les frais de gestion. Il s'agissait de la même banque que les gitans.

Abe passa dans la chambre à coucher, se débarrassa de son pantalon crasseux et enfila un pantalon kaki tout propre, ainsi que sa belle chemise verte. Puis il alla se regarder dans le miroir de la salle de bains. Il n'avait pas le temps de se raser, mais il humecta et lissa ses cheveux avant de ressortir d'un pas vif pour monter en hâte dans sa Coccinelle. Emma le regarda passer avec des yeux ronds.

***

Quand il arriva au restaurant, ils en étaient au café, ayant repoussé leurs assiettes vides sur le côté. Il s'approcha furtivement d'eux, arborant un sourire timide et parfaitement artificiel qu'il avait mis au point chemin faisant. Planté devant leur table, il s'éclaircit la gorge, dans la meilleure tradition du péquenot maladroit.

— C'est bien à vous, la camionnette, là dehors ? Celle qui est bâchée à l'arrière ?

L'homme le dévisagea d'un air glacial et demanda :

— Et alors ?

La femme alluma une cigarette et leva froidement les yeux vers lui. Elle était assez jolie, mais dans un genre dur.

— J'ai vu une machine à coudre à l'intérieur, répondit Abe. Dans un coffre en acajou. J'en voulais une pour ma femme, mais enfin... pas trop chère, vous voyez ce que je veux dire.

— Essayez chez les particuliers qui vendent leurs vieux trucs dans leur garage, suggéra la fille.

— C'est ce que j'ai fait. J'ai passé mon après-midi à ça, mais partout, je suis arrivé trop tard. Il n'y en a plus une seule dans toute la ville.

— Vous m'en donneriez combien ? demanda l'homme.

— C'est-à-dire... Elle marche comment ? Je veux dire, dans quel état est-elle ?

— Impeccable, dit la femme.

Abe eut un élan de générosité.

— Dans ce cas, disons, une centaine ?

— En liquide ?

— Hein ?

Abe s'assit sur le rebord d'une chaise, à côté de la fille. Elle eut un mouvement de recul. Il dégageait peut-être encore une légère odeur de poisson.

— Je n'ai jamais autant d'argent que ça sur moi. Mais je peux vous signer un chèque.

— Combien de liquide avez-vous ? demanda l'homme.

— Je ne sais pas exactement. Une quinzaine de dollars, peut-être. Mais quel est le problème avec les chèques ?

Il sortit son chéquier de la poche de sa chemise verte et l'ouvrit, bien en évidence, sur la table.

— Nous n'acceptons pas les chèques, déclara la fille.

Pas étonnant, bougonna Abe en lui-même. Il savait très bien comment ils s'y prenaient. Il avait lu plusieurs articles sur des gens de leur espèce. Ils imprimaient de faux chèques, censés être émis par de petites banques provinciales comme la sienne, et passaient le samedi et le dimanche, jours de fermeture des banques, à ramasser tout ce qu'ils trouvaient dans le coin, jusqu'à ce que la camionnette soit pleine. Une semaine plus tard, on retrouvait tout le butin dans quelque marché aux puces de Los Angeles ou d'une autre grande ville.

Il continua d'afficher son sourire benêt.

— Regardez, c'est un bon chèque, insista-t-il. Vous pouvez vérifier. J'ai mon permis de conduire, ma carte d'assuré social, tout ce que vous voudrez voir.

— Pas question, affirma la fille. Je vous l'ai déjà dit. Nous n'acceptons pas les chèques.

Non, vous vous contentez de les signer, songea rageusement Abe. Il lui faudrait quand même les dénoncer, après tout. Quand il se leva, l'homme se redressa sur sa chaise, légèrement agressif.

— Et comment se fait-il, demanda-t-il, que vous ayez regardé à l'intérieur de mon camion ?

— La dernière personne à qui j'ai essayé d'acheter une machine à coudre m'a décrit celle qu'elle venait de vendre, répondit-il, les mâchoires crispées. Et il se trouve que je l'ai vue.

Il s'était préparé à cette question.

— Quelle personne ?

— Une vieille dame charmante, dans Thomas Street. Elle avait accroché une pancarte à sa grille.

L'homme se laissa aller en arrière et échangea un sourire avec la femme.

— Bon, eh bien, c'est tout vu, j'imagine, dit Abe.

Il sortit de la salle en écumant, une nouvelle idée ayant jailli dans son cerveau surchauffé.

Il s'installa au volant de sa Coccinelle et quitta le motel sur les chapeaux de roue. Arrivé dans Thomas Street, il passa en trombe devant sa maison et poursuivit jusqu'à celle de Charley, quelques centaines de mètres plus loin, où il s'engagea rageusement dans l'allée en projetant du gravillon. La maison de Charley était deux fois plus grande que la sienne, mais il pouvait se le permettre. Charley avait été mis à la retraite l'année précédente, après quarante ans au service de la police du comté. Il touchait une belle retraite, assortie d'une assurance médicale et tout le reste.

Or Charley supportait mal cette situation. On l'avait obligé à partir à soixante-cinq ans, alors qu'il se serait bien vu continuer pendant une dizaine d'années. Ce qu'il détestait le plus, cependant, dans sa vie, c'était de devoir vivre avec Shirley. La vie conjugale avait été supportable tant qu'il s'était seulement agi de partager quelques repas en vitesse et de dormir sous le même toit, à défaut du même lit. Mais *toute* la journée, *tous* les jours ! Il ne parlait pratiquement que de cela, lorsqu'ils partaient pêcher ensemble, Abe et lui. Charley n'avait qu'une idée en tête, reprendre le travail.

Shirley n'était pas là. Une vraie bénédiction ! Sa voiture ne se trouvait pas dans le garage, où la camionnette poussiéreuse trônait seule. Abe toqua familièrement à la porte d'entrée, l'ouvrit et entra. Charley regardait la télévision, une canette de bière à la main.

— Enfile ton uniforme, lui dit Abe. Nous avons une mission de police en vue.

— Qu'est-ce que tu racontes ?

Abe lui relata toute l'histoire et vit Charley s'animer à mesure que son récit avançait.

— Quels salauds ! s'exclama-t-il, mais il resta assis.

— Des gitans, précisa Abe. Passe ton uniforme, Charley.

— Allons, Abe, je ne peux pas faire une chose pareille. Je n'ai plus aucun pouvoir.

— Tu me laisses récupérer la machine à coudre d'Emma dans ce camion et tu les arrêtes. Après ça, tu seras le héros de la ville. Il y a bien une vingtaine de trucs piqués aujourd'hui, sous cette bâche, et demain, ils en rafleront encore une vingtaine. Tout ça escroqué, acheté avec des chèques en bois. On t'élira maire, Bon Dieu !

— Tu crois vraiment ? demanda Charley d'un air pensif.

— C'est évident !

De plus, songeait Abe, tu me dois bien ça. Charley aurait été incapable d'attraper une truite dans sa baignoire en tenant son filet à deux mains, s'il n'avait été là pour lui enseigner la bonne technique. Mais Abe se garda bien de dire quoi que ce soit et laissa l'idée se frayer un chemin dans la cervelle embrumée de son copain.

— Allez, passe ton uniforme, insista-t-il. Nous

prendrons ta fourgonnette, car la machine ne rentrera pas dans ma voiture. Allons-y, Charley.

***

Heureusement, la nuit était complètement tombée quand ils partirent pour le Paradis du pêcheur. Sinon, on aurait pu voir combien Charley était grotesque dans son uniforme. Il avait pris dix kilos depuis sa retraite et ne pouvait pas boutonner son pantalon. Quant à sa chemise, on aurait dit un spi gonflé par un vent de force huit.

— Tu n'as qu'à rentrer le ventre, lui dit Abe sur le chemin du motel. La casquette et les épaulettes feront illusion. Les gens ne regardent pas un flic de près quand il est coiffé de son képi.

— Je n'ai pas mon badge, dit Charley. Et je me sens complètement nu sans mon arme.

— Ne t'inquiète pas, cela ne se voit pas. Calme-toi.

Abe, qui conduisait la fourgonnette parce que Charley ne pouvait pas tendre la jambe dans son pantalon trop serré, l'arrêta, en faisant crisser les pneus, juste derrière celle des gitans. Il ne fallait pas perdre de temps. Il avait prévu que Charley resterait simplement dehors, histoire de donner à l'opération un semblant de légalité. Mais son copain était mal à l'aise, voire mort de frousse. La perspective de devenir maire, peut-être même d'être réintégré dans ses fonctions, ne l'animait plus. Il accepta néanmoins de sortir du véhicule et de rester là, comme Abe le lui demandait, le dos tourné à la circulation intense de Ridge Road. Dieu merci, la nuit est tombée, songea-t-il en tapotant nerveusement l'étui qui, sur sa hanche, n'abritait aucune arme.

— Dépêche-toi, lança-t-il d'une voix rauque.

De fait, Abe essayait d'agir le plus rapidement possible, mais ce n'était pas aussi facile que prévu.

Les gitans avaient utilisé un nœud à leur façon pour fixer les pans de la bâche qui recouvrait la plateforme, et la grosse corde de chanvre résistait sous ses doigts. Il se tourna vers Charley :

— Tu n'aurais pas emporté un couteau, par hasard ?

— Je ne pourrais même pas glisser une feuille de papier dans ce maudit pantalon, marmonna celui-ci. Non, je n'ai pas de couteau sur moi. Allons, grouille-toi.

Abe, en sueur, finit par avoir raison d'un des nœuds. Les deux autres, un peu moins serrés, cédèrent à leur tour et il se retrouva à l'intérieur de la camionnette. L'opération n'avait pas pris plus de huit minutes. Ayant tiré la machine à coudre d'Emma jusqu'à l'arrière, il demanda à Charley de venir la récupérer. Mais Charley lui tournait le dos, les yeux fixés sur Ridge Road, qu'une voiture de la police du comté remontait très lentement en roulant sur la file de droite. Le visage du conducteur lui apparut aussi rond et blanc que la lune. Il le regardait bien en face.

— Oh, Seigneur ! s'exclama-t-il en voyant la voiture de patrouille s'engager dans l'allée du motel et s'approcher à vitesse réduite. Il n'entendit même pas Abe qui transportait la machine dans sa fourgonnette. Quand celui-ci lui donna une tape sur l'épaule en disant « Allons-y », il resta comme pétrifié. Au même moment, la voiture de patrouille déboucha sur l'aire de parking et ils se trouvèrent tous deux prisonniers d'un violent halo de lumière. Charley souleva son képi et essuya son front ruisselant du revers de sa manche. Sous ses bras, sa veste était trempée.

A petites foulées, Abe s'élança vers la voiture qui s'était arrêtée à quelques mètres d'eux et dit au conducteur, en qui il reconnut à l'instant même Bill Nettles, le neveu de Charley, d'éteindre immédiatement ses foutus projecteurs. Bill s'exécuta aussitôt. Bill était costaud mais manquait de vivacité, au mental comme au physique.

— Est-ce bien oncle Charley, demanda-t-il, ou sommes-nous déjà à Carnaval ?

Il descendit lourdement de voiture. Le gros ventre qui bombait sa chemise d'uniforme était indiscutablement une marque de famille.

— Tu arrives juste à temps, lui dit Abe.

— Pour quoi faire ?

— Une arrestation importante.

— Qui ? Oncle Charley ?

— Non, attends que je t'explique.

Abe entreprit de lui exposer la situation en termes simples, qu'il dut parfois répéter à plusieurs reprises. Il constata que Bill était de plus en plus excité par son récit. A vrai dire, il servait dans la police du comté depuis quatre ans mais n'avait jamais rien fait de plus que rédiger des procès-verbaux ou prêter main-forte à ses collègues le samedi soir, quand on se saoulait un peu trop dans les bars de la ville. Mais là, il s'agissait d'un coup important, nom d'une pipe !

— Mais pourquoi oncle Charley s'est-il mis en uniforme ? demanda-t-il.

Charley avait disparu derrière la camionnette. Était-il accroupi, couché ou en train de mourir de peur ?

Abe le lui dit, mentant juste ce qu'il fallait, puis il lui expliqua ce qu'il avait à faire : obtenir un mandat de perquisition pour la camionnette et procéder à l'arrestation des gitans du bungalow 33. Ils avaient dépouillé la moitié des habitants de la ville. « Cela fera de toi un héros », conclut-il.

— Mais il me faut un motif, pour demander un mandat de perquisition. Je ne peux pas simplement..., objecta Bill.

— Regarde la plaque minéralogique, lui conseilla Abe. Que lis-tu ?

Planté à deux mètres du véhicule, Bill lut à voix haute : « NBY 882 ».

— Regarde d'un peu plus près, dit Abe.

Bill s'accroupit et l'examina à nouveau.

— Ils l'ont camouflée.

— C'est illégal, n'est-ce pas ?

— Certainement ! s'exclama Bill, désormais sûr de lui. Je sais ce qu'il faut faire. Je vais rester ici et contacter le commissariat par radio pour lui demander un mandat. Pendant ce temps, Charley et toi attendrez aussi, pour...

— Non, non, répondit Abe à voix basse. Nous allons filer tout doucement, et ainsi, la gloire te reviendra.

Bill avait accompagné Charley et Abe deux ou trois fois, lors de leurs parties de pêche. Il n'était pas meilleur pêcheur que son oncle. C'est toujours la même chose, il faut être plus malin que le poisson.

— Pourquoi partager avec nous ? poursuivit Abe sur un ton confidentiel. Tu veux faire carrière dans la police, si je ne me trompe ?

— Ça, oui, alors !

— Dans ce cas, il faut agir ainsi.

— D'accord, répondit Bill.

Un large sourire illumina son visage lunaire.

— Et puis, Abe, merci, hein !

— De rien.

***

Charley s'était effondré sur le siège avant, son képi posé sur ses genoux, hors de vue. Il dégageait une drôle d'odeur, mais cela n'incommodait pas trop Abe. Celui-ci conduisait avec précaution parce qu'il n'avait pas eu le temps d'arrimer la machine à coudre d'Emma à l'arrière. Il n'était pas pressé, et pourtant son estomac grondait comme le tonnerre dans les montagnes.

Charley remua enfin, se redressa et marmonna quelques paroles incompréhensibles.

— Quoi ? demanda Abe.

— Je dis que maintenant, tout le bénéfice de l'opération m'a échappé.

— Allons, cela reste quand même dans la famille. Décontracte-toi, Charley.

Arrivé chez lui, Abe arrêta la camionnette le temps de sortir la machine et de la porter jusqu'à la porte. Ensuite, il raccompagna Charley, bondit dans sa Coccinelle et reprit le chemin de sa maison à un train d'enfer.

***

— Qu'est-ce que c'est ? demanda Emma.

Il avait posé la machine à coudre par terre, exactement au centre de la cuisine. Sa femme venait de terminer la vaisselle.

— A ton avis, qu'est-ce que ça peut bien être ?

— Ça, je le sais. Mais que fait-elle ici ?

— Je l'ai reprise aux gitans qui te l'avaient extorquée.

Soudain pris de fatigue, Abe s'assit à la table de la cuisine.

Emma posa la main sur le couvercle d'acajou de la machine, comme si elle souhaitait la bienvenue à une vieille amie. Bien qu'au bord des larmes, elle ne pleura pas. Cela faisait des années qu'elle n'avait pas pleuré.

— Je suis contente, dit-elle simplement.

Elle souleva le couvercle et le laissa retomber sur le support qui s'était automatiquement mis en place. Elle effleura gentiment le corps métallique de la machine, comme pour se faire pardonner. Elle avait certainement commis une bêtise en la vendant, mais elle avait eu de bonnes raisons pour cela. La machine avait l'air en bon état. Elle la connaissait bien. Personne ne paraissait l'avoir touchée. Elle tira le petit tiroir réservé aux bobines de fil et recula en poussant un cri étouffé.

Abe se leva d'un bond.

— Que se passe-t-il ?

Sans répondre, Emma sortit délicatement du tiroir un long, très long rang de perles. Il devait au moins mesurer deux mètres.

— Ça alors ! s'exclama Abe.

Emma ne dit mot mais ses yeux brillaient. Elle recueillit les perles entre ses deux mains et se dirigea vers la salle de bains, comme dans un rêve, suivie d'Abe.

— Ils les ont volées à quelqu'un en sortant d'ici, dit-il. Ce ne sont pas des vraies, quand même ?

Emma ne disait toujours rien. Elle n'avait jamais rien vu d'aussi beau, mais cela ne l'empêcha pas de les enrouler amoureusement autour de son cou et de les disposer gracieusement sur son maigre décolleté.

— Elles sont magnifiques, dit-elle enfin tout en se contemplant dans le miroir de l'armoire à pharmacie. De ma vie je n'ai vu quelque chose d'aussi beau.

Elle-même se sentait belle, maintenant, rajeunie, pleine d'une énergie redoublée, d'une créativité nouvelle. Elle se retourna vers Abe et fixa sur lui un regard radieux.

— Sais-tu quoi ! lui demanda-t-elle. Je peux te coudre moi-même un nouveau sac de couchage. L'idée ne m'était jamais venue auparavant.

— Et si nous mangions quelque chose ? proposa-t-il. Avant que tu ne te mettes au travail ?

Not Worth Flypaper.
Traduction de Marie-Caroline Aubert.

LE CŒUR DE SAM

par HENRY SLESAR

Les soucis, c'était terminé pour lui jusqu'à la semaine prochaine. Crowley et les autres n'auraient qu'à régler les problèmes de la société en son absence. Lui, il allait de ce pas se rendre dans un magasin d'articles de chasse, où il achèterait la plus grosse Winchester qu'il pourrait trouver en stock ; puis il appellerait l'*Eastern Company* et prendrait l'avion de neuf heures à destination des montagnes. Là, il abattrait le chevreuil le plus grand et le plus farouche qu'il pourrait débusquer, en pensant au hideux visage d'Iverson tandis qu'il viserait sa cible et appuierait sur la détente. Aucun contrat d'affaires ne pouvait justifier les avanies qu'il fallait subir de la part de Joe Iverson, cette canaille, ce sadique, cette immonde peau de vache.

Voilà qu'il recommençait à s'énerver. Sam Victor posa une main sur sa poitrine, là où il situait son cœur, et caressa doucement ce précieux endroit, comme pour dire : « Du calme, du calme, mon vieux cœur ; ne te laisse pas terrasser par une nouvelle crise. Un million de Joe Iverson n'en valent pas la peine, un million de bons clients ne valent pas un battement de cœur, si ténu soit-il. »

Ça, c'était ce que le Médecin avait dit. Le Médecin avec un M majuscule. Sam Victor n'avait jamais eu une très haute opinion des médecins — avec un petit m — jusqu'au jour où *ça lui était arrivé*. A présent, il ne jurait que par le Médecin — avec un grand M — et écoutait tout ce qu'il disait. Et que disait-il, le Médecin ? Exactement ce que Sam se répétait en cet instant : « Calme-toi, mon vieux cœur. Détends-toi. Ne me refais pas le même coup que la dernière fois. »

Sam Victor quitta son bureau à cinq heures, un attaché-case vide à la main, et se dirigea vers l'ascenseur, ses talons crépitant comme des pétards sur le dallage du hall. Il s'avéra être l'homme le plus petit de la cabine, comme d'habitude, mais n'en conçut aucun embarras. Il regarda avec philosophie le bouton de milieu des pardessus qui l'entouraient. L'important, c'était la vie, cette vie qui battait sous sa veste coûteuse, dans ses poignets potelés, à la base de son cou massif, aux tempes de son crâne chauve. L'essentiel, ce n'était ni la Taille ni la Jeunesse ; seulement la Vie.

Lorsqu'il sortit dans la rue, Sam se sentait tellement rasséréné qu'il en aurait presque serré la main d'Iverson. Après tout, Iverson était davantage qu'un bon client ; l'existence même de la *Société Victor* dépendait de lui. Sam aurait donc dû s'estimer heureux de continuer à bénéficier de sa clientèle. Si seulement Iverson voulait bien fermer sa grande gueule, garder pour lui ses mots grossiers et ses exigences malhonnêtes — bref, s'il pouvait se comporter comme un être civilisé... « Et puis zut ! » se dit Sam, exaspéré. « Au diable Joe Iverson ! C'est une trop belle journée pour penser à ce type-là. »

Il se rendit en taxi au magasin d'articles de chasse et contempla la vitrine avec délectation avant d'entrer. Le rayon des armes à feu se trouvait au premier étage ; en voyant les fusils alignés sur les rateliers, il commença à se sentir mal à l'aise. Il n'avait plus chassé depuis qu'il était gosse. Ne risquait-il pas de se ridiculiser devant le vendeur ? Sam détestait passer pour un imbécile.

Le vendeur lui adressa un large sourire, comme s'il avait évalué au premier coup d'œil le prix élevé du pardessus de Sam, de son chapeau et de ses élégantes chaussures anglaises. Il savait apparemment reconnaître un bon client quand il en voyait un, ce qui rassura Sam.

— Je voudrais un fusil de bonne qualité, dit-il. Un Winchester 70 semi-automatique, par exemple. J'en avais un autrefois, mais je m'en suis séparé. Je l'ai donné à mon neveu.

Il rougit, conscient de trop parler.

— Commençons par le début, dit le vendeur avec amabilité. Voulez-vous une arme pour gros gibier ?

— Oui, c'est cela.

Sam tâta machinalement la poche dans laquelle il mettait naguère ses cigares.

— Je pars ce soir pour le nord de l'État, histoire de chasser un peu, expliqua-t-il.

— Chasser quoi ? Le cerf ?

— Oui. J'étais bon tireur, autrefois. A quatorze ans, j'ai abattu un chevreuil dans le Maine.

— Je crains que vous ne trouviez pas grand-chose à chasser à cette époque-ci, monsieur. Remarquez, moi, je ne demande pas mieux que de vous vendre une arme ! (Il eut un sourire avenant.) Voyez-vous, la chasse au cerf n'est pas encore ouverte. Mais vous pouvez toujours vous rabattre sur du petit gibier.

— Pas ouverte ? dit Sam en portant à son menton une main hésitante. Ah ! oui...

Embarrassé, il reprit :

— Qu'à cela ne tienne, n'importe quel gibier fera

très bien l'affaire. Ce que je recherche, c'est le plaisir, vous comprenez... La détente.

— Et si vous preniez une carabine légère ? A moins que vous ne préfériez un pistolet...

— Oui, je ne suis pas contre, dit Sam. Je n'ai jamais eu de pistolet. C'est peut-être une bonne idée.

Le vendeur le guida vers une petite vitrine.

— Je pense avoir la plus belle collection de la ville. Bien entendu, le choix dépend beaucoup de vos goûts personnels. Pour ma part, j'ai un faible pour le Colt Commander, un calibre 45 automatique. Tenez, soupesez-moi ce petit bijou...

Sam prit l'arme et trouva qu'elle s'adaptait parfaitement à sa main. Cela éveilla en lui des souvenirs d'enfance, lui rappela l'époque où il jouait aux gendarmes et aux voleurs dans la rue, devant les misérables immeubles du West Side.

— C'est du matériel sérieux, dit le vendeur d'une voix engageante. Très populaire. C'est la version légère du modèle utilisé dans la police. Mais si vous préférez quelque chose d'un peu moins intimidant...

Sam se sentit attaqué dans sa virilité :

— Non, non, protesta-t-il. C'est parfait, exactement ce qu'il me faut. Mon permis de chasse est-il valable pour cette arme ?

— Certainement. Pour ce qui est du prix...

Le vendeur annonça un chiffre, prit l'arme des mains moites de Sam et conclut la transaction. Ce fut pour lui un jeu d'enfant de convaincre son client d'acheter également les accessoires : le holster qui sentait bon le cuir neuf, les cartouches disposées en rangs serrés dans de lourdes boîtes en bois, l'écrin du pistolet avec sa serrure et ses charnières brillantes. Le vendeur proposa de lui faire livrer ses achats à domicile, mais Sam refusa, déclarant qu'il mettrait l'écrin et les cartouches dans son attaché-case ; quant à l'automatique, il le porterait dans son étui, afin de s'habituer à son contact. Le vendeur lui conseilla de ne pas le garder trop longtemps sur lui (« Il y a des lois, vous savez », dit-il avec un sourire jovial) et aida Sam à sangler le holster. Quand il laissa tomber le pistolet dans l'étui, Sam fut surpris de son poids, mais ne se plaignit pas.

Il se sentait tout guilleret lorsqu'il atteignit le rez-de-chaussée, et sa première réaction fut de sourire d'un air flatté quand le chef de rayon l'appela par son nom.

— M. Victor ? Vous êtes M. Victor ?

— Oui, c'est bien moi.

— On vous demande au téléphone. Par ici, au rayon des vêtements de sport.

Sam battit des paupières.

— Vous êtes sûr que c'est pour moi ?

— Votre correspondant m'a donné de vous une excellente description.

Avec un sourire, le chef de rayon précéda Sam vers le téléphone dont le combiné était posé, en attente, sur un comptoir recouvert d'une plaque de verre.

— Je crois que c'est votre bureau, monsieur Victor.

Sam prit le récepteur.

— Sam ? Ici Dave. Écoutez, Iverson est dans un état quasi hystérique. Vous allez me dire que ça n'a rien d'inhabituel, mais je peux vous assurer que cette fois, c'est différent. Il m'a traité comme un poisson pourri quand je lui ai dit que vous n'étiez pas là et...

— Quoi ? Qu'est-ce que vous racontez ?

— Il a appelé voici dix minutes. Je lui ai répété ce que vous m'aviez dit, à savoir que vous étiez parti jusqu'à la semaine prochaine sans laisser d'adresse, mais ça n'a servi qu'à le faire crier plus fort. Je l'avais déjà entendu proférer des insanités, Sam, mais jamais à ce point-là.

— Et alors, qu'est-ce qu'il veut ? s'emporta Sam. Pourquoi venez-vous m'embêter avec ça ?

— Je ne pouvais pas faire autrement, Sam, croyez-moi. Si jamais il parle sérieusement... Il veut que vous le rappeliez immédiatement, sans quoi il résilie son contrat avec nous.

— Il est presque six heures ! Qu'est-ce qu'il me veut, ce type, à la fin ?

— Je l'ignore, Sam, mais vous savez comment il est. Pour l'amour du ciel, appelez-le... Tout de suite !

— C'est bon, glapit Sam. Je m'en occupe.

Il raccrocha, laissant sa main sur le combiné, et chercha des yeux le chef de rayon, lequel était hors de vue. Avec un haussement d'épaules, il composa le numéro du bureau de Joe Iverson.

— Allô, Joe ? Ici Sam Victor.

— Tiens, tiens ! Merci pour la faveur que vous me faites.

La voix détestée, la voix sarcastique et nasillarde de Joe Iverson, mi-sourire mi-ricanement, était tout aussi désagréable à entendre au téléphone qu'en tête-à-tête. Sam ferma les yeux et s'abîma dans une attitude de haine rêveuse. Cet individu abrégeait le nombre d'années qu'il lui restait à vivre. Combien de temps le cœur d'un homme pouvait-il supporter...

— Je pense que vous auriez intérêt à venir me voir, disait Iverson. C'est important. Je serai à mon bureau jusqu'à six heures et demie.

— Mais je ne peux pas, Joe. Je dois...

— Vous ne m'avez pas bien saisi, Sam. J'ai là un type qui m'a montré quelque chose d'intéressant : un moulage comme ceux que vous fabriquez pour moi. Mais lui, il pense pouvoir me les vendre quatre *cents* moins cher la douzaine. Vous entendez ce que je vous dis ?

— Je vous entends.

— Il m'a fait voir un échantillon. C'est peut-être

de la camelote, mais je veux que vous veniez y jeter un coup d'œil. Je ne tiens pas à lésiner sur la qualité, vous comprenez ? Voilà pourquoi vous feriez mieux de rappliquer. Vous arriverez peut-être à me convaincre que c'est de la camelote.

— Joe, nous sommes en affaires depuis sept ans...

— Ouais, exact, et les prix augmentent tous les ans. Ce type a l'air de trouver que je paie trop cher, Sam. Autrement dit, vous avez intérêt à venir au plus vite.

Le débat intérieur qui faisait rage dans l'étroite poitrine de Sam Victor fut de courte durée.

— Très bien, Joe, dit-il. Je serai là dans vingt minutes.

Il prit un taxi devant le magasin et, durant tout le trajet jusqu'à la Vingt-troisième Rue, où se trouvaient les bureaux d'Iverson, il dut se retenir pour ne pas pleurer de rage impuissante. Ce qui le mettait hors de lui, ce n'était pas la menace — pourtant concrète, bien réelle — de perdre un client au profit d'un concurrent. Sam connaissait son métier, et savait que Joe Iverson était conscient des avantages dont il bénéficiait. Quelques pennies de différence ne modifieraient pas l'opinion d'Iverson, car d'autres facteurs entraient en ligne de compte : par exemple, le sérieux et la rapidité de la *Société Victor*, et le fait que Sam supportait stoïquement les affronts et les invectives afin de préserver les intérêts en jeu.

Les rues du centre ville se vidaient, de sorte que le taxi mit deux fois moins de temps que d'habitude pour faire le trajet. La porte de l'immeuble étant fermée, Sam dut frapper à l'un des carreaux pour attirer l'attention du gardien qui commençait à balayer le dallage en marbre. L'employé déverrouilla la porte en maugréant et manœuvra l'ascenseur, toujours en maugréant.

Les portes coulissantes s'ouvrirent au troisième

étage et Sam sortit de la cabine. L'homme qui se dirigeait vers l'ascenseur s'arrêta net en croisant le regard de Sam. Il était engoncé dans un pardessus élimé, et ses mains étaient profondément enfoncées dans ses poches.

— Vous descendez ? lui demanda le gardien.

La bouche de l'homme tressaillit nerveusement. Pressant le pas, il dépassa l'ascenseur et se dirigea vers la porte marquée SORTIE.

— Qu'est-ce qui lui prend ?

— Drôle de type, dit Sam. Vous le connaissez ?

— Il ne travaille pas dans l'immeuble, en tout cas. Je devrais peut-être aller voir ce qu'il veut.

Sam acquiesça et, tandis que la cabine redescendait, il s'engagea dans le couloir. Il s'attendait à entendre des bruits de conversation en provenance des bureaux d'Iverson, mais un silence total régnait. La porte indiquant « PLASTIQUES IVERSON » était entrouverte ; il entra sans frapper. Quelques lumières étaient encore allumées dans les bureaux extérieurs, et les tables encombrées témoignaient de la hâte avec laquelle les employés étaient partis. Mais ce silence était bizarre, et Sam en fut troublé. D'ordinaire, quand Joe Iverson était dans les parages, il n'y avait guère de place pour le silence.

Il poussa la barrière en bois donnant accès aux bureaux de la direction et se dirigea vers celui d'Iverson, à l'angle du corridor.

— Joe ? Vous êtes là, Joe ?

En franchissant le seuil, la première chose qu'il vit fut le store vénitien qui pendait de la fenêtre à un angle bizarre. Il vit ensuite le bureau d'Iverson et, derrière celui-ci, le fauteuil pivotant inoccupé. Il abaissa alors son regard vers le plancher et vit les pieds qui dépassaient. Les chaussures auraient eu besoin d'un coup de cirage.

L'espace d'une seconde, il imagina sa propre fin, il se rappela les craintes et les doutes que lui inspirait le fonctionnement de ses ventricules ; puis il pensa — avec un plaisir sans mélange — qu'Iverson était mort. Mais quand il se pencha pour examiner l'homme inconscient, il entendit le sifflement de l'air qui sortait de sa bouche, et il comprit que Joe Iverson serait encore là pour fulminer rageusement contre l'agression dont il avait été victime.

Sam regarda autour de lui. Un gros coffre-fort noir trônait dans un coin, la porte grande ouverte. Iverson gardait toujours trop d'argent liquide dans son bureau ; il en supportait maintenant les conséquences. L'homme qui s'était fait passer pour un concurrent de Sam Victor et qui l'avait précipitamment dépassé dans le couloir, cet homme-là avait récolté les bénéfices.

Sam sortit du bureau, plus ou moins décidé à aller quérir de l'aide. Il ne se souciait nullement du sort d'Iverson ; ce sale type méritait bien ce qui lui arrivait. Il méritait même pire que ça.

Le gardien apparut alors à la barrière. Il semblait perplexe.

— Je n'ai pu retrouver ce type. Il a dû filer. Tout va bien du côté de M. Iverson ?

— Non, répondit Sam d'une voix rauque. Il a été victime d'un hold-up. Allez prévenir la police.

Le gardien battit des paupières, avala sa salive.

— Eh bien, qu'est-ce que vous attendez ? s'impatienta Sam. Alertez la police !

— Bien, monsieur.

L'homme tourna les talons et sortit.

Lentement, Sam rebroussa chemin vers le bureau d'Iverson. Il avait des élancements dans la tête. Une pensée était en train de naître dans son cerveau, une pensée si terrible, si effrayante (et néanmoins si tentante !) que les douleurs de l'accouchement étaient presque insupportables. Cette pensée avait été conçue au moment où, voyant le corps inerte d'Iverson, il avait éprouvé un mélange de doute et d'espoir, puis une joie intense à l'idée qu'Iverson était mort. Ce n'était pas une grosse perte. Le monde se ferait une joie de continuer à tourner sans lui. La *Société Victor* conserverait la clientèle d'Iverson par l'intermédiaire de ses héritiers, qui avaient de meilleures manières. Et la vie de Sam ne serait plus mise en péril par le harcèlement incessant de cet individu. Assurément, il y aurait eu beaucoup à gagner si le voleur avait mieux fait les choses.

Mais était-il trop tard ? Était-il encore temps de... parachever le travail ? Sans risque ?

Sam entra dans la pièce.

— Tu sais ce que je pense de toi, salopard ? chuchota-t-il à la forme immobile. Voilà ce que je pense de toi !

Il hissa sur le bureau son lourd attaché-case et en sortit la boîte de cartouches, dont il fit glisser le couvercle. Il prit l'une des balles luisantes, puis, d'un geste sec, sortit le pistolet de son holster et le chargea.

Sa main tremblait quand elle se referma sur la crosse de l'arme. Son index, crispé sur la détente, demeura paralysé. Sur le moment, Sam crut qu'il n'arriverait jamais à commettre cet acte irréparable. Il pensa alors au chevreuil qu'il avait tué dans le Maine, tant d'années auparavant : un magnifique animal au port altier qui avait infiniment moins mérité son sort que Joe Iverson. Cette pensée lui donna juste l'impulsion nécessaire pour replier son doigt de quelques millimètres.

Le coup partit. L'homme couché par terre eut un sursaut convulsif, puis ne bougea plus.

Lorsque ce fut terminé, Sam recouvra son calme. Il remit le revolver dans l'étui qu'il portait à l'épaule, boucla son attaché-case et boutonna méticuleusement son pardessus. Après quoi, il sortit dans le couloir et se dirigea vers l'ascenseur.

A l'instant où il allait appuyer sur le bouton d'appel, les portes de la cabine s'ouvrirent et le gardien en sortit, suivi de deux hommes. L'un était un agent en uniforme, l'autre un policier en civil.

— Par ici, dit Sam Victor en déglutissant avec peine. Pauvre Joe...

Après cela, ce fut facile. Étonnamment facile. Ils posèrent beaucoup de questions, mais les réponses lui vinrent tout naturellement, de manière convaincante. Qui était-il ? Il était Sam Victor, P.-D.G. de la société du même nom, et Joe était son client. Quand était-il arrivé ? Une dizaine de minutes plus tôt, après que le crime eut été commis. Le gardien confirma d'un hochement de tête. Sam pouvait-il donner le signalement de l'homme qui avait pris la fuite ? Non, le couloir était trop sombre. Que faisait-il ici ? Sam exposa sa version des faits et invita les policiers à téléphoner à son bureau pour contrôler ses déclarations. Iverson avait-il toujours beaucoup d'argent dans son coffre ? Pour autant qu'on le sache, oui. Trop. Iverson était-il déjà mort à l'arrivée de Sam ? Oui, il était mort, pauvre Joe, bel et bien mort.

— Bien, dit le policier, sourcils froncés. Ce sera tout, monsieur Victor. Merci beaucoup. Je vous demanderai cependant de vous tenir à notre disposition pendant quelques jours.

— Certainement, dit Sam Victor. Si je peux faire quoi que ce soit...

Il soupira, secoua la tête d'un air affligé et se tourna vers la sortie. Il sentait le regard du policier rivé sur son dos, mais savait que tout allait bien. Il n'avait plus qu'à franchir le tourniquet, longer le couloir jusqu'à l'ascenseur, descendre au rez-de-chaussée, traverser le hall dallé de marbre et sortir dans la rue. Il prendrait alors un taxi et rentrerait chez lui, auprès de sa femme et de ses enfants. Peut-être même se servirait-il un whisky, pour une fois, malgré les recommandations du Médecin.

La distance qui le séparait de la porte du couloir lui parut bien longue. Il avait les jambes en plomb, le souffle court. Il s'arrêta un instant pour prendre appui sur la rampe en bois avant de se remettre en marche.

— Monsieur Victor ? dit l'inspecteur. Vous vous sentez bien ?

— Oui, répondit Sam d'une voix inaudible.

Il ferma les yeux et avala autant d'air que sa gorge pouvait en contenir. Cette goulée d'air descendit le long de sa trachée et parut rester coincée dans sa poitrine. Une douleur soudaine, fulgurante, lui transperça le bras gauche.

Cessant de lutter, il se laissa glisser à terre. Ce n'était rien. Tout allait bien, il le savait. Ça n'avait rien à voir avec la dernière fois ; ce n'était qu'une crise sans gravité, juste une petite alerte, une toute petite...

— Monsieur Victor !

Le visage de l'inspecteur était maintenant penché sur lui.

— Ce n'est rien, murmura faiblement Sam. Mon cœur...

Le policier glissa une main sous le pardessus de Sam pour percevoir les battements cardiaques. Sam se souvint alors — trop tard — que son cœur était inaccessible, caché sous un étui en cuir tout neuf contenant un pistolet en métal luisant, encore tiède, qui l'accusait implacablement.

Sam's Heart.
Traduction de Gérard de Chergé.

MÉFIE-TOI, MÉPHISTO

par Kay Nolte Smith

La première fois qu'il sentit le souhait se former en lui, Judson Wick se trouvait à l'opéra.

Une loge d'opéra, ce n'était guère son milieu naturel, mais il ne pouvait laisser passer l'occasion d'accompagner cette opulente veuve d'un âge certain qui étincelait de diamants et rayonnait de latente influence ; aussi masquait-il son ignorance artistique et son intrinsèque manque d'intérêt en maintenant une expression recueillie sur son visage assez beau quoique plutôt insipide, et en inclinant gravement, d'un air entendu, sa tête brune aux cheveux lustrés, en réponse aux fréquents petits coups de coude de la veuve. Ce fut durant un de ces brefs instants, où il se forçait à concentrer son attention sur le spectacle, que le souhait prit forme en lui. Avec un sourire mélancolique et désabusé, il le chassa de son esprit.

Mais le souhait revint le visiter le jour suivant, au cours de son déjeuner annuel avec le directeur des Industries Wick. Cet homme lui assenait toujours d'assommantes séries de chiffres — et lui égrenait d'interminables et fastidieux souvenirs sur l'époque révolue où le père de Judson, après l'avoir fondée, faisait croître et prospérer la Compagnie. Judson avait coutume en l'occurrence de prendre un air détaché, et d'adopter un maintien placide ; mais cette fois, lorsque le directeur fit d'insistantes et transparentes allusions à « la vie oisive », la couche de placidité se mit à révéler de fines craquelures, comme du verre Securit malencontreusement malmené — jusqu'au moment où la soudaine réapparition du souhait vint aider Judson à surmonter l'épreuve.

Le soir même, le souhait surgit une fois de plus, lorsque Judson, après avoir assisté, invité par le metteur en scène, à la première d'une pièce de Broadway, participa à la réception qui s'ensuivit. Il y dégusta des huîtres fumées tout en écoutant la lecture claironnée de critiques dithyrambiques ; pardessus le bord de sa coupe de champagne, il observa son ancien camarade de collège, le metteur en scène auréolé de succès, qui accueillait, radieux, ce concert d'éloges, et le souhait revint l'assaillir avec une telle force que le champagne devint aigre en son gosier et qu'il décida de se retirer.

A peine avait-il réintégré son appartement que retentissait la sonnerie de l'entrée. Il se sentit ragaillardi à la pensée que certaine capiteuse actrice à la rousse chevelure avait changé d'avis et venait prendre un dernier verre dans l'intimité, mais la personne qui se tenait dans l'encadrement de la porte n'appartenait pas au beau sexe, et ses cheveux étaient entièrement gris. Le costume était gris, lui aussi, au propre comme au figuré ; pendant, flasque, épaules tombantes et formant poches au niveau des genoux. Tout chez cet homme apparaissait fatigué et fané, triste et terne, à part la cravate, bande de soie d'une orange éclatant, qui dévalait sur le devant de chemise telle une langue de flamme.

— Bonsoir, dit-il. J'ai été avisé par ma firme que vous aviez quelque chose à vendre.

— Je crois que vous vous trompez d'appartement.

— Je ne crois pas. Vous êtes Judson A. Wick, vous avez quarante et un ans, et vous seriez désireux de vendre la contrepartie.

— De quoi ? s'enquit Judson, circonspect.

— Hier soir, vous avez assisté à l'opéra de Gounod et formulé un souhait, que vous avez renouvelé par deux fois. Donc vous êtes prêt à conclure un arrangement analogue à celui du Docteur Faust. Puis-je entrer ?

Judson s'écarta machinalement, tandis que, désarçonné, il s'efforçait de s'éclaircir l'esprit.

— Je pense que vous me faites marcher, émit-il.

— Monsieur Wick, soupira l'inconnu, si je n'étais pas ce que je prétends être, comment aurais-je pu avoir connaissance de votre souhait ?

— Je ne sais pas, dit Judson après vaine réflexion. Mais vous n'avez pas l'air de correspondre au personnage. Vous a-t-on jamais décrit comme l'homme au complet de flanelle grise ?

— Ah, mais je ne suis qu'un démarcheur, un simple serviteur de la firme. Vous pouvez m'appeler John, si vous le désirez. (L'homme ajusta ses manchettes et lissa sa cravate.) On est au vingtième siècle. Nous ne sommes plus une moyenâgeuse officine de troc mais une moderne entreprise commerciale. Naturellement, nous ne vous demandons pas de nous faire confiance sur parole. Nous vous offrons — et nous insistons bien là-dessus, car nous y tenons — une période probatoire de vingt-quatre heures, au cours de laquelle vous testerez gratuitement notre marchandise, sans aucun autre engagement de votre part. Cela dit, en échange de quoi désirez-vous négocier ? Le Pouvoir ? Le Savoir ? L'Éternelle Jeunesse ? (Voyant Judson froncer les sourcils, il ajouta :) Et puis il y a notre offre la plus appréciée : Influence et Célébrité.

— Ah, fit Judson. Oui.

— Dans quel domaine voudriez-vous les obtenir ?

Judson haussa les épaules.

— Peu importe, ça m'est égal. Non, attendez un peu. (Le souvenir du champagne et des critiques dithyrambiques refaisait surface.) Disons, le spectacle. Brodway. Non, quelque chose d'encore plus important. Hollywood, tenez.

L'homme sortit un calepin gris, prit note, et se leva.

— Quand vous vous réveillerez demain, le test de vingt-quatre heures commencera. A ce propos, je dois vous dire que nous vous tiendrons en observation, pour nous assurer que satisfaction est obtenue de part et d'autre. Je reviendrai à la fin de cette période probatoire, pour vous présenter un contrat à signer.

Judson détourna son regard et le laissa errer paresseusement autour de la pièce.

— Bon, entendu, dit-il enfin. Qu'ai-je à y perdre ?

De brèves et minuscules lueurs dansèrent alors au fond des yeux gris du visiteur, comme des allumettes enflammées tout au bout de deux tunnels. Puis la cravate orange s'estompa, et l'homme disparut.

Quand Judson se réveilla à dix heures, il entendit une voix qui lui parut logée dans son oreille.

— Bonjour, disait-elle, métallique et asexuée. L'observation a commencé. Nous sommes prêts à exaucer vos désirs.

Judson ressentit bientôt dans sa tête une sensation bizarre, mais pas déplaisante ; il lui semblait percevoir une sorte de faible résonance, un peu comme au téléphone, quand quelqu'un écoute sur une autre ligne, branchée sur la vôtre.

— C'est du sérieux, murmura-t-il. Du diable si je m'attendais à ça !

Sa phrase le fit sourire ; il demeura un certain temps étendu en conservant ce sourire ébahi, mais finit par se demander quelles pourraient bien être ses requêtes. Tout d'abord un peu gêné de sentir quelqu'un à l'écoute de ses pensées, et puis, éprouvant un plaisir croissant de se savoir un public invisible mais très favorable, il se mit à faire défiler dans son esprit quelques-unes des importantes personnalités cinématographiques qu'il avait rencontrées dans le passé, durant les années où il avait été marié à Shelley et où elle n'avait pas encore été catapultée au sommet de la notoriété. Il pourrait, songeait-il, choisir de figurer dans le lot — d'être un de ceux qui, dans l'ombre, à l'écart des projecteurs, détiennent le pouvoir, ou bien d'être un acteur, peut-être le numéro un national, voire mondial, au box-office.

Le téléphone vert pâle, posé sur sa table de chevet, sonna. D'une voix assez intriguée, perplexe, un homme se présenta comme étant reporter à *Variety* et déclara venir juste d'apprendre qu'auprès d'un certain Judson Wick il pourrait obtenir la matière d'un article important ; aussi désirait-il savoir de quoi il pouvait s'agir.

Judson dut faire appel à tout son art de l'esquive pour convaincre ce chasseur de scoop qu'il y avait effectivement matière à un tel article, mais que rien ne pouvait encore être divulgué ; en raccrochant, il eut la très nette impression que l'auditeur interne était toujours à l'écoute. Il alla se mettre sous la douche, et là, consciencieusement, entreprit d'établir une liste de gens qu'il pourrait contacter, la réduisant peu à peu à trois noms, dont celui de son ami le metteur en scène de la veille au soir ; mais finalement, insatisfait, il les élimina tous. Tandis qu'il se rasait, la pensée que Shelley se trouvait en ville pour le lancement de son dernier film vint le tarauder avec insistance. Il se fit une petite estafilade au menton, jura, et soudain éclata de rire ; pourquoi devrait-il se creuser la cervelle pour trouver une excuse à son coup de fil ? C'était Shelley qui l'appellerait — s'il le souhaitait.

Deux heures plus tard, il parvint au restaurant juste au moment où Shelley arrivait entourée d'une meute de reporters. Il la cueillit en leur sein, la conduisit à une table et insista pour qu'elle lui parle de son nouveau film tout au long de leur première consommation.

— Bon, tout ça c'est très bien, dit-elle finalement. Mais c'est moi qui t'ai appelé, Dieu sait pourquoi ; aussi dois-je être curieuse d'apprendre ce que tu as fabriqué toutes ces années.

Il prit sa main, en même temps qu'une profonde inspiration ; il lui semblait que l'auditeur interne écoutait avec une intensité accrue. Tâtonnant quelque peu pour trouver ses mots, il se lança :

— J'ai quelque chose en train ; quelque chose d'important. De très important. Quelque chose qui va me conduire tout droit à ton patelin favori.

— Tu veux dire, quelque chose ayant à voir avec le cinéma ?

— Que fait-on d'autre à Hollywood ?

— Mais l'industrie cinématographique, tu n'y connais rien !

— Shelley, dit-il d'une voix douce. Je serai en mesure de faire tout ce que je voudrai. Absolument tout.

Elle le dévisagea ; ses yeux violets s'étrécirent, ne laissant plus deviner que deux luisantes perles noires.

— Tu es sérieux ? Tu vas produire un film ?

— Oui, je suppose qu'on pourrait dire ça. Oui, c'est ce que je compte faire.

— Quel film ?

Il leva la main pour appeler le garçon, désira le voir accourir sur-le-champ, fut exaucé, et commanda d'autres consommations. Après quoi, il se renversa sur son siège et lâcha nonchalamment :

— Voyons voir ; ça se présente comme ça. Mettons que, dans la Bourse aux Idées, je sois preneur.

— Ah, oui ? Ça, c'est une coïncidence. (Shelley tapota lentement son verre d'un ongle impeccable et mauve.) Il y a un bouquin que Global projette d'acheter pour Lisa Gordon. Il me conviendrait pourtant tout à fait ; c'est tellement moi. Si quelqu'un d'autre avait les droits... Si quelqu'un d'autre était en mesure de les obtenir...

— C'est une coïncidence, en effet. (Il eut un sourire gamin, le genre de sourire que, dans le temps, elle disait aimer.) Parce que, vois-tu, mon intention était de faire un grand film pour Shelley.

Quand il revint à son appartement, il restait dix-huit heures sur les vingt-quatre accordées. En proie à l'incertitude, il ressentait dans la nuque, en dépit de ce déjeuner réussi, une tension qui n'arrivait pas à se dissiper. Il se confectionna un martini et demeura assis à gamberger, contemplant l'olive qui semblait le fixer comme un œil au fond du verre. Puis il décrocha le téléphone et appela la veuve décatie qu'il avait accompagnée à *Faust*. Adoptant le ton badin qu'elle appréciait, il s'enquit des dispositions prévues pour le bal de charité qu'elle organisait, se fit automatiquement adjuger une invitation, et pour finir, passant au véritable objet de son appel, lui soutira un numéro de téléphone.

Il le composa, et se composa en même temps une attitude mentale de grande déférence ; au célèbre critique de cinéma qui répondit, il se présenta comme un étudiant du troisième cycle qu'intéressait tout particulièrement l'adaptation des romans à l'écran. Il sollicita l'opinion du critique sur plusieurs films récents, et puis mentionna en passant le roman signalé par Shelley. Une fois que le critique lui en eut parlé avec enthousiasme, il lui demanda, par pure curiosité, à titre indicatif, quels seraient, à son avis, les scénaristes et les metteurs en scène les plus capables de transposer pareille œuvre à l'écran. Il raccrocha avec un demi-sourire qui ne parvenait cependant pas à s'élargir ; encore hésitant, se palpant machinalement la nuque, il finit par se dire qu'il lui fallait sortir, chercher au-dehors de quoi se fortifier le moral.

Une heure plus tard, il se dirigeait vers une galerie de peinture de Madison Avenue. Le public mondain accouru au vernissage était déjà si dense qu'il n'y avait pas moyen, ni besoin, de voir les tableaux : il plongea au sein de la cohue et eut bientôt glané suffisamment de commentaires, pour les servir à l'artiste comme étant de son cru. Ainsi paré, il put se tourner vers le véritable objectif de sa soirée.

Évoluant dans la foule avec une décontraction étudiée, semblant errer sans but, il lia conversation avec la maîtresse d'un sénateur et le directeur d'un magasin ultra-chic de la Cinquième Avenue, et leur lâcha négligemment qu'il allait faire un film ; le soudain intérêt apparu dans leurs yeux donna comme par magie de l'éclat aux siens. Aux épouses de trois industriels, il apprit de surcroît que Shelley Garnett serait la vedette de son film ; la chaleur de leurs intonations communiqua aux siennes une ferme et calme assurance. Jetant son dévolu sur deux critiques d'art, il leur fit part de son intention d'acheter les droits de la fameuse œuvre littéraire, et d'engager tel scénariste et tel metteur en scène pour la porter à l'écran ; leur prévenante attitude et leurs commentaires approbateurs ancrèrent en lui la certitude.

Aux alentours de neuf heures, l'assistance s'était peu à peu dispersée, mais le tonus qu'elle lui avait insufflé ne l'avait pas quitté. Sûr de lui, avec un insolent aplomb, il fit avec succès le siège du peintre, au point de réussir à imposer sa présence au souper que l'artiste comptait partager avec quelques clients influents.

Il rentra chez lui à deux heures du matin, ne sachant trop si son exaltation et son exultation se traduisaient par une accélération de son pouls ou s'accompagnaient d'une trépidante, palpitante intensité d'attention de la part de l'auditeur interne. Il arpenta un bon moment le living-room en traçant de larges et zigzagantes arabesques ; finalement, il prit un comprimé de somnifère et se contraignit à s'étendre sur le lit.

Vers cinq heures, ses yeux encore grands ouverts se fermèrent enfin ; mais presque aussitôt, derrière leurs paupières closes, se déroula un rêve ; à l'extrémité d'un très long tapis couleur de flamme, qu'il foulait sur des douzaines de mètres d'un pas triomphant, il se voyait accueilli par un imposant personnage vêtu de rouge.

John s'épongea le visage avec un mouchoir gris et se pencha sur son calepin pour consulter ses dernières notes. Il venait faire son rapport quotidien à certain gentleman, communément désigné par la lettre M, assis derrière un bureau plutôt délabré dans un local qui avait connu des siècles meilleurs. M arborait une cape grise, légère et mince comme un voile de fumée, ainsi qu'une mine renfrognée quasi permanente.

« Contrôle de marchandise effectué sur Judson A. Wick », lut John. « A postulé pour Influence et Célébrité. Domaine de prédilection : aucun. Pressé de choisir, le sujet a opté pour l'industrie cinématographique, le succès d'un ami metteur en scène lui ayant inspiré un désir de ce côté-là. Voici un relevé de son processus mental : s'est avisé de devenir producteur, son ex-épouse en ayant émis l'hypothèse. A décidé de produire un certain roman ; idée puisée à la même source. A conclu que ce roman devait être brillant en s'appuyant sur l'opinion d'un critique de cinéma réputé. A sélectionné un scénariste et un metteur en scène, leurs noms ayant été mis en avant par ce même critique. Le sujet a terminé la période probatoire en se sentant plein de confiance et d'assurance ; état euphorique obtenu en recueillant les réactions positives de personnalités influentes abordées lors d'une manifestation culturelle et mondaine. »

M fulminait ; ses yeux lançaient des éclairs.

— Voulez-vous dire que rien ne vient de lui-même dans tout ça ? Pas une seule opinion, pas un seul désir ?

— Non, tout provient d'ailleurs, d'autres personnes. Je crois même que l'idée de vendre son âme, c'est l'opéra de Gounod qui la lui a fournie.

— Enfer et damnation ! rugit M. Il y en a trop comme lui, beaucoup trop ! Ils ruinent mon commerce ! A l'instar des consommateurs, j'ai aussi besoin de protection. C'est de la fraude, de l'escroquerie, voilà ce que c'est — tous ces individus qui essaient de me vendre de la marchandise empruntée. Si je ne les soumettais pas à un contrôle préalable, ils me mèneraient à la faillite. (Il soupira, déclenchant une gerbe d'étincelles.) Pourquoi faut-il que les plus empressés à vendre leur âme soient toujours ceux qui, à proprement parler, en sont pratiquement dépourvus ?

John eut un sourire compassé.

— Je ferai en sorte que Wick oublie, que cet incident soit effacé de son esprit.

— Esprit ? Quel esprit ? ricana rageusement M. Supposez un instant que je prenne des gens comme ça. Où serait mon profit ? Où serait mon plaisir ? Transformez-les en serviteurs, en démarcheurs, en racoleurs d'autres âmes, et ils se sentiront comme des poissons dans l'eau. Pas d'angoisse, pas d'affres, pas de tourments, rien du tout. (Il darda un regard brûlant sur le visage de John.) Pas comme vous, hein, docteur ?

— Non, pas comme moi.

— Bon, eh bien ! repartez en chasse, soupira M. Et tâchez de me dénicher quelqu'un dans votre genre. Quelqu'un qui soit authentiquement propriétaire de son bien.

Une lueur de souffrance vacilla un instant tout au fond des prunelles de John Faust. Puis il referma son calepin et d'une démarche lasse, tristement, quitta les lieux.

Caveat Emptor.
Traduction de Philippe Kellerson.

DING !

par ROBERT TWOHY

Quand j'arrivai au travail mercredi matin, j'allais mieux. J'étais crevé, mais j'allais nettement mieux.

— Bonjour, monsieur Hisp, fit Miss Flidd en me lançant un regard inquiet. Vous ne pensez pas que vous auriez pu rester au lit ?

— Trop de travail, Miss Flidd.

— Vous ne vous êtes pas regardé dans la glace, ce matin. Si un vampire vous avait vidé de votre sang, vous ne seriez pas plus pâle.

— Peut-être, mais je n'ai plus mal à l'estomac.

— C'est votre troisième crise en moins d'un mois. Pour quelqu'un qui n'avait jamais été malade de sa vie !

— Ça doit être le stress. On a été pas mal bousculés, ces derniers temps.

— Nous avons toujours été bousculés. Ça fait soixante-trois ans que ça dure, depuis que votre pauvre père a créé l'usine.

Elle avait raison. Quand on veut réussir dans la nourriture pour poissons, on a intérêt à se remuer. *Hisp's Fish Food* est le troisième fournisseur de vers et d'insectes de la région. Il paraît même que par temps clair notre enseigne lumineuse se voit de Splivert Mountain, à quatre-vingts kilomètres d'ici.

Secrétaire de mon père dès la création de la maison, Miss Fidelia Flidd a conservé son poste depuis que je suis devenu P.-D.G. à mon tour, voici vingt et un ans. Déjà notoirement incapable dans ses années de gloire, elle n'a plus aujourd'hui la moindre idée de ce qu'elle est censée faire. Mais dans mon souvenir, elle restera à jamais la secrétaire la plus sexy que j'aie jamais vue, et surtout le grand amour de mon vieux bonhomme de père qui était à la merci d'un simple éclat de son rire cristallin et fondait au moindre battement de ses cils langoureux. Mais les années ont passé, et elle n'est plus ce qu'elle était. J'ai donc dû engager une seconde secrétaire dont la mission consiste à passer systématiquement derrière Miss Flidd pour remettre les choses en place. Cependant, tant que je serai directeur de *Hisp's Fish Food*, Miss Flidd conservera son poste dans la maison, ne serait-ce que pour me rappeler l'expression à la fois béate et désarmée de mon père lorsqu'elle décidait de passer à une attaque en règle, tous charmes déployés.

Je n'ai jamais connu ma mère, qui s'est enfuie avec un éminent spécialiste des vers de terre alors que je n'avais que sept mois. Par la suite, tant de belles-mères se succédèrent à la maison que je n'eus jamais le temps d'en connaître une seule. Il faut dire que mon père se maria onze fois. Mais jamais l'idée ne l'effleura d'épouser Miss Flidd, ce qui est la meilleure preuve de l'amour insondable qu'il lui portait. « Je ne supporte pas le spectacle affligeant qu'offre une femme au petit déjeuner », avait-il coutume de déclarer. Et il faisait trop grand cas de Miss Flidd pour lui faire courir ce risque mortel. Il désirait que leur liaison durât contre vents et marées, ce qui se produisit tandis que les épouses légitimes se succédaient. Voilà donc pourquoi — bien qu'elle ait depuis longtemps perdu les pédales — elle bénéficie et bénificiera toujours d'une sécurité de l'emploi absolue tant que je resterai à la tête de l'entreprise.

— Vous devriez aller voir le Dr Trivett, me gourmanda-t-elle.

— J'ai essayé de l'appeler à son cabinet ce matin, mais il assiste à un congrès médical, répondis-je en accrochant ma gabardine au porte-manteau. Rassurez-vous, je me sens beaucoup mieux aujourd'hui. De toute façon, la dernière fois que je l'ai vu il y a quinze jours, Trivett m'a assuré que c'était nerveux.

— Nerveux ? reprit-elle vivement. Mais dites-moi, j'ai justement un jeune cousin docteur qui s'est installé en ville il y a quelques années. Il est spécialiste des nerfs. Il paraît qu'il est très bon. Un peu spécial, mais très bon.

— Spécial ? m'étonnai-je.

J'étais vraiment crevé. Mieux, mais crevé quand même. La dernière crise, deux nuits auparavant, avait été bien pire que les deux premières. Si mes nerfs étaient vraiment responsables de mes horribles crampes d'estomac, je n'avais aucune intention de les laisser continuer à me torturer — surtout si j'avais une occasion de régler le problème une bonne fois pour toutes. Trivett est sans aucun doute le meilleur spécialiste des nerfs de la ville, mais le psychisme n'est pas son fort. Voici deux semaines, lorsqu'il m'a fait passer une kyrielle d'examens et d'analyses qui n'ont rien donné, j'étais déjà persuadé que mon problème n'avait rien d'organique.

— Il est psychiatre, votre cousin ?

— Je crois, mais pas du genre à faire s'allonger les gens sur un divan pour leur faire raconter les horreurs qui leur sont arrivées à l'âge de quatre ans. D'après Rhunk, beaucoup de problèmes nerveux trouvent leur origine dans le quotidien.

— Ce qui signifie ?

— Je ne sais pas. Mais quand il se sent en mesure de régler le problème d'un patient, il le fait en une seule séance. Autrement, il refuse tout de suite.

Un psychiatre qui se débarrasse d'un patient au lieu de le pressurer pendant six ou sept ans, voilà qui sortait de l'ordinaire. Quant à moi, j'avais sans aucun doute du souci à me faire, avec mes trois crises de brûlures d'estomac en moins d'un mois. D'ailleurs, je ne me faisais aucune illusion sur l'issue de la quatrième, si elle était aussi atroce que celle d'hier. Qu'est-ce que je risquais en allant consulter cet original ?

— Comment s'appelle-t-il, déjà ? Hunk ?

— Rhunk. Rhadamantus Rhunk III. Ce n'est pas son vrai nom, et il n'est pas le troisième Rhunk. Mais il a trouvé que ça faisait mieux sur sa carte de visite.

— Il est si fort que ça ?

— Il y en a qui le disent. Mais il y en a d'autres qui le détestent. Surtout ceux pour qui il ne peut rien.

— Eh bien, je vais le consulter — si ses tarifs sont raisonnables. Voudriez-vous me prendre un rendez-vous ?

Je m'installai à mon bureau et la regardai composer le numéro.

— Allô ? Fidelia Flidd à l'appareil. C'est ça, oui, votre cousine. Je vous appelle de la part de mon patron. Oui. Il a des problèmes d'estomac, alors je me suis dit... Pourriez-vous me rappeler vos honoraires ? (Elle masqua le micro de la main et se tourna vers moi :) Vingt-cinq dollars, chuchota-t-elle.

J'approuvai de la tête. Mon vieil ami Trivett me prenait soixante-quinze dollars rien que pour me demander comment je me sentais et cinq dollars par mot supplémentaire...

— Très bien, continua Miss Flidd. Vous pouvez le recevoir aujourd'hui ? Tout de suite ? C'est d'accord. Il s'agit de Mr. Hisp. Pourriez-vous me rappeler votre adresse ? Merci. Au revoir. (Elle raccrocha.)

Je me levai et enfilai ma gabardine.

— C'est le rendez-vous le plus rapide que j'aie eu de ma vie.

— J'espère que ça marchera entre vous, fit-elle en me tendant l'adresse. Parce qu'il y a des gens qui lui en veulent à mort.

— Pourquoi ?

— Parce qu'il est comme il est. Tous les Rhunk sont comme ça.

— S'il peut régler mes problèmes d'estomac, le reste m'est bien égal. (J'étais sincère. Et de plus, je trouvais ses honoraires particulièrement raisonnables.)

Je quittai le bureau pour me rendre chez Rhunk.

***

Je m'arrêtai en chemin dans un drugstore d'où j'appelai Nectarine.

Comme nous étions mercredi — son jour de congé —, je savais la trouver chez elle, à jouer avec ses guppys.

Nectarine est mannequin dans une maison de lingerie haut de gamme où elle présente des modèles de sous-vêtements aux élégantes de la ville. Leona — mon épouse — a dû la voir un jour ou l'autre car il lui arrive d'aller se fournir dans cette boutique. Mais bien entendu, elle ne connaît pas Nectarine — qui n'est pour elle qu'une silhouette parmi tant d'autres — et n'a pas la moindre idée de ce qu'il y a entre nous depuis six mois.

— Comment vas-tu, lapin ? gazouilla Nectarine.

— Pas très fort, mais quand même un peu moins mal. Justement, je vais chez le docteur.

— Trivett ?

— Non, un autre. Je ne pourrai pas passer ce

soir, car Leona revient de son week-end prolongé au bord de la mer. Mais tu ne perds rien pour attendre !

— J'espère bien, lapin. Je t'aime !

Après l'avoir également assurée de mon amour indéfectible, je quittai le drugstore en méditant sur l'abîme qui peut séparer deux femmes, l'une de vingt-deux ans — votre maîtresse depuis six mois — et l'autre de cinquante — votre épouse depuis vingt-six ans.

Contrairement à mon père — dont je n'ai jamais eu la vigueur —, je ne suis pas indisposé par le spectacle d'une femme au petit déjeuner. C'est pourquoi Leona et moi avons traversé les années sans nous dépenser beaucoup, à parler peu, à manger beaucoup et à dormir encore davantage. Dieu, que nous avons dormi ! J'ai toujours été satisfait de mon mariage. Et puis, j'avais l'entreprise familiale pour me changer les idées...

Jusqu'au jour où j'ai rencontré Nectarine.

Elle est entrée dans mon bureau, un beau matin où Miss Flidd s'était absentée. Quand je redressai la tête et découvris cette créature de rêve aux yeux d'émeraude et à la chevelure d'ébène, il se produisit en moi l'équivalent d'un séisme majeur au niveau de mon muscle cardiaque qui faillit bien d'ailleurs ne pas s'en remettre.

— Je voudrais pour soixante-dix cents de graines pour guppys, fredonna-t-elle.

J'étais tellement abasourdi par cette apparition inouïe qui tenait pour moi de la révélation divine que je parvins tout juste à bafouiller :

— Je... Je vous demande pardon ?

— Des graines pour guppy, s'il vous plaît.

— Ah bon, repris-je, encore sous le choc. Des graines pour guppy. Effectivement, nous produisons les meilleures du monde. Mais nous ne faisons pas la vente au détail, mademoiselle, nous sommes des grossistes. Et nous ne vendons les graines que par lot de trois cents kilos minimum.

— Oh ! Mais qu'est-ce que je ferais de trois cents kilos pour deux petits guppys de rien du tout ? J'en voudrais seulement pour soixante-dix cents, s'il vous plaît !

J'avais ce matin-là un rapport téléphonique très important à préparer pour notre centre de distribution brésilien de Fortaleza. Mais curieusement, cela me parut tout à coup dérisoire. Ça pouvait attendre. Le monde entier pouvait attendre, tant qu'elle gardait fixés sur moi ses envoûtants yeux de braise.

Je posai mon dictaphone, pris une enveloppe dans mon tiroir et me levai.

— Suivez-moi, je vous prie. Nous allons à la réserve de graines à poissons.

— Merci, vous êtes très aimable, fit-elle en me glissant soixante-dix cents dans la main.

Je lui donnai l'enveloppe et l'emmenai à la réserve en question où je restai planté comme un idiot à la regarder choisir avec une patience infinie les graines qu'elle destinait à ses deux adorables créatures aquatiques.

Jamais de ma vie je n'avais vu scène si touchante.

Quand elle eut rempli son enveloppe, il était midi et je l'invitai à déjeuner.

C'est ainsi que tout commença et que je passai les six mois les plus merveilleux de mon existence.

Jusqu'aux trois crises susdites. Dont la dernière, deux nuits auparavant, avait bien failli avoir ma peau. Raison pour laquelle je montai dans le bus pour me rendre chez le docteur Rhunk dont la cousine, Miss Flidd, m'avait dit qu'il était un peu spécial.

***

L'immeuble était à l'image du quartier : minable. Sur le panneau dans le hall, je trouvai le numéro du cabinet du docteur Rhadamantus Rhunk III. J'appelai l'ascenseur, le pris et descendis au quatrième. Arrivé au 417, je poussai la porte. Au lieu de trouver une salle d'attente, je pénétrai directement dans un bureau chichement meublé. Un petit homme hirsute, vêtu d'un chandail d'un gris douteux troué à l'épaule, lisait le journal, penché sur son bureau. Son nez volumineux lui mangeait la moitié du visage. Son âge était aussi difficile à déterminer que la couleur exacte de son pull. Il pouvait tout aussi bien avoir trente ans que soixante.

Le papier peint vert tout passé avait connu des jours meilleurs et les vitres de l'unique fenêtre étaient noires de crasse. De vieilles photos couvertes de toiles d'araignée étaient punaisées au mur en compagnie d'un diplôme jauni.

Les yeux ne quittèrent pas le journal. Une main me fit signe de m'asseoir.

— Docteur Rhunk ?

— Mouais. Asseyez-vous.

Je me posai en face de lui sur une chaise de cuisine bancale.

Il continua de lire pendant quelques instants et lâcha :

— Ça devrait mettre un peu de plomb dans la tête aux imbéciles qui se font opérer pour un oui pour un non !

— Pardon ?

D'un revers de main, il repoussa son journal qui tomba par terre. Puis, se penchant en avant, il appuya son menton fuyant sur ses mains croisées et fixa sur moi son regard convergent.

— A qui ai-je l'honneur ?

— Sprague Hisp. Votre cousine vient de vous passer un coup de fil à mon sujet. J'ai un problème nerveux qui semble se manifester par de violentes douleurs d'estomac. J'ai eu trois crises en un mois, dont la dernière, il y a deux jours, a bien failli être fatale. J'ai consulté le Dr Trivett — que vous connaissez, bien entendu —, et...

— Pourquoi devrais-je le connaître ?

J'en restai comme deux ronds de flan.

— Parce que c'est le meilleur spécialiste de la ville.

— Qui est-ce qui a mal, vous ou lui ?

Le docteur Rhunk était à la hauteur de sa réputation. Mais maintenant que je m'étais donné la peine de faire le déplacement, j'en voulais pour mes vingt-cinq dollars.

— Le Dr Trivett est formel. Du point de vue organique, tout va bien. Je suppose donc que c'est mon système nerveux qui déraille. Comme ça fait des mois que je n'ai pas arrêté, toute la tension a dû me retomber sur l'estomac. La première crise a été supportable et la seconde plus sévère. Mais lors de la troisième, il y a deux jours, j'ai bien cru y rester.

Il se gratta le nez et grogna :

— Et d'après Trivett, vous allez bien ? Vous le croyez ?

— Bien sûr que je le crois ! C'est le meilleur spécialiste de la ville ! Savez-vous qu'il a mis au point un nouveau système de lavage d'estomac qui lui a valu un prix ? Ce n'est pas à votre crédit, de ne pas le connaître !

Ses petits yeux de fouine se vrillèrent dans les miens.

— Le crédit, ce n'est pas mon fort.

L'allusion était limpide. A peine eus-je sorti vingt-cinq dollars de ma poche qu'ils disparurent comme par magie dans la sienne.

— Dans sa partie, c'est quand même lui le plus connu de la région !

— Vous êtes quoi, au juste ? Son chargé de relations publiques ?

— Non, son ami ! Ça fait même des années qu'il est mon médecin, celui de ma femme et de tous les gens qui...

— Ça va ! Ça va ! J'ai compris ! (Il leva soudain les yeux au plafond.) Vous savez ce que je viens d'entendre ?

— Non.

— Un ding.

— Un ding ?

— Mouais. En général quand j'entends ça, ça veut dire qu'il y a quelque chose qui commence à prendre tournure. Vous êtes marié, hein ? Des enfants ?

— Non.

— Une assurance ?

— Bien sûr.

Il loucha une seconde fois vers le plafond.

— Encore ce ding.

— Je n'y comprends rien, à vos dings !

— Moi non plus. D'habitude, ça ne se produit pas si tôt, parfois même pas du tout. Où en étais-je ? Ah oui. Donc, vous êtes assuré ?

— Évidemment. Qui ne l'est pas ?

— Moi. Mais peu importe, c'est vous qui avez mal à l'estomac, pas moi. Alors comme ça c'est récent, ces malaises, puisque vous dites que ça a commencé il y a un mois ?

— Exactement. Puis, ça a recommencé deux semaines plus tard, et une troisième fois il y a deux jours.

— Et vous étiez en bonne santé auparavant ?

— En excellente santé, confirmai-je, empressé. (Il était sans aucun doute odieux, mais quand il passait aux choses sérieuses, il ne plaisantait pas.)

— Bon. Vous buvez beaucoup ?

— Non, je ne bois pas.

— Pas du tout ?
— L'alcool ne m'a jamais posé de problème.
— Donc, vous buvez. Combien ?
— Vraiment pas beaucoup.
— Vraiment ? Combien ?
— Normalement.
— Je connais un type qui ne devient normal qu'après quatre whiskies. Quand il en a avalé quatre autres, il est gai. Et quand il en a ingurgité encore quatre, il redevient parfaitement normal — c'est-à-dire inconscient.
— Qu'est-ce que vos relations ont à voir avec mon problème ? laissai-je froidement tomber.
— Rien, concéda-t-il. Revenons-en à vous. Qu'est-ce que vous buvez ?
— Peut-être un whisky ou deux, avant le dîner.
— Ça ne serait pas plutôt trois ou quatre ? Et avant le petit déjeuner, vous en avalez combien ?
— Non mais dites donc ! Vous voulez me faire passer pour un ivrogne, ou quoi ? Je n'ai jamais bu une goutte de ma vie avant le petit déjeuner.
— Jamais ? reprit-il avec un rictus démoniaque.
— C'est-à-dire... (Qu'est-ce qu'il avait à essayer de me faire culpabiliser de la sorte ? Je le fusillai du regard.) Jamais ! assenai-je farouchement.
— Si c'est ce que vous appelez ne pas avoir de problème d'alcool, marmonna-t-il, qu'est-ce que ça serait si vous en aviez un !
— Je ne suis pas venu ici pour parler de problèmes d'alcool !
— Ça, je m'en doute.
— L'alcool n'a rien à voir avec mes crampes d'estomac ! Ça fait vingt-cinq ans que je bois un verre avant de dîner et...
— Du calme, j'ai compris. Et ce verre, c'est quoi ?
— Du scotch, et du meilleur, précisai-je fièrement.

— Très bien. Parlons alimentation, maintenant. Qu'avez-vous mangé il y a deux jours ?

— Le Dr Trivett m'a déjà posé toutes ces questions.

— Peut-être, mais il ne m'a pas fait parvenir le dossier. Alors, je vous écoute.

— Un bœuf Stroganoff.

— Au restaurant ?

— Non. Chez quelqu'un.

— C'est elle qui l'a préparé ?

— Qui ça, elle ?

— Votre amie ?

— Ça ne vous regarde pas, fis-je, hors de moi.

— Vous avez raison. C'est votre maîtresse ? Ding !

— Qu'est-ce que c'était encore que ce ding ?

— Un ding. Parlez-moi un peu d'elle. (Je serrai les dents à m'en faire craquer la mâchoire.) Qu'est-ce qui vous prend ? C'est un monstre, cette fille, ou quoi ? Vous avez avalé votre langue ?

— Et vous, vous avez envie que je vous fasse avaler votre dentier ? grondai-je, menaçant.

— Pas vraiment. Mais je connais les hommes et, à mon avis, vous n'êtes pas un violent. Par contre, je suis plutôt rapide, méfiez-vous. Alors, vous me parlez d'elle, oui ou non ?

— Elle n'a rien à voir là-dedans. On a mangé un bœuf Stroganoff et j'ai eu ma première crise... Mais enfin, qu'est-ce que vous insinuez avec vos questions ? Vous n'allez tout de même pas prétendre qu'il y a un rapport entre le bœuf Stroganoff et mes crampes d'estomac...

Il haussa les épaules.

— ... que mon problème nerveux n'est qu'une banale intoxication alimentaire ?

— Ça se peut. Ou quelque chose d'approchant. Ding !

— C'est vous qui êtes dingue avec vos dings !

— Arrêtez de crier, ça ne sert à rien. Avant de

tomber malade, vous avez donc mangé un bœuf Stroganoff préparé par votre maîtresse. Ça se passait il y a deux jours. Et vous avez eu trois crises en un mois. Qu'aviez-vous mangé les deux autres fois ?

— En tout cas, pas du bœuf Stroganoff. Il y a quinze jours, des spaghetti...

— Avec votre maîtresse ? Chez elle ? Elle est tombée malade en même temps ?

— Parfaitement ! Non ! Attendez. Oui, c'était chez elle et non, elle n'est pas tombée malade. (Je lui envoyai un regard venimeux.) Où voulez-vous en venir ?

— Moi ? Nulle part. Je ne fais que suivre les dings. Donc, vos trois crises se sont produites après dîner chez votre maîtresse. Mais, dites-moi, si vous l'invitiez plus souvent au restaurant ?

— Et pourquoi ça ?

— Parce que la cuisine n'est peut-être pas son fort. Comment s'appelle-t-elle ?

— Qu'est-ce que ça peut vous faire ?

— Les noms sont parfois révélateurs. Tenez, par exemple, Pétunia, Prunelle, voilà des prénoms intéressants. Elle ne s'appellerait pas Lucrèce, par hasard ?

— Jamais de la vie. Elle s'appelle Nectarine.

— D'où vient ce nom, à votre avis ?

— Du français, je crois.

— Eh bien moi, je dirais plutôt qu'il vient tout droit du cabaret. Ça m'a tout l'air d'un nom de scène. Elle ne serait pas danseuse, par hasard ?

Ce sale petit fouineur avait du flair.

— Elle l'a été, concédai-je, humilié.

— Qu'est-ce qu'elle était, exactement ? Strip-teaseuse ? Danseuse à plumes ?

— Qu'est-ce que c'est que ça ?

— Une fille qui est couverte de plumes au début de son numéro et qui n'en a plus une seule à la fin. (Il croisa les doigts, fixa un point fictif au-dessus de ma tête et murmura :) Ça prend tournure. Votre maîtresse, Césarine...

— Nectarine !

— ... est-elle une éponge à whisky, elle aussi ?

— Elle ne touche pas à l'alcool. Elle ne boit que du jus de papaye.

Il regarda le plafond en se curant consciencieusement l'oreille du petit doigt.

— Intéressant.

— Ah bon ? Pourquoi ?

— Comment voulez-vous que je le sache ? J'ai entendu un ding, c'est tout. Alors comme ça, elle était danseuse de cabaret. Et maintenant, qu'est-ce qu'elle fait ? Elle a un emploi, ou bien est-ce qu'elle passe ses journées dans son appartement à vous concocter des petites sauces de sa façon ?

— Elle est modèle en lingerie féminine. Elle travaille tous les jours, sauf le mercredi. (Un détail me revint à l'esprit.) Maintenant que j'y pense... Ce n'est pas chez elle que j'ai eu ma première crise, mais chez moi. J'ai dîné avec ma femme. Je me souviens même de ce que nous avons mangé : un gigot d'agneau.

— Avec quatre ou cinq verres de scotch pour vous mettre en bouche.

— Non, deux seulement... Ou peut-être trois, pas plus. Mais l'important est que ce dîner n'avait rien à voir avec Nectarine. Alors vos fines allusions à ses petites sauces, vous pouvez vous les mettre où je pense.

Il ouvrit de grands yeux innocents, accentuant ainsi encore davantage son abominable strabisme convergent.

— Que voulez-vous dire ?

— Que si vous croyez que c'est Nectarine qui a fait le coup, vous vous fourrez le doigt dans l'œil.

— Pourquoi aurait-elle tenté de vous empoisonner ? Quelle raison aurait-elle eue ?

— Aucune. Elle n'y est pour rien. La preuve en est que lorsque j'ai eu ma première crise, c'était après avoir dîné avec ma femme. Nectarine n'a donc rien à voir avec ce que j'ai mangé ce soir-là, et ce que j'ai mangé ce soir-là n'a rien à voir avec mes problèmes d'estomac. Vous avez tout inventé de A à Z pour faire le malin !

— Vous avez peut-être raison, fit-il d'une voix soudain très grave. (Il fronça les sourcils et secoua la tête, tout en fixant ses mains croisées sur le bureau.) Dommage, ça collait trop bien pour être vrai. La réalité est parfois cruelle à l'égard des plus belles constructions de l'esprit humain. Ainsi donc, votre première crise a bien eu lieu chez vous, et les deux autres chez Cés...

— Si vous répétez « Césarine » encore une fois, je vous fiche mon poing dans la figure !

— Ça m'étonnerait, je suis plus rapide que vous. Mais je ne dirai plus « Césarine », c'est promis. (Il fit une pause.) Chez votre ancienne danseuse nue... Tiens ! (Il redressa la tête, et son détestable regard convergent qui avait perdu de sa superbe reprit toute sa vivacité.) Vous avez entendu ?

— Quoi ?

— Ce ding. Il est encore là. Bien. Première crise chez vous, les deux suivantes chez la danseuse nue. Vous savez que ça se tient aussi ?

— Et comment, je vous prie ?

— Si vous avez la clef de l'appartement de la strip-teaseuse.

— La clef ? Bien sûr que j'ai la clef. Pourquoi ?

— Cette clef, je parierais que vous l'avez mise dans votre trousseau. (Je confirmai de la tête.) Évidemment. Une clef, ça ne se met pas dans une chaussure. Ding ! Ça se précise. Vous m'avez bien dit que la première crise n'était pas trop méchante ?

— C'est exact. J'ai passé la journée au lit, et le lendemain, il n'y paraissait plus.

— Mouais. Votre femme est restée chez vous, ce jour-là ?

— Comme d'habitude. Elle a vaqué à ses occupations. Elle s'est occupée de la maison, elle est sortie faire des courses, elle est allée chez le teinturier. Je ne sais pas, moi. La routine, quoi.

— Ça colle. Trivett est son médecin à elle aussi ?

— Oui. C'est un ami de la famille depuis de longues années.

— Ça va de soi.

Il posa ses mains bien à plat sur le bureau et les contempla avec ravissement, comme si elles étaient porteuses de bonnes nouvelles.

— Quel coup tordu allez-vous encore me sortir ? m'inquiétai-je.

— Ça va de soi qu'une femme d'une cinquantaine d'années dont le mari va voir ailleurs trouve consolation auprès d'un vieil ami de la famille.

— Quoi ! (Jamais je n'avais eu affaire à pareille ordure.) C'en est trop, cette fois ! Insinueriez-vous que...

— Je n'insinue rien du tout. Je trouve que votre affaire prend une drôle de tournure, c'est tout. Vous avez consulté Trivett après votre première crise ?

— Non, ça n'en valait pas la peine. C'était quand même supportable.

— Au point de vous faire garder le lit toute une journée. (Cette fois, ce furent ses ongles qui eurent droit à toute son attention.) C'est donc après la seconde crise que vous êtes allé le voir ? (Je confirmai de la tête.) Parfait. Y êtes-vous retourné il y a deux jours ?

— Non. J'ai passé la journée sur le divan de Nectarine. J'étais bien trop malade pour rentrer chez moi.

— Et votre femme, où était-elle ?

— A la mer. Elle rentre demain.

— Pourquoi votre maîtresse n'a-t-elle pas appelé le docteur ?

— Elle a essayé, mais...

Il m'arrêta de la main.

— Ne dites rien ! Laissez-moi deviner ! Le Dr Trivett était à un congrès médical.

L'ignoble crapule ! Comment s'y prenait-il pour tout deviner comme ça ?

— Comment le saviez-vous ?

— Je me laisse guider par les dings. (Il pianota sur le bureau en regardant ses mains d'un air satisfait et murmura :) Votre femme est au courant de votre liaison ?

— Comment pourrait-elle l'être ? Vous ne pensez tout de même pas que j'ai été lui parler de Nectarine !

— Parfait. Alors si ce n'est pas vous, qui d'autre ? Si un homme distingué et intelligent comme vous ne voit pas... Revenons plutôt à votre deuxième crise, après les spaghetti chez votre maîtresse. Vous êtes allé voir Trivett le lendemain ?

— Non. Je l'ai appelé, mais il assistait à un symposium, quelque part. Toutefois, le surlendemain matin, j'étais à son cabinet à la première heure. Et alors, il m'a sorti le grand jeu. Après m'avoir examiné des pieds à la tête, il m'a assuré que je n'avais absolument rien. Que c'était un simple problème de stress.

— Votre femme n'était pas là non plus ?

— Non. Elle était partie à une réunion des anciens élèves de son lycée, à Sachoo City. Mais à mon retour de chez Trivett, elle était rentrée.

— Parfait, parfait. (Il se frotta les mains, l'air satisfait.) Si elle avait été traîner n'importe où, ça aurait fait désordre. Au moins maintenant, nous savons où tout le monde se trouvait lors de votre seconde crise. C'est parfait. J'aime bien quand les choses sont claires.

— Je ne vois pas ce que vous voulez dire.

— Venons-en maintenant au scotch. Quand vous honorez Césarine de votre visite — pour dîner, entre autres —, apportez-vous toujours votre bouteille de scotch personnelle ?

Il y avait dans ce qu'il venait de dire quelque chose qui ne me plaisait pas. Mais comme de toute façon rien de ce qu'il disait ne me plaisait, je ne parvins pas à mettre le doigt sur ce qui me chiffonnait.

— Bien sûr que non ! Vous ne croyez tout de même pas que je suis du genre à me promener en permanence avec une bouteille dans la poche. Nectarine... (Je me rendis soudain compte de ce qui ne m'avait pas plu dans sa remarque.) Vous avez dit « Césarine » !

Il hocha doucement la tête.

— Après vous avoir promis de ne plus le faire. Ma langue ne m'obéit pas, voyez-vous. C'est sa façon à elle de me faire un pied de nez quand je deviens trop sérieux. Mais revenons à nos moutons. Vous disiez que vous n'apportiez pas votre bouteille chez votre maîtresse. C'est donc que vous y avez la vôtre ?

— Je lui donne de l'argent pour qu'elle achète nos boissons, du scotch pour moi et du jus de papaye pour elle. Nous buvons un verre ou deux avant de dîner. Et quand le niveau du scotch atteint la cote d'alerte, elle en rachète. Quel rapport cela peut-il bien avoir avec mon affaire ?

— Ça dépend. Notre belle petite élucubration peut ne rien signifier du tout et confirmer que vos troubles sont bien d'origine nerveuse ou bien que vous buvez dix fois plus que vous ne le reconnaissez au lieu de seulement cinq fois plus... Mais...

Il repoussa sa chaise, posa ses chaussures miteuses sur le bureau et se renversa si loin en arrière que j'espérai qu'il allait basculer cul par-dessus tête. Mais à ma grande déception, il n'en fut rien. Il s'étira, les bras en avant, contemplant ses doigts tendus avec affection.

— Parfois, mes propres intuitions m'effraient. Je savais depuis le début quelle tournure cette affaire allait prendre. L'enchaînement était inéluctable. Ding, dong ! Un vrai carillon !

Je le regardai, soufflé. Il me renvoya son regard torve.

— Vous m'avez beaucoup aidé, avec votre air naïf d'enfant de chœur monté en graine. Vous aviez l'air d'un veau content d'aller à l'abattoir.

L'insulte était grossière. J'eus envie d'écraser son énorme tarin d'un bon coup de poing bien senti, mais y renonçai. Il était hors de portée.

— Un gogo plein aux as sur le retour se paye une aventure avec un joli petit tendron et s'imagine que sa femme ne s'est aperçue de rien, alors qu'elle est probablement au courant depuis le début !

— C'est ridicule ! Si elle sait tout, pourquoi n'a-t-elle rien dit ?

— Qu'est-ce que ça lui aurait rapporté ? Pour elle, c'est une aubaine inespérée. De son côté, elle a également un partenaire et des projets. Ils examinent donc ensemble la situation et s'aperçoivent que c'est du gâteau. Votre danseuse est exactement ce qu'il leur faut, une nunuche commode qui n'hésitera pas un instant à appeler les flics quand une crise fatale vous aura envoyé *ad patres*.

Il m'adressa un sourire démoniaque et continua :

— Et pour se procurer les ingrédients nécessaires pour provoquer la crise susdite, qui — je vous le demande — pourrait être mieux placé que le grand spécialiste de l'estomac dont s'honore notre ville ?

Pendant quelques instants, je restai sans voix. Puis je hurlai :

— Vous êtes prêt à inventer les pires saloperies pour jouer les fortiches ! Il n'y a aucune raison ! Le Dr Trivett et moi sommes des amis d'enfance. Ma femme m'a toujours été fidèle, et de toute façon elle n'est absolument pas portée sur... Pourquoi auraient-ils...

— Pourquoi pas ? Vous avez de l'argent, une assurance substantielle, une bonne affaire, et une maîtresse comme coupable désignée. Que demander de plus ? Il n'ont qu'à faire ingurgiter une dose mortelle au pigeon chez sa dulcinée. Comment la pauvre gourde s'en sortirait-elle, avec le pigeon raide mort dans son plumard ?

— Mais... Mais... (Je venais une fois de plus de me faire marcher dessus, mais j'étais trop ébranlé par son imparable démonstration pour m'en formaliser.) Comment auraient-ils pu faire porter le chapeau à Nectarine ? Vous avez vous-même reconnu qu'elle n'a pas de mobile ?

— Quand on trouve le cadavre d'un vieux beau dans le lit d'une ancienne danseuse nue, croyez-vous qu'on se donne la peine de chercher plus loin ? C'est exactement ce que Trivett et votre femme se sont dit. Il n'y a pas de mobile dans les crimes passionnels. Ou bien il y en a trop. Coup de folie, crise de jalousie, coup de cœur et tout le tremblement. Avec une bonne mise en scène, tout retombait sur le dos de votre danseuse nue et ils pouvaient dormir sur leurs deux oreilles... Ding ! Ding ! Ding !

— Arrêtez, avec vos dings !

— Impossible. C'est le ding qui fait tout. Sans lui, nous en serions encore aux crampes d'estomac d'origine nerveuse. Il faut suivre le ding là où il nous mène. Et en ce moment, il me ramène chez vous, à votre première crise. Pourquoi était-elle supportable ? Parce qu'ils ne voulaient vous immobiliser que pour une journée — de façon que vous n'ayez pas besoin de vos clefs.

— Voilà mes clefs qui entrent dans la danse !

— Ils voulaient votre trousseau, car ils savaient

que vous aviez une clef de l'appartement de votre maîtresse. Ils étaient déjà au courant de bien des choses. Trivett avait dû vous filer le train sans que vous vous en doutiez, naïf comme vous l'êtes. Il découvre donc où elle habite, où et quand elle travaille, qu'elle achète du scotch à votre intention, qu'elle n'en boit pas elle-même...

— Comment s'y est-il pris pour apprendre tout ça ?

— Comment voulez-vous que je le sache ? Il l'a sans doute suivie jusqu'au rayon des alcools où il a tiré les vers du nez au vendeur. Il ne lui reste plus qu'à trouver le moyen de s'introduire chez elle en son absence. Votre femme verse donc une petite dose dans votre bouteille de scotch et, tandis que vous gardez le lit le lendemain, elle s'empare de votre trousseau, fait faire un double...

— Mais c'est que j'ai dix-sept clefs, dans mon trousseau ! Et comment ma femme aurait-elle pu trouver la clef de chez Nectarine ?

— Je ne sais pas. Peut-être qu'elle a fait faire un double de chaque clef. Elle remet alors votre trousseau là où elle l'a pris, et donne les doubles au docteur qui n'a plus qu'à se rendre chez votre danseuse à plumes en son absence, à essayer les clefs jusqu'à ce qu'il trouve la bonne, entrer et dégoter votre bouteille de scotch.

— Bref, vous affirmez donc que le Dr Trivett a versé du poison dans mon scotch chez Nectarine ?

— Pourquoi pas ?

— Et quel poison a-t-il utilisé ?

— Peu importe. Ce qui est certain, c'est qu'il n'en a pas mis assez le soir des spaghetti. Mais bien entendu, c'est lui que vous allez consulter, puisque c'est le médecin de famille et un ami de toujours. Vous n'avez donc aucune raison d'aller voir ailleurs. De plus, vous êtes persuadé qu'il ne vous mentirait jamais en cas de coup dur. Il est donc trop heureux de recommencer, mais avec une dose de cheval. Comme la première fois, votre femme et lui ont quitté la ville pour se couvrir. Mais cette fois-ci, ils sont persuadés que vous allez passer l'arme à gauche.

— Justement ! Je ne suis pas mort !

— Non, mais vous n'allez tout de même pas le leur reprocher ! N'empoisonne pas qui veut ! Prenez Raspoutine, par exemple. A l'exception de la dynamite, on a dû à peu près lui faire tout avaler et rien n'a marché. Lui aussi était grand buveur !

— Ça ne tient pas, votre salade. C'est du vent.

— Ce sont des preuves que vous voulez ? Alors faites donc examiner votre bouteille de scotch par un laboratoire. Si toutefois vous n'avez pas tout bu.

— Il en reste.

— Ça, c'est vous qui le dites. Ivrogne comme vous l'êtes, vous avez sûrement tout éclusé !

— Vous mentez !

Je m'emparai du téléphone et faillis le lui envoyer à la figure. Mais je me retins au dernier moment, car il semblait lire dans mes pensées. Debout en alerte derrière son bureau, il avait des allures de félin prêt à bondir. Après tout, peut-être ne frimait-il pas ? Sinon, provocateur comme il l'était, il se serait déjà fait tordre le cou depuis longtemps.

Je revins donc à un comportement plus civilisé et composai un numéro.

— Nectarine, fis-je sans laisser à ma correspondante le temps de placer un mot, combien reste-t-il de scotch dans la bouteille ?

— Pardon, lapin ?

— Va chercher ma bouteille de scotch et dis-moi s'il en reste.

— Très bien.

Je lançai un regard assassin à Rhunk qui, un petit sourire de défi aux lèvres, se caressait doucement les phalanges.

— Il en reste plein, m'annonça alors Nectarine.

— Il en reste plein, répétai-je comme un perroquet.

— Parfait. Dites-lui de ne surtout pas y toucher.

— Je vous ai déjà dit qu'elle ne buvait pas d'alcool.

— Il y a un début à tout.

— A qui parles-tu, lapin ? gazouilla Nectarine.

— Vous vous rendez compte du tragique de son destin, fit Rhunk, si jamais elle en avalait une lampée, trouvait ça bon, et rendait l'âme avant même d'avoir pu y revenir ?

— Ne bois surtout pas de ce scotch !

— Mais à qui parles-tu, lapin, à la fin ?

— A monsieur Rhunk. Un psychiatre.

— Ah, oui, un spychiatre. (Elle était loin d'être bête, mais elle s'emmêlait parfois les pinceaux avec les mots sophistiqués.)

— Qui vous a dit que j'étais psychiatre ? me lança Rhunk.

— Je n'y comprends rien, lapin, protesta Nectarine. Qu'est-ce qu'il a, ce spychiatre, à m'interdire de boire du scotch, moi qui ne bois jamais d'alcool ?

— Je suis de moins en moins sûr qu'il soit psychiatre, précisai-je.

— Et vous avez raison.

— Mais alors, qu'est-ce que je fais ici ?

— Vous aviez un problème d'estomac.

— Je l'ai encore.

— On verra. Ça dépend du résultat des analyses.

— Miss Flidd m'avait pourtant laissé entendre...

— Les Flidd n'ont jamais été très nets.

— Qui c'est, ce type, à la fin, lapin ? s'énerva Nectarine à l'autre bout du fil.

— Je vais le lui demander. Vous êtes quoi, finalement ? lançai-je à Rhunk.

— Consultant. Je résouts les problèmes nerveux.

— Mais d'après le tableau de l'entrée, vous êtes docteur.

— Qui vous dit que je ne le suis pas ? fit-il en montrant du doigt le document punaisé au mur. Voici même mon diplôme.

— Je l'ai vu, mais il est illisible tellement il est couvert de poussière.

— Authenticité garantie. Je l'ai décroché il y a vingt-trois ans. Docteur en médecine vétérinaire.

— Il est vétérinaire, m'empressai-je de répercuter à l'intention de Nectarine.

— Voilà vingt et un ans que je n'ai pas pratiqué, précisa Rhunk. Je suis trop occupé à résoudre des problèmes comme le vôtre.

— Et pourquoi est-ce qu'un vétérinaire m'interdirait de boire du scotch, si j'en ai envie, lapin ? protesta véhémentement Nectarine.

Un frisson me passa dans le dos.

— Il va te le dire lui-même.

Je tendis le combiné à Rhunk qui commença :

— La raison pour laquelle je vous demande de ne pas toucher à ce scotch est qu'il se peut qu'il soit empoisonné. Notez bien que j'ai spécifié « il se peut », car je n'ai aucune envie de me faire attaquer en diffamation. S'il est empoisonné et que vous en buvez, il se peut également que vous en mouriez ou que vous n'en mouriez pas, peu importe. L'essentiel est qu'il en reste pour que Hisp puisse le faire analyser par un laboratoire compétent.

Il garda l'écoute quelques instants et me rendit l'appareil avec un hochement de tête résigné.

— Nectarine ? repris-je énergiquement.

— Qu'est-ce qu'il a raconté, ce spychiatre vétérinaire, lapin ? J'ai rien compris du tout.

— Moi non plus. Mais ne touche surtout pas au scotch.

— Tu m'expliqueras, dis ?

— Promis.

Je raccrochai.

— Allez chercher cette bouteille dare-dare et faites analyser le scotch. S'il est empoisonné, vous connaîtrez la cause de vos crampes d'estomac.

Je me levai et me dirigeai vers la porte. Puis, sa dernière remarque me revint à l'esprit.

— « *Si* » le scotch est empoisonné ? Qu'est-ce que ça signifie ?

— Peut-être que oui, peut-être que non.

— Mais vous n'avez jamais exprimé le moindre doute !

— Parce que le doute n'est pas mon problème. J'ai pris les éléments que vous m'avez fournis, les ai reliés les uns aux autres et en ai fait un tout cohérent. Je vous défie de trouver une solution plus satisfaisante au problème posé. Tout est clair, net, bien en place. Mais cela ne garantit en rien que ce soit *vraiment* ce qui c'est passé.

— Alors votre histoire, c'est peut-être du vent ? Finalement, je ne sais toujours pas si mon scotch a été empoisonné ou non ? Si mes crampes d'estomac étaient dues au stress ou non ?

— Ou à un excès de boisson. Faites analyser le scotch, et vous saurez à quoi vous en tenir.

Alors que je poussais la porte, il me lança :

— Quoi que vous en pensiez, vous avez vous aussi joué un rôle — si minime soit-il — dans l'élaboration d'un chef-d'œuvre de logique pure.

— Tu parles ! lâchai-je en prenant la direction de l'ascenseur.

***

Je retournai à l'usine pour y trouver une Miss Flidd surexcitée, le cheveu en bataille et l'œil en feu, claquant portes et tiroirs.

A ma vue, elle se calma un peu.

— Comment ça s'est passé avec Rhunk ?

— Ce type est une ordure.

— Vous n'êtes pas le premier à avoir cette réaction. Les Rhunk ont toujours été comme ça. Votre femme a appelé. Je lui ai dit où vous étiez allé.

Elle se retourna, extirpa une poignée de classeurs d'un casier et les jeta sur le bureau en hurlant :

— Il faut absolument que je trouve l'original de la brochure Von Fong-Slidestein. Où est-ce qu'on a bien pu la fourrer, nom de Dieu ?

Elle ne jure que quand elle a atteint un état de frénésie avancé. La recherche du document en question a dû être l'un des morceaux de bravoure de sa longue carrière, à l'époque où elle n'avait encore rien perdu de ses charmes. Mais il était agréable de la revoir, à quatre-vingt-deux ans, revivre l'un de ses moments de gloire.

Je filai chez Nectarine. Ravissante dans son déshabillé rose, elle était allongée sur le divan, tout alanguie. Ses deux guppys espiègles se livraient à une véritable sarabande dans l'aquarium. Le tableau était touchant, mais j'avais d'autres chats à fouetter. J'empoignai la bouteille de scotch et sortis en trombe.

***

Quelques minutes après minuit, j'appelai Rhunk à son bureau. Il ne m'était même pas venu à l'idée qu'il pouvait ne pas s'y trouver. Mais qu'aurait-il été faire ailleurs ? Un obsédé dans son genre ne fait jamais rien comme personne. Il avait sans doute dormi sous son bureau.

— Oui ? répondit-il de son inimitable voix.

— J'ai les résultats des analyses. Il y avait autant d'arsenic que de scotch. J'ai appelé le cabinet de Trivett, mais il paraît qu'il a été convoqué d'urgence à un séminaire en Argentine. Ma femme est partie elle aussi. Elle m'a laissé un mot me demandant de continuer à payer les primes d'assurance.

Il y eut un silence au bout du fil. Je repris :

— J'ai procédé à une petite enquête dans les environs de l'immeuble de Nectarine, et j'ai trouvé deux personnes ayant vu un autre homme que moi s'introduire chez elle. D'après leur description, il s'agit bien de Trivett. Par ailleurs, un employé au rayon Spiritueux du drugstore se souvient parfaitement que, voici environ un mois et demi, Nectarine lui a acheté une bouteille de scotch. Pendant qu'elle lui expliquait que c'était pour quelqu'un d'autre parce que pour sa part elle ne buvait que du jus de papaye, le vendeur a remarqué un type louche qui semblait intéressé par son laïus et souriait, hochait la tête et se tripotait le menton en écoutant. Ça devait être Trivett. Vous aviez tout deviné de A à Z.

— Ah...

— C'est tout l'effet que ça vous fait ? Vous êtes déçu ?

— Pas exactement. Mais lorsque l'artiste s'aperçoit que sa création n'est finalement qu'une copie de la réalité, il a davantage le sentiment d'avoir fait œuvre de maçon que d'architecte. C'est la vie. Pourquoi m'avez-vous appelé ?

— Pour vous informer que vous aviez raison et vous faire savoir que vous êtes quand même une vermine.

— Parfait. Attention à votre estomac. Et dites bonjour à Césarine de ma part.

Je raccrochai et me retournai vers Nectarine qui était étendue sur le lit à côté de moi, toujours aussi ravissante dans son petit déshabillé rose.

— Coucou !

— Coucou, lapin !

Quel bonheur d'être en bonne santé et de savoir Leona à l'autre bout du monde !

Twang !

Traduction de Dominique Wattwiller.

AUTODÉFENSE

par JAMES MICHAEL ULLMAN

Dès qu'il eut pris sa décision, Walter fut envahi par le doute, mais il ne revenait jamais sur ses décisions.

Le matin de cette journée tragique, donc, il posa sa canne près de son fauteuil et annonça :

— Je vais acheter un revolver.

Mme Brill, la gouvernante, leva un regard ahuri sur le vieil homme, frêle et fragile. A sa connaissance, Walter n'avait jamais possédé, encore moins utilisé, d'arme à feu. Pourquoi avoir attendu soixante-treize ans pour en acquérir une ?

— Mon Dieu ! que ferez-vous d'un revolver ?

— J'assurerai ma défense.

— Mais vous n'avez pas besoin d'une arme.

— Vraiment ?

Walter indiqua sa canne du menton.

— Pour le moment, je n'ai que ma canne. A quoi servirait-elle contre un voyou comme celui qui s'est introduit chez moi le mois passé et qui, après m'avoir dépouillé de mon argent, m'a frappé.

— Si vous aviez eu un revolver, il en aurait retourné le canon contre vous.

Les poings sur les hanches, Mme Brill avança vers Walter. A cinquante ans, elle avait une silhouette remarquablement bien conservée, mais si les charmes de sa gouvernante ne lui échappaient pas, Walter n'avait jamais envisagé de lui faire la moindre avance. Elle ressemblait trop à sa défunte épouse.

— De toute façon, poursuivit Mme Brill, vous n'avez jamais tenu une arme dans votre main, il est trop tard pour apprendre.

— Qu'y a-t-il de compliqué dans le maniement d'un revolver ? Il n'y a qu'à viser puis tirer.

— Détrompez-vous, ça n'est pas si simple. J'avais un oncle policier qui m'a appris lorsque j'étais enfant à tirer avec son arme de service. C'était horrible. Croyez-moi, les armes à feu sont des instruments redoutables et d'un emploi très difficile. De toute façon, vous ne pourrez pas acheter de revolver dans cette ville, la vente des armes à feu y est interdite. Où comptez-vous en trouver une ?

— Je demanderai à Mlle Feist. Elle s'arrangera.

— Cette gamine ! Oh ! sans doute. Elle ferait n'importe quoi !

Sur ces mots, prononcés avec fureur, Mme Brill quitta la pièce.

Walter la regarda partir d'un air morose. La critique systématique de Mlle Feist et du genre de vie que menait Walter depuis le décès de sa femme, devenait, à la longue, vraiment désagréable.

Depuis la mort de sa femme, en effet, Walter ne se refusait rien et il se demandait comment il avait pu vivre si chichement auparavant. En tant que président de la plus grande banque de la ville, il y avait pourtant peu de choses qu'il ne pût s'offrir.

Ainsi, il s'était acheté une Rolls Royce et une somptueuse propriété à la campagne. Celle-ci, manifestement, était l'endroit où il aimait se retirer pour prendre de grandes décisions ; c'était, bien sûr, également le lieu idéal pour faire des cabrioles avec son bien le plus cher, Mlle Feist.

Walter bâilla. Il avait souvent des somnolences depuis quelques jours. Il brancha néanmoins le mini-dictaphone qu'il avait en permanence dans sa poche et qui lui servait de mémorandum.

Mais il ne put rien dicter. Ses paupières étaient si lourdes, elles se fermaient toutes seules. Le cambrioleur masqué, qui lui avait presque ôté la vie, lui apparut soudain, fruit de son imagination ; alors, comme il se sentait glisser irrémédiablement dans le sommeil, il concentra son esprit sur des souvenirs plus agréables, Mlle Feist, par exemple, en monokini, penchée sur l'eau avant un plongeon gracieux dans le lac qui bordait la propriété...

***

Assis, en début d'après-midi, dans le bureau de Mlle Feist, Walter prit conscience que ce qui lui plaisait particulièrement chez la jeune femme, davantage peut-être encore que ses vingt-cinq printemps, sa poitrine généreuse et l'or de sa chevelure, c'était son sens inné du désordre qui contrastait singulièrement avec l'organisation méthodique de sa défunte femme et de Mme Brill.

Anciennement caissière, Mlle Feist dirigeait à présent une succursale de la banque de Walter. Les cheveux en bataille, le corsage à moitié déboutonné, elle trônait derrière un grand bureau encombré de piles de documents — notes de services, courrier non décacheté — et de nombreux objets personnels. A ses pieds, en permanence, un sac à main ouvert, gonflé à éclater.

Bien sûr, reflet fidèle de sa directrice, la succursale était totalement désorganisée. Une file d'attente se formait chaque jour devant la vitre du caissier ; les employés, l'air gêné et indécis, allaient et venaient, désœuvrés, d'un bureau à l'autre. Mais Walter ne semblait pas alarmé par la situation ; la succursale restait rentable malgré l'incompétence générale qui y régnait.

— J'ai décidé d'acheter un revolver comme tu me l'as suggéré, déclara Walter.

— Dieu soit loué ! s'écria Mlle Feist. Je me sentirai tellement rassurée de te savoir armé. Par les temps qui courent, il faut être capable de se défendre.

— On ne peut pas acheter d'arme en ville. Où astu trouvé la tienne ?

— Chez un armurier en banlieue. Tu n'as qu'à montrer une pièce d'identité et signer une déclaration sur l'honneur attestant que tu n'es pas fou. Je vais t'écrire l'adresse...

Elle griffonna quelques mots sur une feuille de papier.

— Le propriétaire s'appelle Roy.

Walter rangea l'adresse dans son portefeuille.

— On passe le week-end ensemble ?

— Aïe ! Nous sommes déjà vendredi et j'ai d'autres projets. Bien sûr, je pourrais essayer de me libérer...

— Bon, rends-toi libre si possible.

Walter empoigna sa canne et se leva.

— Si tu peux venir à la campagne, laisse un message à Mme Brill. Dis simplement que tu assisteras à la réunion de travail sur les prêts, je comprendrai.

— Cette horrible Mme Brill ? s'étonna Mlle Feist avec une grimace de dégoût. Mais quand te débarrasseras-tu d'elle ? Elle passe son temps à te dénigrer, à te persuader que tu es vieux !

— Je reconnais qu'il m'est déjà venu à l'esprit de la renvoyer.

— Tu ne lui dois rien ; ce n'est pas parce qu'elle a été si proche de ta femme pendant des années... Puisque tu l'as couchée sur ton testament, pourquoi ne pas lui donner tout de suite ce que tu lui destines ? Ainsi tu seras définitivement libéré d'elle.

— C'est une idée. Je vais y réfléchir.

***

Walter eut comme un malaise en découvrant la vitrine de l'armurier. L'étalage de fusils, de pistolets et autres instruments de mort le glaça jusqu'aux os, mais il essaya de dissimuler sa frayeur au marchand d'armes, un homme d'un âge indéfini et au système pileux très fourni.

Roy écouta Walter exposer son problème, puis :

— Quel genre d'armes voulez-vous ?

— Cela dépend des modèles en vente.

— Avez-vous déjà utilisé une arme à feu ?

Walter, piteux, fit non de la tête.

— Voulez-vous un revolver ou un pistolet semi-automatique ? Et si vous optez pour le revolver, quel modèle voulez-vous ?

— Je ne sais pas... Une arme qui assurera au mieux ma défense. Quelque chose de sûr.

— En ce cas, vous ne voulez pas d'un pistolet automatique. Une fois armé, une légère pression sur la détente et le coup part.

— Les revolvers sont-ils plus sûrs ?

— Cela dépend. Certains modèles, une fois armés, réagissent à une très faible pression et sont donc dangereux, mais j'ai un modèle qui pourrait vous convenir.

Roy posa une arme sur le comptoir.

— Il s'agit d'un revolver à barillet classique, comme les Colts à six coups d'autrefois, mais ayant bénéficié des progrès techniques. Pour faire feu, il faut d'abord l'armer en tirant le chien en arrière comme ceci. Tenez, essayez !

Walter prit le revolver et le dirigea vers le mur. Il fut surpris que la course du percuteur fût si longue, mais celui-ci revint bien vite en place avec un déclic macabre.

— Je comprends, fit Walter, assez peu rassuré.

— Avant de tirer, il faut nécessairement relever le chien. On ne peut donc utiliser cette arme que de façon délibérée. Elle existe en deux calibres, le 22, comme celle-ci, ou un très gros calibre, mais qui est un vrai canon. Elle pulvérise tout. D'autre part, elle fait un bruit d'enfer et a un recul énorme. Vous n'atteindriez sans doute aucune cible.

— Vous me recommandez donc le 22 ?

— Sans hésitation. Je vous garantis qu'il fait du bruit, assez, sans doute, pour mettre en fuite un cambrioleur. Franchement, si j'étais vous, je n'aurais cette arme chez moi que pour faire peur. Je limiterais son emploi à un rôle dissuasif. Et si ça ne marchait pas, je la donnerais à mon agresseur en lui demandant s'il désire autre chose.

— Vous n'êtes pas très encourageant.

— Je ne cherche pas à l'être. En tout cas, si vous voulez vraiment acheter cette arme, je vous conseille de l'essayer dans un endroit isolé ; vous saurez ainsi à quoi vous en tenir.

Un endroit isolé ? La propriété à la campagne, bien sûr !

Walter entra dans la première cabine téléphonique et prévint Mme Brill qu'il partait directement pour la campagne.

— Pourquoi ?

— J'ai acheté un revolver et je voudrais m'entraîner à son maniement.

— Vieux fou, vous allez vous tuer ! Mais si jamais vous survivez, je vous interdis de rapporter cette arme en ville. Vous m'avez comprise ?

— Écoutez, je...

— Au fait, Mlle Feist a appelé. Elle m'a chargée de vous prévenir qu'elle se rendrait à la réunion de travail sur les prêts, ce soir. Drôle de réunion, mais je crois savoir de quoi il s'agit...

Un déclic. Mme Brill avait raccroché.

En roulant au volant de sa Rolls Royce, Walter essayait de se convaincre qu'il avait fait un bon achat. Il s'imaginait nez à nez avec un cambrioleur, mais, cette fois, il lui flanquerait le canon de son revolver sur le ventre. Il le capturerait et les journaux parleraient de lui comme d'un héros.

Cependant, après ses premiers essais de tir, Walter déchanta rapidement. Derrière la maison, debout, jambes écartées, il tenait son arme à deux mains et fixait avec appréhension une cible attachée à un vieux chêne. Il s'était entraîné déjà à charger et décharger le revolver avec les cartouches à blanc que lui avait données Roy, mais, maintenant, avec de vraies balles dans l'arme, il redoutait de tirer. Il se rendait compte que s'il manipulait mal le revolver, il risquait de se tuer.

Selon les instructions de l'armurier, il tint l'arme bien droite et tira le chien en arrière. Il exerça ensuite une timide pression sur la détente.

Pan ! Le coup partit presque instantanément à sa grande surprise. Le canon de l'arme se redressa. Le projectile n'atteignit même pas l'arbre.

Stupéfait, Walter observa un instant la cible puis arma de nouveau le revolver et visa...

La balle ne toucha pas le carton, mais effleura l'écorce de l'arbre.

Au troisième essai, il manqua même le chêne.

Walter, avec obstination, leva une quatrième fois son arme, mais ne tira pas. Hélas ! Une fois de plus Mme Brill avait eu raison. Il n'était qu'un vieil imbécile. Abattu, il ramassa sa canne et traîna les pieds jusqu'à la maison. Il se débarrassa aussitôt de son revolver et se servit un whisky avant de s'effondrer dans un fauteuil.

Bientôt, il se sentit mieux. Il se servit un autre

verre, prit son dictaphone et alla s'asseoir sur la terrasse au bord du lac. En attendant Mlle Feist, il pourrait enregistrer quelques directives.

Il enregistra une note de service, puis vida son verre et se laissa aller contre le dossier de son fauteuil ; ses yeux se fermaient. Qu'est-ce qui pouvait retenir Mlle Feist ? Elle aurait dû être déjà là. Où pouvait-elle être ?

Il s'endormit.

Un bruit de pas l'éveilla. Il se retourna. Mme Brill approchait derrière lui. Les yeux écarquillés, elle tenait le revolver à deux mains, le canon pointé sur la tête de Walter.

— A quoi jouez-vous ?

— Je vais vous tuer. J'avais déjà entrepris de vous éliminer par le poison à raison d'une petite dose quotidienne, c'est pourquoi vous vous sentiez si somnolent ces derniers jours, mais, quand vous m'avez annoncé que vous aviez acheté cette arme, j'ai pris la décision d'en finir.

— Mais je ne comprends pas... Pourquoi me tueriez-vous ?

— Pour la part d'héritage que vous avez prévu de m'abandonner. Il y a des années que je sais que vous m'avez couchée sur votre testament. Je fouille régulièrement vos papiers.

— Mais si vous le saviez depuis si longtemps, pourquoi avoir attendu maintenant pour me supprimer ?

— Parce que j'ai perdu tout espoir. Pourquoi croyez-vous que je suive un régime, me prive, sois si soucieuse de ma ligne ? J'ai toujours cru que, tôt ou tard, vous seriez enfin raisonnable et me remarqueriez. Vous m'auriez épousée et, alors, tout l'argent aurait été à moi.

— A vous ?

— Eh oui ! Mais, maintenant, je sais que vous ne vous remarierez jamais. Vous aimez trop la compagnie de Mlle Feist et des filles de son espèce. Je me suis donc résignée à ne toucher que la somme que vous me destinez.

Mme Brill baissa les yeux sur le dictaphone que Walter avait remis en marche.

— Je vais vous tuer, reprit-elle. Bien sûr, j'emporterai avec moi votre dictaphone, mais votre corps restera ici. A Mlle Feist de le trouver. Au fait, elle n'a pas dit qu'elle irait à la réunion ce soir, mais demain. Ne vous étonnez donc pas de son retard. Je vous ai menti pour être sûre de vous trouver ici. Mlle Feist préviendra la police et elle sera évidemment soupçonnée. Mais elle s'en tirera bien, un vieux cochon comme vous qui profite d'une jeune femme ayant l'âge d'être sa petite-fille, c'est proprement dégoûtant. Il mérite de mourir...

Mme Brill appuya sur la détente. Rien. Elle appuya plus fort...

Soudain, Walter comprit. L'oncle de Mme Brill possédait une arme automatique. Une infime pression et le coup partait. Elle ignorait que sur ce modèle de revolver il fallait d'abord relever le chien.

Walter avait gardé sa canne sur les genoux. Il la saisit et en frappa violemment Mme Brill au ventre. Elle poussa une sorte de grognement et tomba à la renverse dans le lac.

Walter se pencha sur l'eau et observa la gouvernante qui se débattait lamentablement. Elle ne savait pas nager. Sa tête plongea sous l'eau, puis réapparut avant de disparaître de nouveau. Elle allait se noyer avant qu'il eût le temps d'appeler à l'aide.

Elle se noierait ? Pourquoi pas. Leur conversation était enregistrée sur le dictaphone. Il avait manifestement agi en légitime défense.

Le regard de Walter se porta vers le revolver

gisant sur un banc de sable, au fond de l'eau transparente.

Il ne put retenir un petit rire. Sans cette arme, Mme Brill aurait sans doute fini par l'empoisonner. Le revolver l'avait donc protégé, même si ce n'était pas exactement de la façon dont Mlle Feist l'avait escompté.

Self-Protection.
Traduction de Philippe Barbier.

LES EXPERTS

par MICHAEL ZUROY

Radford Mulligan, grand gaillard aux cheveux roux bouclés et à la bouche inflexible, était un chauffeur d'autobus new-yorkais qui avait bien besoin de détente après le stress d'une journée de travail. Cette détente, il la trouvait surtout dans son pavillon de banlieue, à un kilomètre et demi à l'est du district de Queens, où il régnait en maître incontesté auprès de son épouse stérile, Libby, en adoration devant lui. Là c'était la paix : pas de foules, pas de questions stupides à longueur de temps, pas de voyageurs cherchant péniblement leur monnaie, pas d'enfants piailleurs, pas de regards mauvais, pas de réflexions acerbes, pas de problèmes de circulation, pas de vapeurs d'essence, pas de contretemps exaspérants, pas de longs trajets pour nulle part... Juste la paix, douce et voluptueuse.

Chez lui, entre autres activités, Mulligan se détendait en mettant des bateaux en bouteille ; c'était d'ailleurs ce qu'il faisait en cet instant. Il se flattait de n'utiliser aucun truquage. Dans son atelier du sous-sol, il fabriquait lui-même toutes les pièces, jusqu'à la plus minuscule. Il aimait procéder à l'assemblage en haut, dans le salon, sur la longue table de chêne au bout de laquelle étaient présentés sur des supports les modèles qu'il avait réalisés, purs joyaux enfermés dans leurs bouteilles, voguant pour l'éternité dans un monde isolé, feutré. Il y avait le clipper *Red Jacket* ; et *La Constitution*, bien sûr, face à son adversaire *La Guerrière* ; il y avait le vieux *Bonhomme Richard*, armé de trente-quatre canons, et la frégate *Chesapeake*. Ce soir-là, il travaillait sur *Le Léopard*, navire à cinquante canons. A l'aide d'outils qu'il avait conçus lui-même — longues pinces fines, cuillers, tiges —, il assemblait et collait les différents morceaux à l'intérieur d'une bouteille au goulot étroit. Il ne prenait jamais de bouteille au goulot suffisamment large pour laisser passer la coque entièrement montée ; il considérait cela comme un jeu d'enfant.

Mme Mulligan, mince femme aux yeux sombres et apaisants, travaillait à un tapis natté. Depuis six ans qu'elle s'y consacrait, on pouvait se demander si le tapis ferait un jour ses deux mètres cinquante sur trois mètres soixante, mais il avait au moins le mérite de lui occuper les mains.

— J'espère qu'il ne va pas venir rôder par ici, dit-elle soudain.

Au bout d'un moment, Mulligan questionna :

— Qui ça ?

— Le Félin.

Posant son instrument, Mulligan se tourna sur sa chaise pour regarder sa femme.

— Le Félin ? Qui est-ce ?

— Tu n'as donc pas lu les journaux ? C'est un cambrioleur qui opère en banlieue. Il s'introduit chez les gens en leur absence ou pendant qu'ils dorment, et il est tellement silencieux que jamais personne ne se réveille. C'est pour ça qu'on l'appelle le Félin. Il a déjà cambriolé une vingtaine de maisons, paraît-il.

Mulligan réfléchit. Ce pavillon, c'était son château, il s'y sentait bien au chaud, à l'aise, serein. Il ne tolérerait pas la moindre intrusion. Rien que d'y penser, ça le mit en fureur.

— Qu'il ne s'avise pas de se montrer ici, dit-il.

Libby hocha la tête.

— Dans son propre intérêt, ajouta Mulligan.

Libby le regarda, les yeux pleins de confiance. Soudain, l'expression de Mulligan se modifia :

— Dis donc, il fait froid dans cette maison. Tu ne trouves pas ?

Libby transforma son corps en thermomètre.

— Si, répondit-elle enfin.

Mulligan alla consulter le thermostat.

— Il est à vingt, alors qu'il devrait être à vingt-trois. Le brûleur à mazout a dû s'arrêter.

— Encore ? dit Libby.

— Encore.

Mulligan sentit son courroux s'orienter dans une autre direction. Il avait le droit, par temps froid, de bénéficier d'une chaleur suffisante sous son toit. Il avait payé pour avoir de la chaleur. Quand cet élément lui manquait, cela détruisait sa paix et son confort.

— Qu'est-ce que c'est que ce brûleur que nous a installé Kropowicz ? Il n'arrête pas de tomber en panne alors qu'il n'a même pas un an ! J'aurais dû garder l'ancien.

— Il faut sans doute le temps que ça se règle.

— Jamais de la vie !

Mulligan se mit à jurer. Il connaissait tous les gros mots du répertoire et en faisait souvent usage dans les rues de New York. Mais chez lui, devant Libby, il répugnait à les prononcer ; aussi avait-il recours à des termes de remplacement. Il avait trouvé cette idée dans un livre.

— Ce Kropowicz n'est qu'un être moisi, informe, discordant et pollué ! acheva-t-il.

Libby frissonna. Mulligan ne se rendait pas compte que ces succédanés produisaient sur elle le même effet que les jurons homologués.

— Je descends au sous-sol, dit-il.

— Méfie-toi, lui conseilla Libby. Le Félin est peut-être en bas.

Mulligan descendit et appuya sur le disjoncteur. Le brûleur à mazout se remit en marche avec une infime explosion. Mulligan remonta au salon. La maison vibrait énergiquement ; puis, peu à peu, les vibrations se limitèrent à un léger tremblement.

— Ça marche normalement, chéri ? s'enquit Libby.

A cet instant, le tremblement cessa.

— J'ai l'impression qu'il s'est encore arrêté, soupira Libby.

Mulligan redescendit au pas de charge. Il appuya sur le disjoncteur. Cette fois, la manœuvre demeura sans effet. Mulligan remonta, le visage dépourvu d'expression.

— Les plombiers comme Kropowicz, on devrait les pendre par... les orteils, dit-il. « R. Kropowicz, Plomberie et Chauffage. » Tu parles ! C'est « Tromperie et Dommages » qu'il devrait mettre, cet escroc démobilisé, fumigène, pentagonal !

Il se dirigea vers le téléphone qui se trouvait dans l'entrée.

— Ne te dispute pas avec lui, Radford, lui lança Libby. Nous avons besoin de ses services.

Mulligan parla dans l'appareil d'une voix lente, posée, puis reposa doucement le combiné sur son socle.

— Qu'a-t-il dit ? s'enquit Libby.

— Il ne promet pas de pouvoir venir ce soir. La température extérieure a beau être proche de zéro, il ne peut rien promettre.

— Ne t'emporte pas, Radford, dit Libby.

— Tu as vu sa facture pour le remplacement du robinet de la cuisine ? reprit Mulligan d'une voix très calme. Pour un artisan honnête, c'était l'affaire de dix minutes. Kropowicz, lui, m'a fait payer quatre heures de main-d'œuvre pour lui et quatre autres pour un de ses ouvriers.

— Je t'en prie, ne t'excite pas.

La voix de Mulligan se fit encore plus calme :

— Il m'a demandé cent soixante-dix-huit dollars pour enlever un radiateur. Et tu te souviens de la vidange de la baignoire ? Tu te rappelles ce qu'il m'a réclamé pour réparer cette malheureuse vidange ?

— Les plombiers sont chers, de nos jours.

— Exact, dit Mulligan. Allégrement trop chers. Surtout quand ils n'ont pas de concurrents dans leur quartier. Kropowicz a les coudées franches par ici. Essaie seulement d'en faire venir un autre d'un peu plus loin : il te rira au nez ! Ils sont tous bien trop occupés à sept dollars de l'heure. C'est ainsi, à notre époque : les plombiers sont les rois. D'ici peu, ils seront les seuls à être milliardaires. La dernière fois que nous avons eu une fuite de radiateur, j'ai donné dix-neuf coups de fil pour trouver un autre plombier. La réponse la plus encourageante que j'aie obtenue, c'est : « Peut-être dans trois jours »... Après tout, c'est Kropowicz qui l'a installé, ce brûleur à mazout ; pourquoi ne s'arrange-t-il pas pour qu'il fonctionne ?

— Il fait de plus en plus froid, dit Libby. Allons nous coucher ; nous n'aurons qu'à brancher le radiateur électrique de la chambre.

— J'ai dit à Kropowicz que je ne verrouillais pas la porte du sous-sol, pour le cas où il viendrait.

— Le Félin risque de se glisser dans la maison.

— Je voudrais bien voir ça ! grogna Mulligan. S'il se montre, je le félinise.

Durant la nuit, le froid ne cessa de gagner du terrain sur le radiateur électrique. Le lendemain matin, frigorifié, Mulligan s'arracha de son lit, se lava à l'eau glacée et s'habilla. Libby enfila deux chandails, une robe de chambre, un caban et l'un des pantalons de son mari.

— Il fait à peine deux degrés dans la maison, annonça-t-elle.

— Si jamais je vois Kropowicz, je lui flanque une beigne, dit Mulligan.

— Tu le tuerais.

— Juste une bonne beigne.

— Je t'en prie, Radford, pars travailler, dit Libby avec nervosité. Il faut bien que les autobus roulent.

— C'est ce qui le sauve, dit Mulligan. Il faut que les bus roulent.

Ce soir-là, à son retour, Mulligan trouva la maison de nouveau chauffée.

— Ça y est, c'est réparé ?

— Voilà la facture.

Au vu de la note, Mulligan sentit son visage augmenter de volume, et le sang bouillonner à la racine de ses cheveux.

— Deux cent dix-neuf dollars ? Six dollars de l'heure pour deux ouvriers en plus de sa propre intervention ? Sept heures de travail ? Toutes ces pièces de rechange ?

— La garantie n'est plus valable, paraît-il. Il a dit qu'il y avait des complications. Il a dit qu'une canalisation d'eau avait éclaté à cause du gel. Il a dit que c'était pour ça que le robinet ne marchait pas ce matin.

— J'aurais dû prendre un contrat d'entretien, dit Mulligan. C'est Kropowicz qui m'en a dissuadé. Il m'avait promis qu'il s'occuperait du brûleur. Et il s'en occupe, ça oui ! C'est sa faute si la canalisation a gelé.

— Viens dîner, dit Libby.

Après le repas, Mulligan se remit à son passe-temps favori. Avec une infinie patience, il assembla les minuscules pièces de la maquette et les maintint en place pendant que la colle séchait. A mesure qu'il s'absorbait dans son minutieux travail, son visage se détendait, retrouvait une certaine paix. Libby prit son tapis natté...

Cette nuit-là, Mulligan fit un rêve agréable. Libby et lui visitaient les chutes du Niagara, un endroit où ils avaient toujours eu envie d'aller. Le fleuve était semblable à un torrent argenté. Dans l'exquise clarté de la lune, des myriades de gouttelettes scintillaient comme de microscopiques étoiles. Majestueusement, les eaux tumultueuses se déversaient par-dessus le ravin, plongeaient dans les impressionnantes profondeurs, tombaient en cascade, faisant entendre un grondement incessant...

Il se réveilla. Libby le secouait.

— Radford, il me semble entendre de l'eau couler dans le sous-sol.

D'un bond, Mulligan sortit du lit. Tel un dard, il traversa la chambre et le salon, heurta quelque chose, entendit vaguement un *crac !* Quatre à quatre, il descendit l'escalier du sous-sol, alluma la lumière.

Un jet d'eau jaillissait d'une canalisation — celle-là même que Kropowicz avait réparée. Le sol était noyé sous plusieurs centimètres d'eau. La salle de jeux était inondée. Son atelier était inondé. Mulligan ferma le robinet d'arrêt et remonta au pas de charge dans le salon. Là, il fit la lumière. Près de la table en chêne gisaient des débris de verre, des espars et des mâts cassés, des gréements. Le clipper *Red Jacket* était tombé de la table lorsque Mulligan s'était cogné dedans.

A cet instant, Mulligan prit la décision de tuer Kropowicz.

Lorsque Libby le rejoignit dans la pièce, il déclara avec le plus grand calme :

— Appelle Kropowicz demain matin pour lui demander de venir réparer le tuyau.

— Radford ! s'écria Libby. Je t'en prie, ne te mets pas dans cet état-là !

— Ce sont des accidents qui arrivent, déclara Mulligan avec indifférence. Ce n'est rien. N'y pensons plus.

Mais au fond de lui-même, il était résolu à tuer Kropowicz. Ce type lui avait trop souvent démoli sa tranquillité. Il était résolu à le tuer. Tuer. Tuer.

— Ta façon de parler m'inquiète, Radford.

— Recouchons-nous, dit-il d'un ton léger.

Oui, tue-le ! pensait-il. *Tue Kropowicz.*

— Je préférerais que tu jures carrément.

— Ça ne vaut pas le coup d'en faire un drame, dit Mulligan d'un ton uni.

Tue-le !

Libby le regarda avec la perspicacité et l'appréhension d'une femme qui, n'ayant pas d'enfants, a concentré tous ses instincts naturels sur l'homme de sa vie. Ses yeux sombres s'agrandirent à mesure qu'elle observait Mulligan.

— Radford, tu songes à le tuer !

— Quoi ? protesta Mulligan. Mais non, mais non. Ça ne m'a pas effleuré l'esprit. Ne dis pas de bêtises.

— Sors-toi cette idée de la tête, Radford, je t'en supplie. Je ne supporterais pas de te perdre.

Mulligan éclata d'un rire suave.

— Ne t'en fais pas, Libby. Je lui pardonne.

Tue-le !

Les jours suivants, au volant de son autobus, Mulligan trouva une nouvelle forme de détente dans le fait d'imaginer les différents moyens de zigouiller Kropowicz sans se faire prendre. Il réfléchit au problème avec lenteur et pondération, chaque nouvelle idée — conçue laborieusement mais avec amour — étant un authentique acte de création. Évidemment, la solution la plus pratique eût été que Kropowicz traversât la rue juste devant l'autobus de Mulligan : celui-ci l'aurait alors aplati comme une crêpe... Mais il ne fallait pas compter sur une chance pareille.

Et s'il allait voir Kropowicz à sa boutique — sous prétexte de régler une facture, mettons — en s'arrangeant pour cacher une bombe quelque part, sous un comptoir ou dans l'une des cuvettes de W.C. multicolores exposées en magasin ? Non, ce n'était pas une méthode sûre. La bombe risquait d'atteindre une autre personne, un client... ou l'un des ouvriers — ce qui ne serait pas une bien grosse perte dans la mesure où c'était encore un plombier. Mais celui qu'il voulait liquider, c'était Kropowicz.

Mettre la bombe dans la camionnette de Kropowicz ? Toujours le risque que l'un des ouvriers saute à sa place. Dans la voiture personnelle de Kropowicz, alors ? Généralement, elle était garée à l'angle du magasin. Planquer l'engin sous le capot ou sous le siège du conducteur ? Faisable. Mais ça exigeait qu'il se documente un peu sur la manière de fabriquer une bombe.

Et pourquoi pas tout simplement une bonne vieille agression à main armée ? Il n'aurait qu'à faire irruption dans la boutique, le visage masqué, et flinguer Kropowicz sur place. Envisageable, mais ça présentait des risques. S'il descendait plutôt Kropowicz dans une rue sombre ? Ou s'il lui tirait dessus de sa propre voiture ? Dangereux : si quelqu'un relevait le numéro, on pourrait remonter jusqu'à lui... Et s'il volait une voiture ? Non, ça allait chercher trop loin ; tout ce qu'il voulait, c'était tuer Kropowicz. Mieux valait se renseigner sur les habitudes de Kropowicz, le guetter dans une embrasure de porte ou dans une ruelle, l'abattre proprement — *pan ! pan ! pan !* plus de Kropowicz — et fuir en vitesse. Oui, mais si jamais il y avait des témoins ? Même s'il utilisait un silencieux, il risquait d'être vu, appréhendé. De nos jours, la police réalisait des prouesses grâce à la balistique ; Mulligan devrait s'arranger pour qu'on ne retrouve pas le revolver. Et pour commencer, il lui faudrait s'en procurer un dont on ne puisse retrouver la trace...

Au fait, pourquoi pas un simple coup sur la tête avec un objet lourd ? En plus, ce serait défoulant. Oui, mais quelle arme ? Un marteau ? Une pierre ? Une brique ? Une clef à molette ? Il faudrait choisir un moment où Kropowicz serait seul, de préférence le soir. Là encore, il faudrait faire disparaître l'arme. Une batte de baseball ? L'avantage de la batte, c'était qu'il pourrait la ressortir par la suite — mais dans l'intervalle, ce n'était pas discret. Une courte matraque en bois, alors ? Un tuyau ? Voilà qui serait tout indiqué : un bout de tuyau de plomberie ! Mulligan en avait deux ou trois chez lui, dans sa propre tuyauterie. Il lui suffirait d'en prélever un, d'assommer Kropowicz, de nettoyer le conduit après usage et de le remettre en place. Qui aurait l'idée d'aller chercher l'arme d'un meurtre dans un réseau de canalisations ?

Et le poison, pourquoi pas ? Le poison agissait à distance. Quoique moins défoulant, c'était un moyen sûr et discret. Envoyer à Kropowicz une publicité bidon — une offre gratuite à laquelle il ne pourrait pas résister — après avoir enduit de cyanure l'enveloppe-réponse qu'il lui faudrait cacheter... Pas mal. Autre variante : des cigarettes. Kropowicz était un grand fumeur. Lui expédier des échantillons gratuits de cigarettes empoisonnées...

Mulligan n'était pas pressé d'arriver à une solution. Le seul fait d'examiner les différentes possibilités, de savourer les diverses façons d'assassiner Kropowicz lui procurait déjà une saine détente. Son caractère s'améliora. Il devint de plus en plus patient en toutes choses, sachant bien que, tôt ou tard, il aurait la peau de Kropowicz.

Chez lui, il travaillait avec satisfaction sur ses maquettes de bateaux, s'interrompant parfois pour regarder dans le vague, le sourire aux lèvres. Libby s'en aperçut avec crainte et inquiétude.

— Radford, disait-elle, veux-tu bien te sortir cette idée de la tête ?

— Quelle idée ? répondait Mulligan d'un air parfaitement innocent.

— Tuer Kropowicz.

— Ne dis pas de sottises. Personne ne veut tuer Kropowicz.

— Si, toi. Je te connais. Je vois bien que tu y penses sans arrêt.

Mulligan éclatait d'un gros rire :

— Ah ! Ah ! Ne raconte pas de bêtises. Tu lis dans les pensées, maintenant ?

— Je lis dans les tiennes, Radford.

Un soir, le carillon de la porte d'entrée retentit au moment où Radford envisageait une nouvelle méthode : remplir la chaudière d'essence — en coupant le disjoncteur — et appeler Kropowicz en lui disant que ça ne marchait pas normalement. Première chose que ferait Kropowicz : appuyer sur le disjoncteur pour tester l'appareil. Boum ! plus de Kropowicz. La maison était assurée. Mais Kropowicz ne risquait-il pas de flairer les vapeurs d'essence ? Penserait-il que ça sentait le mazout ? Y avait-il un moyen de camoufler l'odeur ? Après l'explosion, la moindre trace d'essence...

Le visiteur était un agent de police en uniforme. Grand, le teint fleuri, il déclina son identité : sergent Parish.

— Nous cherchons des renseignements susceptibles de favoriser la capture du cambrioleur surnommé le Félin, annonça-t-il. Vous n'avez rien vu ni entendu de suspect, ces temps-ci ?

Après réflexion, les Mulligan secouèrent négativement la tête.

— Nous vous conseillons quand même de verrouiller portes et fenêtres, surtout au sous-sol. Pour ma part, c'est ce que je fais ; j'habite le quartier, moi aussi. Nous pensons qu'il va bientôt sévir dans ce secteur... Bon, je vous remercie. Désolé de vous avoir dérangés.

Il se détourna pour partir, mais Mme Mulligan le retint :

— Monsieur l'agent, peut-être arriverez-vous à convaincre mon mari de ne pas tuer Kropowicz.

— Pardon ?

— Il veut tuer Kropowicz. Il n'arrête pas d'y penser. Dites-lui que c'est interdit par la loi. Dites-lui qu'il se fera prendre. Dans son propre intérêt, dites-lui de renoncer à son projet.

— Cesse donc d'embêter monsieur l'agent, Libby, soupira Mulligan. Je ne veux tuer personne.

Le sergent Parish les regarda à tour de rôle. Puis, d'un geste ample, il sortit son calepin.

— Qui a-t-il menacé de tuer ?

— Personne, dit Mulligan.

— Kropowicz, le plombier, dit Libby.

— R. Kropowicz, Chauffage et Plomberie, Stimson Boulevard ?

— Tout juste, dit Mulligan. Vous connaissez drôlement votre secteur, vous autres flics.

— C'est notre métier. Pourquoi voulez-vous le tuer ?

— Voyons, monsieur l'agent, objecta patiemment Mulligan, je n'ai jamais dit...

— Parce qu'il pratique des tarifs excessifs, répondit Libby. Il fait mal son travail. Il gonfle les factures. Il triche sur les pièces de rechange. Il emploie sans nécessité des ouvriers qui coûtent les yeux de la tête...

— Il laisse ses clients geler toute la nuit, renchérit Mulligan. Et mon bateau ? La quille en morceaux, le grand mât brisé... ?

— Je n'ai pas tout suivi, dit Parish, mais je vois le tableau d'ensemble. Si vous n'êtes pas satisfait de ses services, vous n'avez qu'à le traîner devant les tribunaux, non le tuer.

— Exactement, dit Libby.

— Je n'ai jamais dit..., répéta Mulligan.

— Laissez-moi vous dire une chose, monsieur Mulligan, l'interrompit Parish. Certaines choses ne sont pas pour les amateurs — le meurtre, entre autres. Si vous tuez cet homme, vous aurez affaire à des policiers professionnels et vous vous ferez coincer, surtout maintenant que nous sommes au courant de votre projet. Vous avez une femme sensée. Elle a raison : sortez-vous cette idée de la tête. Tenez-vous-en à votre spécialité, monsieur Mulligan ; vous n'êtes pas expert en matière de crimes. Nous, si. Nous finissons toujours par avoir notre homme, monsieur Mulligan, tôt ou tard. Tôt ou tard...

Lorsqu'elle se retrouva seule avec son mari, Libby lui dit :

— Pardonne-moi, Radford, mais je ne peux pas te laisser faire ça.

— Mais oui, Libby, mais oui, murmura Mulligan d'un air absent.

Il était déjà absorbé dans une autre idée. Une fois que sa décision serait prise, rien ne pourrait le détourner de son but. Peut-être avait-il déjà trouvé la méthode : se déguiser et louer un petit appartement dans le minable quartier de Berwick, où il y avait beaucoup de passage. Prendre un faux nom. Puis appeler Kropowicz pour un dépannage, quelque chose de simple qui l'obligerait à venir seul : la réparation d'un lave-linge, par exemple. Mulligan se retrouverait alors en tête-à-tête avec lui, sans témoins. Peut-être étranglerait-il Kropowicz de ses mains nues. Ah ! nouer ses mains autour du cou de Kropowicz... Mulligan eut un sourire d'extase. *Tue-le. Étrangle-le. Étrangle Kropowicz...*

— Radford ! s'écria Mme Mulligan.

***

Quelques jours plus tard, les Mulligan se couchèrent de bonne heure. Dehors, la nuit était noire et glaciale, la neige menaçait ; mais à l'intérieur de la maison, il faisait chaud et, pour l'instant, le brûleur à mazout marchait avec un ronronnement régulier. Tout en étudiant la possibilité de monter un dispositif destiné à électrocuter Kropowicz lors de sa prochaine visite — afin que sa mort ait l'air d'un accident — Mulligan ne tarda pas à sombrer dans un sommeil ronflant. Il fut réveillé une première fois par des sirènes de police dans le lointain.

La seconde fois qu'il fut réveillé, ce fut par les doigts de Libby qui lui pinçaient le bras.

— Aïe ! fit-il. Que... ?

D'une voix chevrotante, Libby chuchota :

— J'entends des bruits au sous-sol. Il y a quelqu'un en bas. J'ai l'ouïe extrêmement fine.

— Fadaises. Laisse-moi dormir, tu veux ?

— C'est le Félin, déclara Libby d'un ton catégorique.

— Patelin, le Félin ! dit Mulligan en se tournant de l'autre côté.

— Je suis sûre que c'est le Félin, insista Libby. Il va mettre la maison à sac.

— D'accord, d'accord, dit Mulligan. Si ça peut te rassurer...

Il sortit du lit, traversa la maison enténébrée et descendit au sous-sol.

Il actionna l'interrupteur.

La lumière inonda la pièce.

Et il le vit.

Accroupi contre le mur, le Félin — petit bonhomme tout de noir vêtu — se tenait parfaitement immobile. Dans le masque noir qui lui couvrait le visage, ses yeux luisaient comme ceux d'un cobra.

— Le Félin ! hurla Mulligan.

Il chargea, le poing en avant. D'un mouvement souple, le Félin para le coup. Le poing de Mulligan s'écrasa contre le mur. Le Félin lui décocha un uppercut à la pointe du menton. Mulligan s'effondra...

Lorsqu'il revint à lui, il était allongé sur le divan du salon. Libby le dévorait des yeux avec anxiété et la pièce semblait remplie d'agents de police et d'inspecteurs. Un visage émergea douloureusement du brouillard : celui du sergent Parish.

— Je suis indemne, Libby, marmonna Mulligan. J'ai simplement mal à la main.

— Vous auriez dû téléphoner à la police au lieu de chercher à le capturer vous-même, déclara Parish avec sévérité. Comme je vous l'ai dit, Mulligan, il y a des choses qui ne sont pas pour les amateurs.

— Vous ne l'avez pas attrapé ?

— Il ne nous a pas attendus. Mais nous finissons toujours par avoir notre homme, Mulligan, tôt ou tard.

Mulligan ferma les yeux, les rouvrit.

— Qu'est-ce qui s'est passé, tout à l'heure ? J'ai entendu des sirènes de police.

— Une fausse alerte, répondit Parish. On a cru que c'était le Félin, mais il y avait erreur sur la personne. Ce que vous avez entendu, c'était les voitures de patrouille et l'ambulance qui arrivaient après que nous avions tiré. Regrettable... En fait, c'était juste un plombier appelé en urgence ; le fameux Kropowicz, justement.

Mulligan se redressa brusquement.

— Qui ça ?

— R. Kropowicz, Plomberie et Chauffage.

— A-t-il été blessé ?

— Tué net, dit Parish. Tragique... Nous allons avoir droit à une sévère réprimande. On va encore nous traiter de cow-boys. Et le quartier se retrouve maintenant sans plombier. C'était Kropowicz qui avait fait toute mon installation de plomberie, figurez-vous. Il travaillait aussi pour d'autres gars de la police.

Mulligan plongea son regard dans celui de Parish. La lueur qu'il vit dans les yeux du policier le fit tressaillir.

Parish secoua la tête d'un air solennel.

— Je vous le répète, Mulligan, il y a des choses qu'il vaut mieux laisser aux experts.

Mulligan ne put que cligner des paupières.

— Laissez-nous donc ce Félin, dit Parish. Nous finissons toujours par avoir notre homme. Tôt ou tard, Mulligan, tôt ou tard...

The Experts.
Traduction de Gérard de Chergé.

Table

Composition réalisée par C.M.L., Montrouge

IMPRIMÉ EN FRANCE PAR BRODARD ET TAUPIN
Usine de La Flèche (Sarthe).
LIBRAIRIE GÉNÉRALE FRANÇAISE - 6, rue Pierre-Sarrazin - 75006 Paris.

ISBN : 2 - 253 - 05493 - 3 30/6890/5